Knut Burchard

Vom Vater zum Sohn – was ich Dir mitgeben will

Für Liam

Knut Burchard

Vom Vater zum Sohn –
was ich Dir mitgeben will

© Mai 2006 Knut Burchard

„Vom Vater zum Sohn – was ich Dir mitgeben will"

Umschlaggestaltung: Department Drei, Wiesbaden

Herstellung und Verlag: Books on Demand GmbH, Norderstedt

Printed in Germany

ISBN 3-8334-5062-2

TEIL II

TEIL III

TEIL IV

VORWORT

Liebe Väter,

Sie kennen das mulmige Gefühl. Ein Gefühl was einem zeigt, dass man begrenzt ist in seinem Wissen und Können. Ein Gefühl, dass man ausschließlich das Beste will für einen anderen Menschen, der einem sehr nahe steht. Ein Gefühl allerdings nicht zu wissen, was denn überhaupt genau das Beste ist. Worin besteht es? Was sind seine Inhalte? Kenne ich es überhaupt und wenn ja, habe ich persönlich dazu die richtige Einstellung und Wahrnehmung davon? Was ist richtig? Selbst wenn es der Fall sein könnte dies alles zu wissen, habe ich dann die Fähigkeit und die Kraft es diesem nächsten Menschen nahe bringen und vorleben zu können?

Wenn auch Sie demnächst Vater werden oder es schon sind, dann werden Sie diese Gedanken kennen. Auf einmal rückt die neue Generation nach. Sie kommt nicht einfach von heute auf morgen. Sie lässt uns Zeit zur Vorbereitung. Mindestens die Zeit seit dem wir wissen, dass dort ein Mensch im Mutterleib heranwächst, aber meistens schon früher, nämlich wenn der ernsthafte Wunsch Kinder zu bekommen dauerhaft in uns erwacht. Dieses Überlassen einer Vorbereitungszeit ist vielleicht schlimmer, als wenn uns das kleine Wesen einfach eines Tages vor die Tür gestellt würde und wir keine Zeit hätten für eine mentale Einstellung. Denn jetzt liegt es wahrlich an uns vorbereitet zu sein.
Wir haben diesen Drang etwas weitergeben zu müssen – Erfahrungen, die wir vielleicht gemacht haben und von denen wir glauben, dass sie jemandem hilfreich sein könnten. Auch dann wenn wir ihn nicht haben wissen wir doch, wir müssen. Wir müssen unseren Vater stehen. Einfach so. Wir sind nicht darauf vorbereitet. Wir aber wollen unseren Sohn oder unsere Tochter vorbereiten. Vorbereiten und rüsten für ein glückliches und erfülltes Leben. Viele Pläne, Vorstellungen und Wünsche überschlagen sich auf einmal in unserem Inneren.

Was war in meinem Leben wichtig? Welche Erfahrungen haben mich geprägt und waren positiver oder negativer Art, waren aber in jedem Fall unverzichtbar? Welches Wissen brauche ich von der Welt und in welche Bahnen muss mein Verständnis über alles was mich umgibt geleitet werden, damit es meinem Kind am meisten nützt? Wer bin ich als Person, worin besteht mein Umfeld und hat es Relevanz für meinen Nachwuchs? Bin ich überhaupt der richtige Maßstab?

All das sind Dinge und Überlegungen und scheinbar unendlich viele Fragen die uns beschäftigen. Sie drohten mich zu erdrücken. Und selbst wenn ich über alles Klarheit hätte, so weiß ich doch nicht, ob ich es meinem Sohn immer zum richtigen Zeitpunkt mitteilen könnte. Vielleicht stößt mir eines Tages etwas zu und mir bleibt nicht die Zeit dazu. Vielleicht vergesse oder verdränge ich aber auch schlichtweg im Laufe der Jahre Wichtiges, was ich meinem Sohn hätte sagen müssen. Daher dieses Buch.

Letztendlich ist dieses Buch eine Reise mit vielen unterschiedlichen Stationen. Es ist eine Reise, auf der ich meinem Sohn all das nahe bringen möchte von dem ich glaube, dass es für ihn wichtig ist. Wenn ich ehrlich bin kann ich Ihnen nicht genau sagen, ob ich es nur für ihn oder auch für mich geschrieben habe – vielleicht für meine eigene Beruhigung. Das sollte aber nicht von primärer Bedeutung sein, da es letztendlich ein Ergebnis im Austausch zwischen Vater und Sohn sein soll. Keine Maximen oder feststehende Regeln möchte ich weitergeben, sondern vielmehr eine Grundlage zum Nachdenken. Mir ist bewusst, dass auch seine Generation mit veränderten Idealen, Ansichten und Wertvorstellungen aufwachsen wird. Aber nur zum Teil. Schließlich baut jede Generation doch auf dem Fundament seiner Vorgänger auf, um sich dann stetig anzupassen und zu verbessern. Und wer würde sich nicht eine Art ‚Handbuch fürs Leben‘ von seinem Vater wünschen?

Ihr Knut Burchard

Wiesbaden, im Frühjahr 2006

AM ANFANG

Mein Lieber Sohn

Deine Mutter hopst im Zimmer nebenan auf dem Gymnastikball. Sie hält Dich im Arm, eingekuschelt in Deine Lieblingsdecke und wartet mit Dir gemeinsam bis Du friedlich einschläfst. Wir wissen mittlerweile, dass das Einschlafen für Dich noch ungewohnt ist und Du tust Dir manchmal sehr schwer, von Deiner kleinen Wach-Welt in die Schlaf-Welt herüber zu gehen. Daher bist Du jeden Abend ein wenig ängstlich wenn es ans Schlafen geht, aber wir fühlen wie es langsam besser wird. So geht das nun bereits seit dem Du auf der Welt bist, jeden Abend. Ich frage mich auch jeden Abend woher sie die Energie nimmt. Ich weiß nicht, ob ich es könnte. Ich weiß nicht, ob ich die Geduld und das Einfühlungsvermögen aufbringen würde, Dich jeden Abend in den Schlaf zu hopsen.

Ich hoffe, ich kann dafür andere Dinge für Dich tun. Ich hoffe, dass ich Dir ein guter Begleiter auf Deinem Lebensweg sein kann. Ich möchte so ein Papa sein, von dem Du sagen kannst, »Das ist MEIN Papa, und wenn ich mal groß bin möchte ich so werden wie er«. Welcher Vater träumt nicht davon? Ich wünsche mir dazu fähig zu sein. Bestimmt wird es auch schwierige Situationen geben. Solche, in denen Du mich im Streit trotzig fragst »Warum hast Du mich eigentlich bekommen, wenn Du immer so böse bist?« (wahrscheinlich wirst Du sagen »Warum habt IHR mich bekommen?«, aber es ändert ja nichts an der Frage – ich habe diese Frage zumindest meinen Eltern öfter gestellt, zumeist in Situationen, in denen mir das Leben gerade überhaupt keinen Spaß machte).

Genau diese Frage ist es, die mich schon lange beschäftigt. Wahrscheinlich schon seit dem ich zum ersten Mal mit dem Gedanken gespielt habe Kinder zu bekommen. Ich glaube die Antwort jedoch seit kurzem ganz genau zu wissen. Sie ist aus einem hoch-egoistischen Motiv heraus zu beantworten. Weil Du (oder vielleicht auch Deine Geschwister, wenn es sie denn einmal geben sollte) das einzige bist, was ich auf dieser Welt einmal hinterlassen werde. Das klingt profan, hoffnungslos, abgedroschen und pseudo-metaphysisch, magst Du Dir vielleicht jetzt sagen. Vielleicht hast Du Recht, aber deshalb werde ich mich jetzt nicht für meine Erklärung entschuldigen.

Noch vor kurzem hätte ich diese Frage warum ich Dich wollte, mit ähnlich gedanklichem Inhalt aber weniger abstrakt beantwortet. Ich hätte gesagt, was ich auch zigmal schon getan habe wenn ich mit Freunden, Deinen

Großeltern oder Deiner Mutter über dieses Thema gesprochen habe: Irgendwann würde ich mich fragen, welche Erfüllung bringt mir mein ganz persönliches Leben? Kann mein Lebensweg und das was ich getan und erreicht habe mir Zufriedenheit und Glück geben? Und was heißt das überhaupt, »etwas erreichen«? Ist das nicht sehr relativ und immer von der Wertung anderer oder der Gesellschaft abhängig? Haben dann all die Erinnerungen, verfolgte und erreichte Ziele ein sinnvolles Bild ergeben? Ist dieses Bild mit den mir wichtigen Menschen, also mit Freunden, meiner Partnerin, meiner Familie versehen? Könnte ein außenstehender Betrachter sich dieses Bild anschauen und sagen, dies ist ein schönes Bild, aus dem ich etwas herauslesen kann?

Siehst Du und genau davor hatte ich Angst. Dass nämlich jener Betrachter kein schönes inspirierendes Bild vorgefunden hätte. Vielleicht hätte er es schön gefunden, aber irgendwie langweilig und leer. Das ist der Grund, warum es Dich gibt.

Irgendwann kommen solche oder ähnliche Fragen jedem halbwegs nachdenkenden Menschen in den Sinn. Was, wenn nach den vielen Jahren etwa mit beruflichem Erfolg, rauschenden Festen, vielen Freunden und sogar mit einer lieben Partnerin sich die Frage nach dem berühmten »Sinn des Ganzen« stellt? In jüngeren Jahren mag man diese Frage vielleicht nicht verstehen, noch wird man in der Lage sein sie sinnvoll zu stellen, weil man noch zu wenig Sicht auf das Ganze (das Leben) hat. Mit dem Älterwerden kommt sozusagen die Weisheit und mit ihr die Einsicht, dass alles ein Ende hat und man in der Regel nichts hinterlassen wird von Bestand. Ich sage »in der Regel«, weil es Menschen oder besser Persönlichkeiten gibt, die in der Tat etwas für die Nachwelt hinterlassen, was von großem Nutzen ist. Denke nur an all die Naturwissenschaftler, bedeutenden Politiker oder einige große Wirtschaftslenker. Der Statistik nach ist dieses jedoch eine verschwindend geringe Anzahl von Menschen in unserer Gesellschaft und in der gesamten Geschichte. Die Aussicht, der eigenen Person so eine Bedeutung zu verleihen, um auch noch in der Zukunft in den Köpfen der kommenden Generationen präsent zu sein, ist also erdrückend schlecht. Leider ist das auch in meinem Fall so, zumindest zum gegenwärtigen Zeitpunkt (und wie gesagt, die Chancen stehen schlecht dies zu ändern).

Damit, mein lieber Sohn, wären wir also bei dem Motiv *warum* Du hier bist und welches ich als hoch-egoistisch bezeichnet habe: Du bist meine einzige Chance, in der Zukunft einen Abdruck zu hinterlassen!

Wenn manche dieses lesen, werden Sie sich fragen, wie man nur so denken kann? Kinder sind doch etwas Wunderschönes werden sie sagen.

Sie sind niedlich, bereichern das Leben, halten einen jung, und man kann so viele herrliche Dinge mit Ihnen erleben. Wie kann man nur so selbstsüchtig an sein eigenes Ego denken? Das werden sie fragen.

Recht haben sie, Junge! Du bist das Allerniedlichste was ich je zu Gesicht bekommen habe. So niedlich, dass ich mich manchmal zurückhalten muss, um nicht ein Stück von Dir abzubeißen. Und ich mache herrliche Dinge mit Dir (was gar nicht so einfach ist, da Du noch ziemlich klein bist, was aber trotzdem unglaublich viel Spaß macht). Und ich bin sicher, Du wirst die größte Bereicherung meines Lebens sein.

Uns beiden möge also bitte niemand damit kommen ich bin selbstsüchtig. Ich habe bereits viele meiner liebgewonnenen Gewohnheiten aufgegeben, und ich kann Dir sagen, ich habe noch nie so viel Zeit zu Hause verbracht wie in der Zeit, seit dem Du auf der Welt bist – alles für Dich. Wenn ich ehrlich bin, würde ich auch selten etwas anderes lieber machen. So spannend finde ich es Dir zuzuschauen.

Was ich Dir mitgeben will

Nicht erst seit dem Du auf der Welt bist habe ich darüber nachgedacht, was für Dich in Deinem zukünftigen Leben wichtig sein wird. Was für ein Berg! Stell Dir vor Du bist ein Wanderer und hast diesen riesigen Berg vor Dir. Er erscheint Dir sehr mächtig, und umso ungewisser ist Dein Weg zu seinem Gipfel.

Wie wohl jeder junge Vater gehe ich aufgeregt und übereifrig an die überwältigende Aufgabe, Dir alles beibringen zu wollen, um Dich zu einem lebensfähigen Individuum zu machen. Du sollst dabei aufrecht durch das Leben gehen, so glücklich wie irgendmöglich sein und Dich selbst mögen. Das ist mein Ziel! Ich kann dieses natürlich nur von meinem jetzigen Standpunkt aus tun. Ich werde mein Bestes geben, Dir zur Seite zu stehen; das verspreche ich. Dies bedeutet allerdings, dass ich auf meine persönliche Überzeugung und auf mein Wissen zum jetzigen Zeitpunkt angewiesen bin (hoffentlich komme ich nicht zu schnell an den Punkt an dem ich feststelle, dass ich eigentlich gar nichts weiß).

Du fragst, was ich mir davon verspreche? Nun ja, abgesehen davon, dass es einfach meine Aufgabe ist, beruhigt mich der Glauben an meine Fähigkeit, Dir etwas vermitteln und mitgeben zu können. Was glaubst Du wohl wie viel Angst ich habe, etwas mit Dir verkehrt zu machen? Angst davor, ich könnte vergessen Dir etwas zu erzählen oder zu zeigen, was vielleicht von immenser Bedeutung für Dich ist. Jetzt oder vielleicht in zehn oder zwanzig Jahren. Wie ich schon sagte, es ist wie ein Berg, der sich vor mir auftut. Ich möchte sicher gehen, Dich auf das, was Dich erwartet, so gut vorzubereiten, wie es nur geht. Welcher Mensch in meiner (väterlichen) Situation wollte das nicht? Stell Dir einmal vor, Du kommst eines Tages zu mir – vielleicht kommst Du gerade aus der Schule und steckst mitten in der Pubertät – und fragst mich vorwurfsvoll »Warum hast Du mir nie erzählt, dass ein Mann namens Newton sich mit der Schwerkraft auseinander gesetzt hat?« oder »Wusstest Du, Frauen mögen es, wenn man ihnen die Tür aufhält? Ich habe mich heute Nachmittag ganz schön blamiert«. Tja, mein Sohn, das könnte passieren. Dies scheinen zwar auf den ersten Blick nur Kleinigkeiten zu sein, aber sie häufen sich nun mal zu eben diesem Berg auf.

Was meine Befürchtungen nicht gerade leichter machen, ist die Tatsache der stetigen Veränderung. Weiß denn ich welches Verhalten oder welches Wissen noch gefragt oder »up-to-date« ist wenn Du fünf, zwölf, oder zwanzig bist? Man wird sehen, könnte man leichtfertig dahin sagen. Nur nützt mir das jetzt und heute gar nichts. Auf der anderen Seite kann ich mich beruhigen. Es kann ja nicht ausgerechnet meine Generation junger Väter die erste sein, mit derartig großen Veränderungen und einer so großen Komplexität um sich herum, um nicht mehr in der Lage zu sein, den Sprösslingen den richtigen Weg zu weisen. Warum sollten nicht auch wir in der Lage sein, sie auf diesem Weg für die Schönheiten um sie herum zu sensibilisieren oder sie auf Hindernisse aufmerksam zu machen? Ihnen helfen Fähigkeiten zu erlernen und Erfahrungen aufzunehmen?

Bildlich gesprochen will ich Dich nun an die Hand nehmen und mit Dir den Weg beginnen, der sich *Dein Leben* nennt. Ich will mein Bestes geben um Dich auf Dinge einzustimmen, die für Dich wichtig sind oder von denen ich glaube, dass sie es sind. Und zwar versuche ich dies zu tun, in dem ich mich so gut ich kann in Dich hinein versetze. Denn glaub es mir oder nicht, ich hatte auch mal Dein Alter. Ich hatte es, als ich so alt war wie Du jetzt oder wenn Du mal fünf, zwölf oder zwanzig bist. Ich möchte mir die Zeit nehmen Dir alles nachvollziehbar aufzuschreiben. Komm kleiner Mann, nimm meine Hand, es geht los!

TEIL I

Du – Im Zentrum stehst Du selbst

F angen wir also an. Im Folgenden soll es um Dich gehen. Und nur um Dich. Das heißt, ich möchte mir mit Dir alles ansehen was Dich ganz persönlich betrifft, was Dich zu dem macht was Du bist. Du bist natürlich ganz was Besonderes. »Ach Papi«, wirst Du sagen, »alle Mamis und Papis sagen doch zu ihren Kindern sie sind etwas ganz Besonderes. So viele ganz besondere Kinder kann es doch gar nicht geben«. Ich gebe zu, Deine Argumentation ist schlüssig und vielleicht zweifelst Du dann an meinen Worten. Aber es ist so: Erst einmal bist Du einzigartig. So etwas, das genauso aussieht wie Du, so handelt und denkt, gibt es nur einmal auf der ganzen Welt.

Es kann einen übrigens ziemlich schockieren, wenn man jemanden trifft, der einem ähnlich sieht. Ich erinnere mich an einen Vorfall. Ich betrat ein Geschäft, und direkt gegenüber dem Eingang stand ein Tresen, auf dessen Stirnseite ein Werbeposter angebracht war. Man musste es also sehen, sobald man das Geschäft betrat. Auf diesem Poster war ein Mensch zu sehen, der genauso aussah wie ich! Zumindest glaubte ich das, als mein Blick zufällig das Poster traf. Es war wirklich so, als würde mir jemand den Boden unter den Füßen wegziehen. Seit dem erst verstehe ich diesen Ausdruck. Nach genauerem Hinsehen konnte ich zwar Unterschiede entdecken, aber er sah mir dennoch verblüffend ähnlich. Da man sich – es sei denn man hat Zwillingsgeschwister – ziemlich sicher ist, dass man einzigartig ist, kann einem ein solches Ereignis einen gehörigen Schrecken einjagen. Aber zurück zu Dir (entschuldige, aber ich sagte ja, es geht nun ausschließlich um Dich).

Glaube es mir. Bei all den Milliarden von Menschen auf der Erde, gibt es keinen zweiten wie Dich. Und selbst wenn es jemanden gäbe, der haargenau so aussieht wie Du, dann würde er doch jemand anders sein. Er wird nämlich sein Leben anders erlebt haben als Du. Er ist vielleicht in einem anderen Land aufgewachsen, hat natürlich ganz andere Freunde und interessiert sich höchstwahrscheinlich auch für andere Dinge als Du. Das muss Dir doch einleuchten. Selbst wenn Du eines Tages ein Brüderchen bekämst, so wäre er doch völlig anders als Du. Vergleiche mal Deinen Onkel mit Deinem Papi. Der Unterschied muss Dir doch förmlich ins Auge springen (ich will jetzt hier ganz bewusst keine Wertung angeben, welche Vorzüge wer von uns beiden hat).

Du bist also einzigartig und somit etwas Besonderes. Was Du daraus machst und ob Dir Deine Einzigartigkeit gefällt, hängt natürlich auch ganz besonders von Dir ab. Nur Du kannst letztendlich bestimmen, zu was Du werden willst und was Dir wichtig ist im Leben. Auch gibt es Gefühle, die nur Dir innewohnen, die Dich beeinflussen und die Dich im Laufe der Zeit verändern werden. Allerdings bist Du dabei ganz und gar nicht unabhängig von Deinem Umfeld. Du wirst im Leben viel Schönes und auch manches Schlechte erleben, das ist normal. Wenn Du nur Schönes erlebtest, so wäre dieser Zustand für Dich selbstverständlich, und Du würdest ihn für den Normalfall halten. Wenn es Dich nicht sogar bald langweilen würde. Stell Dir vor, es wäre an 365 Tagen im Jahr schönes Wetter mit milden Temperaturen. Wäre das nicht irgendwann langweilig, und würden wir nicht mal eine kalte Brise mitten ins Gesicht vermissen? Anders herum, würden Dich immer nur schlechte Dinge und Umstände missmutig machen und Dir die Freude am Leben nehmen. Aber wie gesagt, Du hast es zum größten Teil in Deiner Hand was Du aus Dir machst.

Natürlich bist Du wie jeder Mensch auch von Deinen »Startvoraussetzungen« abhängig, also das, was wir Dir mitgeben und was Dir darüber hinaus das Schicksal bringt. Wenn Du Dich in der Geschichte umsiehst, so haben es viele Menschen mit ganz schlechten Startvoraussetzungen verstanden, sich Ihr Leben schön zu machen. Du fragst mich jetzt natürlich mit großen Augen, was denn wohl diese wichtigen Sachen sind, die Du in Dir haben musst, um Dir das Leben schön zu machen. Ich versuche Sie Dir im Folgenden zu erklären:

1. Geist – Dein Geist hat die Macht

Du bist ein Mensch. Ein ziemlich kleiner zwar, wie unschwer zu übersehen ist, aber ansonsten ein vollständiger Mensch. Warum ich mir so sicher bin, fragst Du Dich? Zum einen bist Du ein Produkt von Mami und mir. Da wir beide Menschen sind, musst Du also auch einer sein. Zum anderen bin ich mir ganz sicher, wenn ich Dich anschaue. Du siehst aus wie ein typischer Mensch – ein sehr niedlicher dazu. Jeder, der schon mal (kleine) Menschen gesehen hat, wird bestätigen, dass Du einer bist. Also, Deiner äußeren Hülle nach zu urteilen steht es fest – Du bist ein Mensch.

Aber das ist nur die halbe Wahrheit. Menschen haben nämlich über ihr Äußeres, also ihren Körper hinaus (und was den angeht sind sie mit Sicherheit nicht die Krone der Schöpfung, zumindest nicht in vielen Eigenschaften), noch eine andere interessante Seite. Eigentlich ist sie das wirklich Interessante an den Menschen. Sie haben einen *Geist*. Dein Geist ist das, was Dein Denken, Fühlen und Handeln beeinflusst und dieses erst ermöglicht. Mehr noch. Er kann es weitgehend *bewusst* beeinflussen, also von Dir gesteuert. Das bedeutet, Du, als Spezies Mensch, hast eine Art Speicher, der in der Lage ist, all das Erlebte, Gelernte und Gefühlte aufzunehmen und, wenn nötig, in einen sehr komplexen Zusammenhang zueinander zu bringen. Damit verfügst Du über ein *Bewusstsein*. Du bist Dir Deiner Selbst und Deinem Umfeld bewusst.

Das kann Dein Geist. Genau deswegen können wir ihn als überragend bezeichnen. Er macht uns Menschen unter all den anderen Lebensformen auf der Erde so einzigartig. Das ist wohl ein guter Grund uns Deinen Geist als erstes auf Deiner Reise anzuschauen.

Liebe – Liebe ist alles

Lass uns gleich mit einem schönen Phänomen anfangen, welches Dein Geist hervorbringt und welches uns Menschen stark bewegt. »Liebe ist alles, und ohne Liebe ist alles nichts« heißt eine bekannte Redensart. Damit ist nicht (nur) die Liebe zwischen Mann und Frau gemeint. Es ist die Liebe zu allem. Die Liebe die uns antreibt Dinge zu tun, schöne Erinnerungen zu bewahren oder einfach nur zu genießen. Es ist schwer zu erklären. Stell Dir vor, Du gehst eines Tages als kleiner Junge die Straße herunter. Es ist ein lauer Frühlingstag und Du kannst frische Erde riechen. Die Insekten surren durch die Luft. Die Sonne wärmt Deine Haut, und Du hast nur ein dünnes, luftiges Hemd an. Du bist gerade auf dem Weg zu einem Freund in der Nachbarschaft, mit dem Du viel spielst und den Du wirklich gern hast. Als Du in die Hofeinfahrt seines Hauses einbiegst wird Dir bewusst, wie Du vor ein paar Wochen erst bei schlechtem Wetter und einer dazu passenden Stimmung den gleichen Weg gemacht hast. Auf einmal wird Dir klar, heute meint es das Leben gut mit Dir, und in Dir steigt ein Gefühl auf, die ganze Welt umarmen zu können.

Was ist es in dieser Situation, was Dich in so schöne Gefühle versetzt? Ist es das Wetter? Das Bewusstsein einen guten Freund zu haben der auf Dich wartet, oder die Vertrautheit durch Deine Heimatstraße zu gehen? Ich kann es Dir nicht sagen. Aber ich habe schon viele solche Momente erlebt. Gerade als ich so klein war, wie Du in ein paar Jahren sein wirst.

Diese Art von Gefühl ist es, die ich mit dem Ausdruck *Liebe* umschreiben möchte. Es könnte also die Liebe zu Deiner Heimat, zu der Umgebung in der Du Dich geborgen fühlst, sein. Es kann die Liebe zu der Natur und ihrer Schönheit sein. Oder es kann die Liebe zu einem guten Freund sein. Nun wird der Ausdruck Liebe immer schnell mit überschwänglicher Gefühlsduselei oder mit der Anziehungskraft zwischen Mann und Frau in Verbindung gebracht. Ich glaube aber, Liebe kann mehr oder auch weniger sein. Sie kann auf einmal über einen hereinbrechen oder sich langsam aufbauen. Es kann alles sein, was man gerne tut und auf das man sich freut. Man sagt ja nicht umsonst, dass man es z.b.»liebt« früh morgens spazieren zu gehen oder man»liebt« es schnell mit dem Auto über die Autobahn zu rasen. Sie kann also sehr viele Ausprägungen haben.

Instinktiv möchte man natürlich nur das tun, was man gern macht oder »liebt« es zu tun.

Liebe kann man aber auch für Tätigkeiten, Umstände oder Personen entwickeln, die einem zunächst widerstreben. Wie viele Kinder werden in frühen Jahren zum Erlernen eines Musikinstruments verdonnert. Doch über den Fortschritt den sie machen und die Bestätigung, die sie daraus ziehen, lernen sie die Musik zu lieben. Das gilt für alle Lebensbereiche. Ob nun in der Schule, im Beruf oder im Zwischenmenschlichen. Mit dem Erlernen und der Erfahrung wächst die Liebe zu einer Tätigkeit. Ist das nicht so, dann kannst Du nach einer gewissen Zeit des Ausprobierens und des Bemühens sagen»das ist gewiss nichts für mich« und lässt es eben sein.

Was ich hier zum Ausdruck bringen will ist, dass Du die Liebe, die Du in Dir hast, für Dich nutzen musst, um das Leben für dich positiv zu gestalten. Nutze Deine Energie für Dinge, die Dich erfreuen und die Dich begeistern. Verbringe so weit es geht Zeit mit Menschen, die Dir gut tun. Die Liebe zu diesen Menschen (es können wahre Freunde sein, aber auch Menschen mit denen Du zwar wenig Kontakt hast, aber schöne Erfahrungen verbindest) wird Dir helfen, die weniger schönen Phasen im Leben gut zu meistern. Sei für sie da, wenn Sie Dich brauchen, gebe ihnen Deine Liebe.

Etwas biblisch gesprochen, ist kein großes Geheimnis, dass Geben seliger als Nehmen ist. Zum einen hilfst Du wirklich jemanden damit, zum anderen gibt es Dir ein gutes Gefühl demjenigen etwas Gutes zu tun. Helfen kann somit auch etwas egoistisch Motiviertes sein.

Dein Onkel erzählte mir mal von seiner ersten Vorlesung an der Universität. Der Professor sagte den verblüfften Studenten auf den Kopf zu, jegliches Handeln sei absolut motiviert dadurch, selbst davon profitieren zu können. So trinkt man selbstverständlich, weil man seinen Durst stillen will. Man baut ein Haus, weil man sich ein Dach über den Kopf geben will (oder ein großes Haus, weil man andere beeindrucken will). Man strebt nach einer Stelle mit mehr Verantwortung, weil man seinen Geltungsdrang befriedigen will. So weit so gut. Aber laut dieser Theorie hilft man auch anderen nur aus dem Grund, sich selber um ein schlechtes Gewissen zu erleichtern. Man spendet vielleicht nur, weil es alle um einen herum auch machen. Was sollen die anderen denken, wenn man selber nichts gibt? Bei diesem Beispiel geht es nur darum sich selbst unangenehme Augenblicke zu ersparen. Die Sichtweise scheint ziemlich logisch zu sein. Die Frage ist nur, ob das ‚gute Gefühl, was man für sich selbst empfindet, nicht ein Teil der Liebe ist, mit der man sich für etwas einsetzt oder mit der man anderen hilft. Macht dieses Gefühl den persönlichen Einsatz nicht erst möglich?

Sieh einfach die Liebe im beschriebenen Sinne als eine Art Mörtel an. Die Dinge, die Du gern tust und erlebst sind die Mauersteine, die Du damit zusammenhältst. Aus vielen Steinen mit Mörtel dazwischen, kannst Du Dir das Haus eines schönen Lebens erbauen.

Werte: Ein Wert für Dich

Damit Du im Leben eine gewisse Richtschnur hast, um nicht die Orientierung zu verlieren, hat die Zivilisation der Menschen eine Art ungeschriebene Gesetze erfunden. Niemand ist verpflichtet sie zu befolgen. Man kann sie sich auch so auslegen bzw. ihr Ausmaß so variieren, wie es einem gerade passt. Ich spreche von den *Werten,* nach denen man lebt oder gerade nicht.

Sie sind nicht einfach zu erklären. Vielleicht hilft uns hierbei ein gutes Beispiel weiter. Ich werde übrigens ziemlich oft Beispiele verwenden. Sie werden Dir helfen zu verstehen und mir helfen zu erklären. Stell Dir vor, Du sitzt in der Schule, sagen wir, Du bist in der 8. Klasse. An diesem Tag soll eine Klassenarbeit in Mathematik geschrieben werden. Du hast kein gutes Gefühl. Zum einen liegt Dir das Thema, welches in der Arbeit drankommen soll, überhaupt nicht. Zum anderen bist Du schlecht vorbereitet, da Du fast überhaupt nicht gelernt hast. Damit ist richtiges »Nicht-Lernen« gemeint. Nicht diese Falschaussage von Mitschülern, die vor und nach den Klassenarbeiten immer jammerten, sie hätten ja überhaupt nicht gelernt und hätten ganz sicher die Arbeit schrecklich in den Sand gesetzt. Natürlich gehörten sie immer zu den besten in der Klasse. Ich hasste diese Typen. Wenn Dein Vater sagte, er hätte eine Arbeit in den Sand gesetzt, dann war es auch so. Nur einmal nicht. Da hatte ich mich wirklich in meiner Einschätzung vertan. Ich hatte mich dann aber gleich bei den Mitschülern entschuldigt, bei denen ich zuvor unwissentlich tiefgestapelt hatte. Eigentlich beruhte dieses Verhalten von mir damals auch auf einer Art Wertevorstellung die ich hatte. Zurück zum Thema.

Du bist also sehr unvorbereitet. Dein Vater hat im Übrigen vergessen bei Dir nachzuhaken, ob Du genug gelernt hast. Deine Mutter, die das mit Sicherheit nicht vergessen hätte, ist ein paar Tage nicht zu Hause, da sie für ihre Firma unterwegs ist. Jedenfalls hast Du ein ungutes Gefühl bei der Sache und Du bist ziemlich sicher, diesmal gehörig daneben zu liegen. Um ein Abgucken während der Arbeit zu unterbinden, werdet Ihr so gut wie möglich im Klassenraum neu verteilt. Zufälligerweise wurde Dir durch das Umsetzten ein Mitschüler an die Seite gesetzt, von dem alle wissen, dass er ein Ass in Mathematik ist. Die schlechteste Note die er je hatte war eine Eins minus. Zudem ist der Lehrer, der für Eure Beaufsichtigung abkommandiert wurde, für seine laxe Art bekannt diese Aufgabe wahrzunehmen. Zu Deutsch: man kann bei ihm schummeln was das Zeug hält ohne bemerkt zu werden. Trotz Deiner schlechten Ausgangsposition wegen mangelnder Vorbereitung scheinst Du also Glück im Unglück zu haben. Als die Aufgabenblätter ausgeteilt werden zauderst Du einen Augenblick, ob Du die positive Wendung der Situation freudig annimmst und davon reichlich profitierst. Du entschließt Dich dagegen, konzentrierst Dich auf Dich selbst und versuchst die Aufgaben so gut wie Du kannst aus eigener Kraft zu lösen.

Nach der Doppelstunde in der Pause unterhalten sich einige Mitschüler über die Klassenarbeit. Du bist Dir ziemlich sicher, wie sehr die ganze Sache in die Hose gegangen ist. Deinen Mitschülern ist Deine komfortable Lage natürlich auch aufgefallen und sie fangen sogleich an Dich zu ‚beglückwünschen'. Mit den Voraussetzungen hätte man auch die Arbeit meistern können, ohne auch nur eine Spur dafür gelernt zu haben, sagen sie. Halb beschämt, jedoch standhaft und ernst blickst Du in die Runde und sagst: »Ich habe nicht abgeschrieben, das geht gegen meine Prinzipien. Ich finde es zahlt sich nicht aus, durch Unehrlichkeit Leistungen vorzutäuschen, zu denen man selbst gar nicht im Stande ist!«

Zugegeben, das Beispiel ist nicht gerade realistisch. Mit Sicherheit haben sich noch nicht allzu viele Schüler jemals so verhalten wie hier beschrieben. Dennoch kann es uns hier gut verdeutlichen, für welche Werte Du in diesem Fall einstehen würdest. Für *Aufrichtigkeit* und *Ehrlichkeit.* Auch wenn Du selbst dadurch Nachteile erleidest. Dir geht es gegen die Ehre, die Leistung von jemand anderem zu kopieren und als Deine eigene auszugeben. Für Dich würde die Sache negativ ausgehen (in diesem Fall also die Tatsache eine schlechte Note zu kassieren), darüber bist Du Dir im Klaren. Dennoch entscheidest Du Dich Deinen Werten treu zu bleiben. Sie sind also ganz klar fest in Dir verankert und durch nichts so schnell aus dem Gleichgewicht zu bringen.

Ein anderes Beispiel: Warum besorgen wir uns einen guten Teil unseres Bedarfs nicht einfach umsonst? Man könnte Doch einfach in den Laden gehen und die Sachen, die man gerade so braucht, einfach mitnehmen ohne zu bezahlen, sie also schlichtweg klauen. »Mensch Papi« wirst Du sagen, »das ist doch verboten, und wenn man erwischt wird, bekommt man ganz viel Ärger«. »Richtig, mein Sohn«, würde ich sagen. Das ist aber nicht alles. Jedem, der mit offenen Augen durch die Welt oder besser durch die Geschäfte geht, ist es doch klar, dass sich einem tagtäglich Gelegenheiten bieten Waren einfach mitzunehmen ohne dafür zu bezahlen und ohne von jemandem dabei bemerkt zu werden. Nur machen es vergleichsweise wenig Menschen. Zum einen wegen der erwähnten Probleme die man bekommt, wenn man erwischt würde. Zum anderen, und das dürfte aufgrund der wenigen Vorfälle im Vergleich zu den vielen Gelegenheiten der allergrößte Anteil sein, weil es heißt: »Klauen tut man nicht«. Diese einfache, aber dafür umso größer verbreitete Wertevorstellung, hat sich fast in die Köpfe aller von klein auf gebrannt. Dies ist also ein Grundwert in unserer Gesellschaft. Andere könnten zum Beispiel sein, dass Man(n) keine Frauen schlägt (auch hier ist es erstaunlich, wie sehr sich daran gehalten wird, auch wenn derjenige sonst sehr gewalttätig ist). Oder aber, dass man anklopfen soll, wenn man in einen Raum eintritt, dessen Tür verschlossen ist. Letzteres könnte man auch eher als gute Manieren bezeichnen. Aus meiner Sicht sind die Grenzen jedoch fließend. Ist es in manchen Familien vielleicht noch üblich bei Tisch nicht zu sprechen (ein Brauch, der uns bestimmt nicht betreffen kann), so ist dies in anderen Familien Gang und Gebe. Bei der ersten liegt die Wertevorstellung darin, den Akt des Essens möglichst besinnlich ablaufen zu lassen (vielleicht soll dieses Motiv nur darüber hinwegtäuschen, dass man sich ohnehin nichts zu sagen hätte). Bei der anderen wiederum wird das gemeinsame Essen als eine Zeit des persönlichen Austausches gesehen. Diese Einhaltung der familiären Regeln kann wiederum als Wertvorstellung gesehen werden. Im Allgemeinen kannst Du davon ausgehen, ist mit ‚Werte‘ und ‚Wertevorstellung‘ eher eine Art Lebensphilosophie gemeint, die Dich in Deinem Leben begleitet. War es früher meinem Eindruck nach wohl noch üblich, eigene Wertvorstellungen eins zu eins seinen Kindern einzutrichtern, so scheint sich heutzutage eher eine Methode der Weiterentwicklung durchzusetzen. Schon alleine wegen der Transparenz und der Zugänglichkeit von Informationen, sowie der zu erwartenden Aufgeklärtheit Eurer Generation, werden die Werte Eurer Eltern ständig auf die Probe gestellt. Du kannst leider nicht davon ausgehen, dass die Werte, die wir Dir vermitteln, im Kleinsten noch Bestand haben, wenn Du einmal so alt bist wie ich. Und das ist auch gut so. Ein kritischer Mensch kann sich nur bestmöglich entwickeln, in dem er seine Einstellung und die Einstellung seiner Umgebung hinterfragt und möglicherweise anpasst. Mal wieder ein Beispiel: Deine Großeltern haben mir und Deinem Onkel immer vermittelt wie wichtig es doch sei, eigenen Grund und Boden zu kaufen. Vor allem als Geldanlage sei das sicher und profitabel. Zur damaligen Zeit mag das auch noch so gestimmt haben. Im Allgemeinen sind damals die Grundstücks- und Eigentumswohnungspreise in ganz Deutschland stetig gestiegen. Weiterhin waren die Mietzeiträume im Durchschnitt wesentlich länger. So brauchte man sich als Vermieter nicht ständig um Nachfolgemieter zu kümmern und um all die zusätzlichen Dinge, die mit einem Mieterwechsel verbunden sind. Eine gute Finanzierung vorausgesetzt, konntest Du also in der Tat von einer sicheren Anlage mit steigendem Wert ausgehen. Heutzutage hat sich das ein wenig geändert. Mancherorts stagnieren die Eigentumspreise seit zwanzig Jahren und sind sogar rückläufig. Zudem sind durch die zunehmende Mobilität der Menschen die Mietzeiträume kürzer geworden und die Mieter auch weniger zuverlässig. Eine Abnahme der Bevölkerung tut ihr übriges dazu, wodurch einfach weniger Wohnraum gebraucht wird. Das zusammen genommen führt zu einem erhöhten Risiko beim Eigentumskauf. Die mageren Renditen könntest Du theoretisch auch bei jeder Bank bekommen – wohl gemerkt risikofrei. Zu diesem Thema später jedoch mehr. Du siehst, wie die uns vermittelte Wertvorstellung heutzutage nur unter Vorbehalt noch Relevanz hat. Deine Großeltern hätten dies auch nicht voraussehen können, da sie ja zum damaligen Zeitpunkt vollkommen richtig handelten. Zu starr an Werten über einen zu langen Zeitraum festzuhalten, kann also in die Sackgasse, wenn nicht sogar in die völlig verkehrte Richtung, führen.

Dennoch sollten wir uns ein paar Grundwerte anschauen, die immer Bestand hatten und es hoffentlich immer haben werden. Denn wenn bestimmte Werte und daraus abgeleitete Verhaltensmuster nicht Bestand hätten, so könnte im Extremfall das Fortbestehen einer ordentlichen und sicheren Gesellschaft gefährdet sein. Denke einmal an das Beispiel des Stehlens von vorhin.

Respekt – Zeige Respekt und man respektiert Dich

Schließe einmal Deine Augen und stelle Dir vor, dass Du auf einer Wiese stehst. Nun reißt der Blick auf und die ganze Wiese wird sichtbar. Wieder von weiter weg betrachtet, kommen andere Wiesen ins Bild und schließlich das ganze Land. Nach einem weiteren Augenblick wird die ganze Erde sichtbar. Und Du bist der einzige Mensch auf dieser Erde. Stimmt, das ist eine ziemlich traurige Vorstellung. Sie hat aber auch etwas Gutes. Du brauchtest Dich um nichts und niemanden zu kümmern und müsstest auch keine Regeln befolgen. Du könntest Dich quasi wie die ‚Axt im Walde' aufführen und niemanden würde es stören. Den Wald vielleicht, aber hierauf werden wir später noch einmal eingehen. Du könntest nach Herzenslust rumtoben, schreien und essen was Du wolltest.

Nun stell Dir die gleiche Situation noch einmal vor. Beim ersten Aufriss siehst Du bereits, wie in den umliegenden Gärten Menschen sind, die an diesem stillen Sonntagnachmittag die Zeitung lesen oder Unkraut jäten. Stopp, viel weiter musst Du den Blick gar nicht richten! Du hast wahrscheinlich genug Phantasie Dir vorzustellen, was jetzt kommt. Spätestens nach zwei Minuten des lautstarken Herumtobens werden Dir die Nachbarn argwöhnische Blicke zuwerfen. Und wenn Du mit einem Satz über den Gartenzaun in das frisch gerichtete Beet hüpfst, wird es ernst. Dann wirst Du Dir zunächst eine Standpauke einfangen, und später dürfte sich dann wohl Dein Papi (das nervt mich jetzt schon wenn ich mir vorstelle, ich muss mich mit spießigen Nachbarn herumstreiten) das Genörgel über den ungezogenen Sohn anhören. Möglicherweise hätte Dein Papi aber auch schon vorher etwas gesagt, weil ihm Dein Krach nämlich selber auf die Nerven gegangen wäre. Kurzum: Du kannst Dich nur so wild verhalten, solange Du niemanden anderen, der nämlich die gleichen Freiheiten hat wie Du, auf den Geist gehst oder wie man so schön sagt, beeinträchtigst. Etwas prosaisch gesprochen, muss Deine Freiheit nämlich dort aufhören, wo die des anderen anfängt. Wäre das nicht so, hätten wir ein großes Problem. Stell Dir nur mal vor, Du bist gerade dabei Dir eine neue Hörspielkassette anzuhören. Auf einmal kommt Dein fiktives Schwesterchen herein, reißt die Kassette aus dem Rekorder und beansprucht diese für sich. Vielleicht nimmt sie kurzerhand auch gleich den Rekorder mit. Wie fändest Du das? Ich kann mir das folgende Theater jedenfalls bildlich vorstellen, da ich es so ähnlich schon einige Male bei Deinem Cousin miterleben durfte. Und das sind nur kleine Probleme innerhalb der eigenen Familie, die sich also ohne Androhung von Rechtsanwälten lösen lassen.

Im größeren Rahmen kann man sich noch viele andere Szenarien vorstellen. Was, wenn ein Land ein anderes überfällt und bestimmt, dass ab sofort nur die Sprache des Angreiferlandes gesprochen werden darf. Du siehst, es ist ziemlich schnell einzusehen, wie ein derartig rücksichtsloses Verhalten schnell im Chaos (das ist in diesem Fall ein ziemlich harmloser Ausdruck) enden würde. Am Ende hätten mit großer Sicherheit dann alle darunter zu leiden. Das Zauberwort auf welches ich hier hinaus will ist *Respekt*. Respekt für den anderen Menschen, aber auch gegenüber Tier und Natur. Nun könntest Du erwidern, dass es ja wohl niemanden direkt stören kann, wenn Du z. B. die Straße bemalst, denn die gehöre ja niemanden. Zwar ist sie Eigentum der Allgemeinheit, aber lassen wir das auch ruhig beiseite. Im Ansatz hast Du also Recht. Aber vielleicht stört es die Nachbarn, die täglich diese Straße benutzen, wenn sie so verschmiert ist. Sie mögen sie lieber sauber. Dann lässt sich natürlich darüber streiten, ob die nicht ein wenig pingelig sind oder ob eine bunte Straße schöner ist (später einmal, glaube es oder nicht, wirst Du eine nicht-bemalte Straße auch schöner finden). In dem Fall müsste die Frage dann durch jemanden Unabhängigen geklärt werden. Der wiederum würde in schlauen Büchern nachschauen, in denen die Regeln unserer Gesellschaft aufgeschrieben sind – die Gesetzte. Damit kämen wir aber in das riesige Feld der Rechtsprechung in unserer Gesellschaft. Vielleicht hast Du eines Tages Lust Dich ganz genau damit zu beschäftigen.

Respekt ist also die Wertschätzung, die Du Deinen Mitmenschen und Deiner Umgebung gegenüber aufbringst. Oder auch umgekehrt, wenn Dir andere Wertschätzung entgegen bringen. Wenn Du also leise spielst, damit

Mami mal ein bisschen schlafen kann, dann zeigst Du Respekt. Wenn Sie umgekehrt, eine von Dir gebaute Höhle im Wohnzimmer noch eine Weile stehen lässt, dann zeigt sie Respekt gegenüber Deiner Höhlenbaukunst. So lässt sich das unendlich fortspinnen. Du solltest Respekt vor dem Einsatz und dem Wissen von Menschen haben. Oder vor alten Menschen; für all das, was sie schon erlebt haben. Respekt ist es, die Einstellung eines anderen zu tolerieren oder sich gar danach zu verhalten. Oder es kann nach einer gelungenen Vorstellung der stehende Applaus eines Publikums den Darstellern gegenüber sein. Letztendlich legt jeder für sich selbst fest, was und wem gegenüber er Respekt aufbringen will. Ich kann Dir nur den guten Rat geben, Dir das Bild vom Anfang noch einmal wach zu rufen: Stell Dir wieder die Wiese vor und die herumliegenden Gärten. Nur dieses Mal bist Du nicht da. Alles andere um Dich herum funktioniert auch ohne Dich. Allein dieser Gedanke sollte Dir schon den Respekt für alles um Dich herum wert sein.

Ehrlichkeit – Ehrlich währt am längsten

Ein weiteres Beispiel: Gehe einmal davon aus, dass Du eine Urlaubsreise buchst. Es ist die erste Reise, die Du völlig unabhängig ohne Deine Eltern mit einem Freund antrittst. Deshalb willst Du Dich auch um alles selbst kümmern und trittst stolz und voller Vorfreude die Recherche im Internet an. Nach einiger Zeit triffst Du auf ein Angebot was ziemlich genau Deinen Vorstellungen entspricht. Es ist sogar noch ein wenig günstiger als eingeplant, was Euch natürlich entgegenkommt. Du buchst die Reise und zeigst sie Deinen Freunden, die Dich für Deinen ‚Fang‘ beglückwünschen.

Als Ihr zwei Wochen später am Urlaubsort ankommt ist die Enttäuschung dafür leider umso größer. Wie Ihr feststellen müsst, sind einige der vielangepriesenen Freizeitmöglichkeiten der Ferienanlage noch im Bau, die Animation nimmt erst in der nächsten Saison ihren Dienst auf und die hauseigene Diskothek macht nur an zwei- anstatt an sechs Nächten in der Woche auf. Alles Dinge, auf die junge, urlaubshungrige Männer ganz bestimmt nicht verzichten können.

Anhand dieses beschriebenen Vorfalls kannst Du leicht einen echten ‚Wert‘ kennen lernen. Es geht um *Ehrlichkeit*. Was nützt Dir die schönste Fassade von irgendetwas, wenn der Kern dahinter bei weitem nicht hält was vorne versprochen wird. Es scheint sich leider immer mehr durchzusetzen, es mit der Ehrlichkeit nicht mehr so genau zu nehmen oder sie sehr kreativ auszulegen. Es ist auch für einen selber nicht immer einfach sich die Frage zu beantworten, ab wann eine kleine Verbiegung der Realität regelrecht in Unehrlichkeit umschlägt. Gestresste Ehemänner sind wahre Virtuosen dieser Technik. »Heute Abend wird es später Schatz, wir haben in der Firma schrecklich viel zu tun« ist bestimmt ein gern ausgesprochenes Alibi. Wenn Man(n) dann nach dem Büro mit den Kollegen noch einen Trinken geht, könnte das so ein Grenzfall sein. Die Kollegen haben ja auch was mit der Firma zu tun und später wird es auch. Nur das die verbrachte Zeit nicht ganz so viel mit der eigentlichen Arbeit des Mannes zu tun hat, wird wissentlich verschwiegen. Aber selbst das muss ja nicht einmal der Fall sein. Denn meistens wird im Kollegenkreis dann ja doch über die Arbeit oder das Projekt gesprochen.

Daher sollten wir uns hier nicht solche kleinen Vertreter der Unehrlichkeit anschauen. Als krasseres Beispiel ist vielleicht der Junge zu sehen, der seine Eltern Glauben macht allmorgendlich in die Schule zu gehen, obwohl er irgendwo in der Stadt vor den Spielkonsolen in den Kaufhäusern abhängt.

Vielmehr möchte ich Dir vermitteln, wie sehr Ehrlichkeit auch eine Art gute Investition in sich selbst ist. Das Problem bei der Unehrlichkeit oder schlichtweg am Lügen ist, dass sie nur kurzfristiger Natur sind. »Lügen haben kurze Beine« heißt es nicht umsonst. Du könntest auch sagen sie haben schwache Beine. Denn irgendwann einmal, wenn sich eine Lüge an die andere reiht, dann bricht das Konstrukt der fälschlich veränderten Realität zunächst an der schwächsten Stelle. Richtig kritisch ist es, wenn man vergesslich ist (und Männer neigen dazu kleine Details zu vergessen, welche aber für ein »organisiertes« Lügen sehr wichtig sind) und sich nicht mehr an die alten Lügen erinnern kann. An Realitäten kann man sich leichter erinnern. Selbst wenn nicht, ist das nicht weiter dramatisch. Logischerweise gibt es keine Widersprüche bei der Schilderung von Tatsachen, da sie ja wirklich so passiert sind. Weil man sie zudem gelebt hat, prägen sie sich besser ein.

Lügen und Unehrlichkeit dienen vor allem dazu, sich schnell einen Vorteil zu verschaffen. Das funktioniert auch in vielen Situationen wunderbar. Manche Menschen, die die Technik des Täuschens und Lügens sehr gut beherrschen, glauben bestimmt irgendwann ihre eigenen Geschichten und leben zunehmend in Luftschlössern. Wenn Du lügst belügst Du nicht in erster Linie Dein Umfeld, sondern Dich selbst. Das solltest Du Dir einprägen. Das mag ein wenig oberlehrerhaft klingen, aber es ist so. Letztendlich nämlich musst nur Du selbst mit dem zurechtkommen, was Du an der Realität verbogen hast. Deine Mutter und ich haben vor Dir zu helfen, Dich zu einem standhaften und selbstbewussten Charakter zu entwickeln. Ein solcher wird es schwer haben längerfristig und mit ruhigem Gewissen Lügen vor sich herzuschieben.

Ich würde mir wünschen, dass Du früh in der Lage bist unehrliche Menschen und »Blender« zu erkennen. Von Ihnen kannst Du zwar einiges über das Leben lernen, wie man sich etwa mit wenig Grundlage von Können, Wissen und Achtung durchlaviert. Aber schnell verblasst der Charme solcher Blenderpersönlichkeiten und sie stören mit ihrer Unechtheit nur noch. Ich erinnere mich noch an eine Begebenheit in meiner frühen Schulzeit. Ein Mitschüler hatte mir mehrfach beteuert, er hätte zu Hause in der Garage ein selbst gebasteltes und funktionsfähiges Fluggerät. Dass diese Aussage nicht ganz astrein sein konnte, ging mir selbst in diesem jungen Alter auf, obwohl ich doch gerade erst zwei oder drei Jahre vorher aufgehört hatte an den Weihnachtsmann zu glauben. Trotzdem ließ es mir keine Ruhe, und ich begann mir auszumalen wie es wäre, wenn er wirklich die Wahrheit sagte. Ich erzählte aufgeregt meiner Mutter davon. Wohl in der Hoffnung, meine Eltern könnten mir helfen auch so einen Flugapparat zu bauen. Meine Mutter hat in erzieherischer Weitsicht das Richtige getan: Sie lud mich ins Auto und wir fuhren unangemeldet zu meinem Schulkameraden, um sein Fluggerät vor Ort zu bewundern. Die Geschichte endete recht peinlich für ihn, und er musste sich sehr herausreden an seiner Haustür.

Aber dieser Mitschüler verstand sich auch auf kleinere und ‚elegantere‘ Lügen von denen wir ihm sicherlich viele abgenommen hatten. Ich kann Dir leider nicht sagen, ob ihm die Lügerei für seinen weiteren Lebensweg viele Vorteile gebracht hat. Ich kann Dir aber bestätigen, wie sehr sein Ansehen unter den Mitschülern immer mehr litt. Irgendwann haben wir dann gar nicht mehr hingehört was er erzählt hat, und ich bin sicher, dies war eine schmerzliche Erfahrung für ihn. Als ich siebzehn Jahre später ein Klassentreffen organisierte, war er jedoch der erste der aus der Versenkung erschien und für die Organisation bereitwillig seine Hilfe angeboten hatte. Und dieses Mal hatte er seine Versprechung eingehalten. Menschen lernen aus alten Fehlern am besten, wenn Sie die Fähigkeit haben und sich die Zeit nehmen, über sich selbst nachzudenken.

Es gibt bereits zu viele Unehrlichkeiten und Lügen auf der Welt. Auch auf höchsten Ebenen, deren Auswirkungen sehr viel kapitaler sind als bei dem, was wir normalerweise täglich mitbekommen. Ich wünsche Dir, dass Du immer die Kraft hast (große) Lügen zu entgehen oder schnell aus ihnen lernst. Ehrlichkeit sollte immer einer der Grundsteine Deines Weges sein. Sie ist das Fundament für einen guten Charakter, für Zuverlässigkeit und Rückgrat. Du kannst mir glauben, eher früher als später bist nur Du Dir selbst Ehrlichkeit schuldig.

Erfolg – Motivation macht den halben Erfolg

W enn ich Dir einiges über »*Werte*« erzähle, so meine ich nicht nur das, was nach dem Allgemeinverständnis als Werte angesehen wird. Also all das, was ethisch als in Ordnung und erstrebenswert gilt. Was nützt es Dir nach bestimmten moralischen Werten und Normen zu leben, wenn es Dich persönlich nicht weiterbringt oder manchmal sogar schädlich für Deine Entwicklung ist. Die fast schon gesundheitsschädliche (psychische Schäden noch nicht einmal berücksichtigt) amerikanischer Aufklärungspolitik in Bezug auf Jugendsexualität wäre hier ein Paradebeispiel.

Dass einen fundamentales Lügen nicht weit bringt, ist klar geworden, hoffe ich. Hin und wieder kleine Notlügen können aber mitunter große positive Auswirkungen auf die persönliche Entwicklung haben. Wenn Du einen bestimmten Film im Kino sehen möchtest, der aber erst ab einem bestimmten Alter freigegeben ist, wirst Du wahrscheinlich den Teufel tun, Dein richtiges Alter anzugeben.

Jetzt soll es sich allerdings um die Dinge drehen, die Dich wirklich im Leben voranbringen und die Du aktiv durch Dein Verhalten beeinflussen kannst.

Gehe immer davon aus: Menschen, die Erfolg haben, werden auch immer etwas dafür tun oder getan haben. Entweder arbeiten sie hart dafür oder sie geben vor erfolgreich zu sein, obwohl nichts dahintersteckt. Aber auch Letztere tun etwas für den Eindruck den sie vermitteln. Sie geben nämlich etwas vor – sie blenden. Aber die wirklich Erfolgreichen, heißen sie nun Goethe, Mozart, Edison oder Maria Theresa, haben hart für ihren Erfolg gekämpft und gearbeitet. Ein beliebtes Beispiel in diesem Zusammenhang ist immer die Erfindung von Thomas Edisons Glühbirne vor mehr als 120 Jahren. Eine Erfindung, die sich bis zum heutigen Tage quasi unverändert gehalten hat. Er glaubte fest an seine bevorstehende Erfindung, Licht durch das Hindurchleiten eines elektrischen Stroms durch eine dünne Materie erzeugen zu können. Angeblich hat er über Tausend Versuche gebraucht bis es ihm gelang, einen stabilen Prototyp zu entwickeln. Stell Dir das einmal vor. 1.000 Mal! Besser man malt sich nicht aus wie viel Zeit er für diese Aufgabe aufgebracht hat. Es zeigt Dir aber eine Grundvoraussetzung für den Erfolg. Nämlich *Beharrlichkeit* und *Ausdauer*. Diese Zutaten sind schon einmal die halbe Miete. Meiner Einschätzung nach kommen noch weitere Komponenten hinzu: *Intelligenz* und *Mut. Intelligenz* ist wichtig, um aus Fehlschlägen zu lernen und weitere Versuche dementsprechend abzuändern. Auch *Talent* würde ich hierunter sehen und als eine Art angeborene Intelligenz für bestimmte Fähigkeiten bezeichnen. Es ist wohl klar, dass ein durchschnittlicher Mensch kaum so leicht mit der Musik umgehen kann wie Mozart, auch wenn er noch so viel aus seinen beharrlichen Versuchen lernt. Mit *Mut* meine ich eigentlich nur den Willen etwas entschieden anzufangen und später fortzuführen. Was meinst Du wohl wie oft tolle Ideen nie umgesetzt wurden, nur weil es den Menschen an dem entscheidenden Quäntchen Mut fehlte, den ersten Schritt zu tun. Bevor ich begann Dir dieses alles aufzuschreiben, musste ich den Mut aufbringen einfach anzufangen. Im Volksmund wird dies oft als der ‚innere Schweinehund‘ benannt, den es gilt zu überwinden – oder bildlich – ihn umzubringen. Dass diese drei Zutaten zum Erfolg führen sollten, entspringt einer einfachen aber zwingenden Logik: Wenn Du Dir etwas vornimmst, vorausgesetzt es ist überhaupt realistisch, musst Du zunächst einmal einen ersten Schritt in die Richtung Deines Ziels tun. Dann wäre schon einmal die erste Schwelle genommen.

Nehmen wir wieder einmal ein Beispiel zur Hand. Stell Dir vor, Du möchtest eine große Geburtstags-Party geben. Zunächst einmal musst Du den Entschluss dazu fassen, was man an sich noch nicht als große Hürde bezeichnen könnte. Der erste Schritt könnte sein, wenn Du Dir bereits einige Einfälle hierzu niederschreibst und Dir Gedanken machst, wie die Organisation aussehen soll und wen Du einladen möchtest. Somit hast Du den ersten Schweinehund bereits besiegt, bist ihm davon gelaufen, oder wie auch immer. Als nächstes kommt die *Beharrlichkeit* ins Spiel, also das berühmte ‚am Ball bleiben‘, damit die erste Aktivität nicht im Keim erstickt. Du musst Schritt für Schritt weiter aktiv bleiben, damit das Ziel – die Feier – weiter Gestalt annimmt. Das kann die Auswahl der Räumlichkeiten sein, die Auswahl des Essens, die Organisation der Musik usw. Einige Schritte weiter wirst Du merken, wie in der Organisation bestimmte Probleme auftreten. Vielleicht musst Du, zum Beispiel aufgrund von Platzproblemen, Kompromisse bei der Planung eingehen oder nach alternativen Lösungen suchen. Der von Dir geplante Barbereich muss eventuell kleiner ausfallen oder sogar ganz gestrichen werden. Vielleicht zwingt Dich der gesetzte Kostenrahmen die Dimensionen Deiner Feier noch einmal neu zu überdenken, damit Du Dir die Aktion überhaupt leisten kannst. Bei allen weiteren Aktivitäten und Planungen musst Du das Gelernte natürlich im Hinterkopf haben. Wenn nun mal das Budget fast schon verplant ist, kann es sich ausschließen, extra neue CDs für die Musik zu kaufen. Das ist mit Intelligenz gemeint. In Deinem Handeln musst Du das Gelernte (die Einhaltung der Kosten oder weitere Einschränkungen, die Du von vornherein nicht wissen konntest) berücksichtigen, um nicht vom Weg abzukommen, der Dich zum Ziel führt. Stück für Stück setzt Du Dein Vorhaben beharrlich in die Tat um. Du arbeitest daran, das Gelernte intelligent in Deine Handlungen einfließen zu lassen. Und wenn Dich dann nicht der Mut verlässt, muss Dein Vorgehen zwangsläufig zum Erfolg und ans Ziel führen.

So ist es im Kleinen wie im Großen. Natürlich gibt es auch unüberbrückbare Einschränkungen, die den Weg zum Erfolg versperren. Und auch wieder nicht. Denn wenn Du siehst, es kann auf Deinem zunächst geplanten Weg nicht weitergehen, so lernst Du ja daraus und wirst beharrlich einen anderen suchen. Das mag sich jetzt etwas einfach anhören. Der ganze Prozess ist jedoch selten einfach; meistens sogar ziemlich mühsam. Aber wie angedeutet, finden so auch große Künstler, Musiker, Wissenschaftler, Wirtschaftsbosse und Politiker zum Erfolg.

Was Du für Dich als Erfolg ansehen kannst, werde ich Dir nicht sagen können. Das muss jeder für sich herausfinden. Zwar gibt es unter den Erwachsenen ein ungefähres Allgemeinverständnis was Erfolg ist. Dieser kann sich z. B. in einem guten Beruf, viel Geld, einer wohlgeratenen Familie und schönen Besitzständen widerspiegeln. Doch das ist alles. Längst hat sich nämlich auch unter uns Erwachsenen herumgesprochen, dass man zum Erfolg – und ganz genau weiß auch keiner, wie man den so recht definieren soll – noch einiges andere braucht. Braucht man nicht auch Gesundheit, damit überhaupt alles funktionieren kann? Ist es nicht auch ein Erfolg, wenn man z. B. seine sportliche Leistung steigern kann? Oder wenn Du am Ende eines Tages sagen kannst, es war ein guter Tag, aus welchen Gründen auch immer? Ich kann Dir nur raten, Dich nicht von irgendwelchen Aussagen leiten zu lassen die festlegen, was Erfolg ist oder nicht. Viele Menschen die das tun laufen dann Ihr Leben lang einem Gespinst hinterher, welches für sie ohnehin nicht passen könnte. Was ist denn, wenn ein Mensch, der künstlerisch veranlagt ist, aber aufgrund der Vorstellungen seines Elternhauses Rechtsanwalt werden soll und diesen Weg auch tatsächlich einschlägt? Oder ein unsportlicher Mensch, der unbedingt Tennisstar werden soll? Ich möchte gar nicht wissen, wie viel Kinder gegen ihre Talente und Interessen zu zukünftigen Tennisstars gedrillt werden sollten, als Deutschland Mitte der achtziger Jahre im Tennisfieber lag. Demnach ist es gar nicht so einfach sich nicht von den Normen und Vorstellungen leiten zu lassen, die Dir Dein Umfeld vorgibt. Hoffentlich ist es mir möglich, Dich nicht mit solchen Erwartungen auf einen vermeintlich richtigen Erfolgsweg zu schicken.

Alles, was wir uns im Zusammenhang mit Erfolg angeschaut haben, unterliegt einer Art Kraft. Warum glaubst Du wohl entwickeln wir einen Drang bestimmte Dinge zu machen? Warum können wir Aufgaben erledigen oder Projekte vorantreiben? Manchmal tun sich dabei scheinbar unüberwindbare Hürden auf oder ein Widerstand arbeitet wie von unsichtbarer Hand gesteu-

ert gegen uns. Warum hat der Erfinder Edison nicht bereits nach dem fünf-
zigsten Versuch die Glühbirne zu erfinden aufgegeben? Oder nach dem
Siebenhundertsten? Er hätte allen Grund dazu gehabt. Aber er hatte die
Motivation dazu. Motivation ist wie eine Art Droge, die uns über die Nie-
derlagen und Hürden hinweghilft. Sie schafft es uns voranzutreiben auch
wenn es so aussieht, dass wir keinen Erfolg haben werden oder er zumindest in weiter Ferne liegt.

Stell Dir die Sportler vor, die ihrem Körper über lange Zeiträume regelrechte Qualen zumuten und das immer wieder. Alles nur, um in scheinbar
endlos weiter Ferne an ein Ziel zu kommen oder um einen Kontrahenten zu
bezwingen. Dein Papi hat das selber schon oft beim Ausdauersport erlebt.
Man denkt der Körper kann nicht mehr und alles tut einem weh. Je stärker
dieses Gefühl wird, desto weiter kommt einem die Entfernung zum Ziel vor.
Und eigentlich geht es um nichts. Nur ums Ankommen in einer bestmöglichen Zeit. Aber irgendwie weiß man auch, dass man nicht einfach aufhören
wird. Man wird versuchen das Ziel unter allen Umständen zu erreichen,
auch wenn man an die Grenzen gehen muss. Das ist die Macht der Motivation. Sie kann uns Menschen antreiben, regelrecht über uns hinaus zu wachsen. Auch in Deinem jetzigen zarten Alter kannst Du das schon beobachten:
Wenn Du versuchst, Dich auf dem Bauch liegend von der Stelle zu bewegen. Immer wieder versuchst Du Dich mit den Beinen abzudrücken. Du
kommst zwar keinen Zentimeter voran, aber das ist Dir egal. Dein ange-
spanntes Seufzen verrät mir, wie beschwerlich das Unterfangen für Dich
sein muss. Mag es jetzt noch eine Art angeborene Reflex-Motivation sein
die Dich vorantreibt, so wird es doch bald eine von Dir selbst gesteuerte
sein.

Bei der Motivation geht es im Grunde nicht darum, ob sie sinnvoll ein-
gesetzt wird oder nicht. Menschen machen viele verrückte Dinge. Dinge,
die alles von ihnen abfordern und für die sie nicht selten sogar ihr Leben
einsetzen. Man kann sehr wohl nach dem Sinn und Unsinn derartiger Ziele
fragen. Das ändert aber nichts an der Faszination der Motivation die dahinter steckt. Alle gewollten Veränderungen, d. h. das Streben des Menschen
an einem Zustand etwas zu ändern, können auf irgendeine Art Motivation
zurückgeführt werden. Die Ursprünge mögen dabei sehr wohl unterschiedlich sein. Sie können durch Angst, Neugier, Egoismus, Größenwahn oder
sonstiges verursacht worden sein.

Versuche Deine Motivation so einzusetzen als sei sie ein knappes Gut.
Wäge sorgfältig ab, für was Du sie einsetzt. Vielen Menschen mangelt es
nicht an Motivation, aber an Möglichkeiten diese auch einzusetzen. Neben
dem Antrieb, um manche Dinge zu tun, brauchen wir nämlich auch noch
den „Treibstoff". Damit meine ich z. B. Zeit, Geld und die daraus ableitba-

ren Ressourcen, die für jeden von uns knapp sind. Motivation kann Dich also nur zum Erfolg tragen, wenn sie auch auf realistische Vorhaben abzielt. In dieser Abwägung liegt das Problem: Allzu leicht ist man geneigt zwar kurzzeitig Motivation für ein Vorhaben aufzubringen, sich dann aber von den Unwägbarkeiten auf dem Weg zum Ziel regelrecht einschüchtern zu lassen. Ich glaube diese Kunst der Motivationssteuerung kann man nur durch viele Erfahrungen erlernen. Lass Dich aber zunächst einfach von Deinen Gefühlen leiten. Nutze Deine kindliche Motivation und jage Deinen Träumen hinterher! Diese Kraft der frühen Jahre wird nicht wiederkommen.

Glück – Auf der Jagd nach dem Mythos

D as gerade Beschriebene bringt uns zu einem anderen Thema. Es ist die übergeordnete Instanz des Erfolgs, wenn Du so willst. Man kann es eigentlich schon als Mythos oder Vision der Menschheit bezeichnen. Es geht um nichts weniger als die Erreichung des *Glücks* oder des *Glücklichseins.* Unendlich viele Bücher, Philosophien, Geschichten, Untersuchungen, Lieder und andere Quellen beschäftigen sich damit. Damit kommt die Frage auf, *was ist Glück?* Keine dieser Quellen konnte sie bisher befriedigend beantworten. Auch ich weiß es nicht, mein Sohn. Ich hoffe, Du wirst mir diese Frage erst stellen, wenn Du schon ein gewisses Alter hast in dem Du verstehen kannst, wie schwierig es ist manche Dinge zu erklären. Jedenfalls kann ich es Dir nicht allumfassend oder direkt verständlich sagen. Und wenn Du mich fragst wie Du zum Glück gelangen kannst, kann ich Dir auch diese Frage nicht beantworten. Ohne Zweifel ist das Glücklichsein für jeden Menschen ein Wert, wenn nicht sogar der *Wert der Werte.* Spielt es noch eine Rolle wie viel ich besitze oder was ich kann, wenn ich auch schon mit weniger zufrieden und glücklich bin?

Zu diesem Gedankengang gibt es eine kleine Geschichte von einem griechischen Fischer: Dieser lebte glücklich und zufrieden auf einer kleinen Insel im Mittelmeer. Er hatte nicht viel Besitz. Seinen ausreichenden Lebensunterhalt verdiente er sich mit Fischerei und Ausflugsfahrten, die er den Touristen in seinem kleinen Boot anbot. Des Abends setzte er sich in einen Stuhl auf den Anleger und blickte erschöpft aber glücklich in den Sonnenuntergang. Wie er dort so saß, kam eines Tages ein amerikanischer Tourist vorbei. Er kam mit dem Fischer ins Gespräch und erfuhr, womit dieser sein Geld verdiente. »My Goodness!«, sagte dieser. »Sie könnten doch leicht noch viel mehr Touren für die Touristen anbieten und die Preise anheben. Mit dem zusätzlichen Verdienst könnten sie sich schnell ein zweites Boot leisten und bald einen Mitarbeiter anheuern, der dann dieses Boot fährt und für sie mitverdient.«»Aha«, sagte der griechische Fischer, der nun halbwegs interessiert von seinem Sonnenaufgang aufblickte, »und dann?« fragte er. »Das können sie so fortführen und in ein paar Jahren könnten sie sich noch größere Boote leisten und den Touristen Hochsee-Angel-Touren anbieten. Damit lässt sich noch viel mehr Geld verdienen.« erklärte er. »Ach so«, sagte der Fischer, nun noch mehr interessiert. »Und dann?«, fragte er weiter. »Dann haben sie eines Tages so viel Geld zusammen, dass sie nicht mehr zu arbeiten brauchten und können sich zurücklegen und z. B. glücklich in den Sonnenuntergang schauen« erklärte der Amerikaner. Der Fischer sank enttäuscht in seinen Stuhl zurück. »Aber das mache ich doch jetzt schon, warum soll ich darauf ein paar Jahre warten, abgesehen von all den Mühen und Risiken!«, erwiderter er dem Amerikaner. Dieser wusste keine Antwort mehr, setzte sich neben den Fischer und sah mit ihm in den Sonnenuntergang.

Natürlich ist diese Geschichte stark vereinfacht, aber sie trifft doch den Kern der Sache.

Warum kann ich nicht mit dem zufrieden sein, was ich bereits erreicht habe, warum bin ich nicht glücklich darüber? Genau das sind die ‚Probleme des Glücks‘. Es ist einfach nicht fassbar. Und wenn man glaubt, bildlich gesprochen, es in den Händen zu halten, so kann man es nicht festhalten und es scheint im nächsten Augenblick wieder spurlos verschwunden oder zumindest abgeschwächt zu sein. Als Du geboren wurdest, schien das Glück so nah. Und es kommt immer wieder, wenn Du mir eines Deiner bezaubernden, zahnlosen Lächeln schenkst. Aber im nächsten Augenblick kann ein Anruf meines Chefs mich schon wieder von meiner »Glücksinsel« herunterholen. Aber Du bist natürlich immer noch da und gibst mir Glück.

Glück ist leider nichts Permanentes. Es kommt und geht. Mal bleibt es länger und mal weniger lange. Und es ist relativ. Stell Dir vor, Du wünscht Dir schon ganz lange ein kleines rotes Auto, so wie Du es im Schaufenster gesehen hast. Nach langer Zeit des Quengelns erweicht sich Deine Mutter (ich stehe natürlich für die Sparsamkeit in der Familie, deshalb versuchst Du es bei ihr). Du freust Dich riesig und bist sehr glücklich darüber. Es hält auch einige Tage an, und Du spielst viel und selig mit Deinem neuen Auto. Bis der Nachbarsjunge zum Spielen kommt und Dir zu verstehen gibt, dass Deine »olle« Karre ja noch aus der letzten Serie ist und seiner viel angesagter sei. Das Glück über Dein Auto verflüchtigt sich, und im Vergleich zu dem tollen Auto des anderen Jungen erscheint Dir Deins gar nicht mehr so schön.

Du siehst, Glück ist relativ, und Menschen neigen in der Regel dazu immer mehr zu wollen und sich zu vergleichen. Später sind es halt größere

Autos, tollere Jobs, exklusivere Urlaubsreisen die das Glück verheißen oder wenigstens einen guten Teil dazu beitragen sollen. Es scheint sogar fast so, als verliere das Glück an Wert mit dem Anstieg der Möglichkeiten und Mittel die man meint zu haben, um es erreichen zu können.

Aus der Sicht Deines Papis müssen als Grundlage für das Glück bestimmte Dinge einfach gegeben sein. Dazu gehören ein Dach über dem Kopf und was zum Anziehen. Etwas zu Essen und Trinken, ein Liebesleben und eine sinnvolle Aufgabe. In unserer Zivilisation reicht das jedoch nicht. Viele Menschen haben dies, bei weitem nicht so viele Menschen sind jedoch auch glücklich. Interessanterweise geht es uns in unserer westlichen Welt materiell besser als mindestens zwei Drittel der restlichen Weltbevölkerung. Trotzdem scheinen, wenn Du Dir einmal Berichte und Bilder aus diesen Regionen anschaust, die Menschen im Schnitt dort glücklicher zu sein.

Niemals aber, und das ist mittlerweile wissenschaftlich belegt, ist Glück von einem Übermaß an materiellem Wohlstand abhängig. Du kannst ein tolles Haus mit riesigem Garten, zwei luxuriöse Autos, den Kleiderschrank voller Kleidung der jüngsten Mode haben und wer weiß wie oft wundervolle Reisen machen. Dies wird Dein subjektives Glücksempfinden (und das ist immer subjektiv, da von Dir ganz allein abhängig) nicht dauerhaft steigern. Dieses Phänomen kann man bei uns Menschen von klein auf feststellen. Welche Familie hat nicht das Problem, dass das gerade geschenkte Spielzeug zwar zunächst Freude beim Nachwuchs auslöst, dann aber schnell keine Beachtung mehr findet. Fast scheint es so, als sei die Vorfreude ohnehin größer gewesen als das Glück danach.

Irgendwann schlägt das vermeintliche Glück, welches die materiellen Verlockungen verheißen soll, geradewegs ins Gegenteil um. All das, was man sich im Lauf der Zeit anschafft, wird irgendwann gnadenlos mehr Zeit und Geld einfordern, als Du gedacht hast. Ein Haus muss renoviert werden, ein Garten braucht Pflege, Kleidung wird unmodern und verstopft die Kleiderschränke. Oder aber die Sachen verursachen Dir ein schlechtes Gewissen, da Du nicht dazu kommst Dich mit ihnen zu befassen. So oder so – Eigentum macht unfrei! Als ich mal für ein Jahr ein kleines Zimmer in einem Studentenwohnheim im Ausland bezog, wurde mir das sehr deutlich. Das Zimmer hatte vierzehn Quadratmeter, einen Kleiderschrank, ein Bett, ein Bücherregal und einen Schreibtisch. Ich selbst kam mit zwei Koffern an, hatte also nur das Nötigste dabei. Ich fühlte mich von der ersten Minute an wunderbar. Da ich keine Decke hatte, schlief ich die ersten Tage unter Handtüchern. Da es eine gut ausgestattete Gemeinschaftsküche gab, brauchte ich mich ebenfalls nicht um derartige Dinge zu kümmern. Ein Radio wurde mir von einem Mitbewohner geliehen, und ein paar weitere Kleinigkeiten kaufte ich mir hinzu. Am Tag meiner Abreise hatte ich drei Koffer. Ich hatte mir also einen Kofferinhalt in der Zeit hinzu gekauft. Davon war die Hälfte Geschenke für Familie und Freunde und ein paar Lebensmittel. Mir fehlte es an nichts, und ich genoss die Freiheit des geringen Besitzes.

Verstehe mich bitte nicht falsch. Dies ist kein Aufruf zum Konsumverzicht. Denke jedoch von Zeit zu Zeit darüber nach, mit welchen Dingen und mit wie viel von ihnen Du Dich umgibst. Entsorge ebenso regelmäßig Habseligkeiten, die Du nicht (regelmäßig) brauchst. Eine Freundin von mir pflegt mit ihrer Tochter einen netten Brauch: Einmal im Jahr muss die Tochter wie die Mutter eine Kiste von Dingen zusammensuchen, von denen sie sich trennen können. Diese wird dann Familien gespendet, die es viel nötiger haben.

Bei unserem heutigen Überfluss dokumentiert man Wohlstand nicht mit viel Eigentum, sondern durch die Freiheit, sich nicht mehr als nötig mit ihm zu belasten. Überlege Dir bei allen größeren Anschaffungen, dass Du Dir ein Stück Unfreiheit zwangsläufig dazukaufst. Und auch bei kleineren Käufen solltest Du einen kurzen Augenblick innehalten und überlegen, ob Du die Sache wirklich benötigst. Wird es Dir, wenn Du es mit nach Hause nimmst, Freude geben oder Nutzen stiften? Dinge, die man wirklich möchte, kommen einem nicht einfach so in den Sinn. Sie sind das Resultat eines Reifeprozesses. Über Tage und Wochen, manchmal Jahre kann ein Wunsch immer stärker werden. Irgendwann weißt Du, es ist Zeit ihm nachzugeben. Wie kannst Du etwas vermissen oder ein Bedürfnis haben, wenn Du vor dem Betreten eines Geschäfts noch gar nicht daran gedacht hast? Versuche übrigens niemals eine Frau von dieser Logik zu überzeugen. Viele von ihnen haben ein bestimmtes »Shopping-Gen« in ihrem Erbgut. Es sorgt dafür, dass Rationalität beim Betreten eines Geschäfts oder beim Aufschlagen eines Katalogs automatisch abgeschaltet wird.

Die Sache mit dem Glück ist ganz schön kompliziert und Du kannst es einfach nicht ohne weiteres ‚packen und festnageln‘. Wir sollten auch nicht versuchen es zu sehr zu verwissenschaftlichen. Als Rat werde ich Dir nur geben, Dich ab und zu mal in die Rolle eines außenstehenden Betrachters Deines Lebensweges zu begeben. Stell Dir vor, sagen wir in 20 Jahren zum ersten Mal, blickst Du auf Dich und Deinen Lebensweg. Du kannst Dich in den verschiedenen Stadien wie auf einem Zeitstrahl beobachten. Am Anfang siehst Du Dich im Alter von ein und drei Jahren. Dort drüben bist Du schon 12. Kennst Du den da noch? Da warst Du 16, und das warst Du doch erst letztes Jahr. Wenn Du Dich so zu den verschiedenen Zeitpunkten betrachtest, bin ich sicher, dass Du Dich zumindest teilweise an Deine Gefühle, Wünsche und Träume erinnern kannst, die Du zu den jeweiligen Zeitpunkten hattest. Und, kannst Du es sehen? Ja, tatsächlich! Manche dieser Wünsche haben sich erfüllt. Weil Du es wolltest. Vielleicht hast Du auch nur unbewusst darauf hingearbeitet. Andere Wünsche sind möglicherweise mit der Zeit nicht mehr so wichtig gewesen, und Du hast sie nicht weiterverfolgt. Und vielleicht hattest Du ja auch in ganz jungen Tagen bereits den einen oder anderen Traum, den Du auch heute noch träumst und an dem Du »arbeitest«, ohne Dir bewusst zu sein. Ich möchte Dir damit sagen, es kann einem sehr wohl Zufriedenheit geben und einem das Glück zeigen, wenn man hin und wieder einmal eine Perspektive von außen einnimmt. Es kann Dir klarmachen, wie Du schon etwas geschafft und erreicht hast, was Du bereits in früheren Tagen als Deine »Glücks-Zutat« angesehen hast.

Träume und Ziele – Aus Träumen werden Ziele, oder umgekehrt?

Womit wir auch bei den *Träumen* sind. »Kinder brauchen Träume« heißt es. Persönlich glaube ich viel eher »Kindern ist das Träumen angeboren« – sie verlernen es nur auf dem Weg zum Erwachsenwerden. Von Grund auf sind sie bei Ihnen quasi ‚vorinstalliert'. Oft, wenn ich an Deinem Bett sitze und Dir beim Schlafen zuschaue oder wenn ich Dich direkt beim Spielen oder Kuscheln anschaue, frage ich mich, was wohl in Deinem kleinen Köpfchen vor sich gehen mag. Wie viel nimmst Du wahr von dem, was um Dich herum passiert? Realisierst Du gar schon Zusammenhänge (Deine Mutter ist übrigens sehr davon überzeugt, seit dem Du eine Vorliebe fürs Versteckspielen entwickelt hast)? Und einen Atemzug später frage ich mich, was für ein Typ Mensch Du werden wirst. Wirst Du eher von Natur aus vorsichtig sein, vielleicht sogar ängstlich? Oder eher der Draufgängertyp, den auch das zehnte Mal Auf-die-Nase-fallen nicht abschrecken kann es noch einmal von vorne zu versuchen. Wie Du auch wirst; Neugier und Begeisterungsfähigkeit für das Neue sollten zu Deinen Eigenschaften gehören. Die Welt ist voll von Dingen, die täglich entdeckt werden können, die sich miteinander in Verbindung bringen lassen und in Dir neue Ideen wecken. Und ganz bestimmt wirst Du auf Deinen ersten Schritten durch diese spannende Welt auch allerhand Wünsche entwickeln, aus denen Träume werden. Es ist (wieder einmal) schwer in Worte zu fassen, was ein Traum ist. Er ist wohl eine Art Wunsch, der in der Zukunft Wirklichkeit werden soll. Durch die erfüllten Träume verspricht man sich von dieser Zukunft Glück und Zufriedenheit.

Als ich etwa 10 Jahre alt war, war es (wenn auch nur für kurze Zeit) mein Traum Bäcker zu werden. Der Grund hierfür war denkbar einfach. Ich aß für mein Leben gern rohen Teig von Kuchen und Plätzchen, wie wohl jedes Kind. Also malte ich mir in meinem Traum aus, wie es wohl sei, sich jeden Tag den Bauch mit Teigen aller Art voll zu schlagen. Der Traum meines Berufswunsches währte nicht lang, bis mir meine Mutter erzählte, wie früh ein Bäcker jeden Tag aufstehen müsste.

Auch Erwachsene haben Träume. Sei es der Besitz einer einsamen Insel, die Lottomillionen, oder das Vollenden eines großen Vorhabens. Meistens sind diese von materieller Art und in Kinderaugen wohl eher langweilig. Ich erinnere mich noch an Deinen kleinen Cousin, als er seine ‚Drachen-Phase‘ hatte. Er wollte partout eine Höhle bauen, um dann als kleiner Drache im elterlichen Garten zu wohnen. Auch dieser Traum war jäh zu Ende geträumt, als ihm seine Mutter klarmachte, er könne nicht mehr im Bett von Mama und Papa schlafen, wenn er erst einmal zum Drachen geworden ist. Wie Du ahnen kannst, ist es gar nicht so einfach einen Traum zu finden, der einen lang begleitet. Die Tragik am Größerwerden ist wohl, dass man immer mehr Erfahrungen hinzugewinnt, die die meisten Träume unwahrscheinlicher werden lassen. Der große Vorteil liegt aber wiederum auch genau in diesem Umstand: Wenn es Dir zunehmend möglich ist Dinge realistisch zu sehen, so wirst Du auch leichter Mittel und Wege finden, Deine Träume Wirklichkeit werden zu lassen. Wichtig ist bei alledem, den Traum, wenn man ihn wirklich will, nicht aus den Augen zu verlieren. Um mit der Sprache der Erwachsenen zu sprechen, musst Du Dir ein *klares Ziel* setzen. Es hört sich fast gegensätzlich an, meint aber grundsätzlich das Gleiche. In der beruflichen Welt der Erwachsenen wird auch gern der Ausdruck »Vision« gebraucht.

Vergiss vor lauter Fokussierung auf den Traum oder das Ziel aber niemals auch den Weg dorthin wahrzunehmen. Du musst ihn sogar lieben lernen und sei er noch so mühsam. Der Weg muss nicht unbedingt das Ziel sein, wie es so schön heißt, aber er führt Dich nun mal dorthin und Du musst ihn gehen. Du kannst ihn also dann auch gleich bewusst erleben, wenn nicht sogar genießen. Ich habe mich mehrfach schon auf einen Marathon vorbereitet. Die Vorbereitung war so umfangreich, dass Du lernen musst, sie zu mögen. Sonst würdest Du das Ziel – im Wettkampf die Strecke zu meistern – nicht erreichen. Ich sah dann schließlich den finalen Lauf dann »nur« noch als Krönung des ganzen, als einen würdigen Abschluss. Ich kann Dir nicht sagen, ob alle Menschen in meiner Situation so denken, aber ich kann Dir versichern, dass es ungemein hilft.

Lasse Deine Träume zu Dir kommen, kleiner Junge. Umgib Dich mit ihnen, und lasse sie auf Dich wirken. Du wirst irgendwann wissen, welche von ihnen die Großen sind, die Dich vielleicht ein Leben lang begleiten oder aber die Kleinen, die vielleicht nur ein kurzes Stück bei Dir sind. Sie sind es wiederum die Dir zeigen wie schön es ist, über einen Zeitraum hinweg einfach den Gefühlen zu folgen und sich leiten zu lassen. Es gibt ein Lied, das ein alter Klassiker ist. Stimmigerweise heißt es »Father and Son«. Eine Textpassage könnte nicht besser zusammenfassen, was ich Dir über Träume sagen möchte.:»... Take your time think a lot, think of everything you've got now. For you will still be here tomorrow but you dreams may not.« »Nimm Dir Deine Zeit, denke eine Menge nach über das was Du schon hast. Weil Du morgen noch hier sein wirst aber Deine Träume vielleicht nicht«.

Tugenden – Sie sind immer aktuell

B ei all dem, was Dich zum Ziel führen kann, möchte ich jedoch nicht verpassen, Dich mit väterlich erhobenen Zeigefinger, auf die *Tugenden* des Menschen hinzuweisen (während ich dieses schreibe muss ich ein wenig lachen. Ich bin aber guter Dinge in die Rolle des väterlichen Vorbilds noch richtig hinein zu wachsen). Die Vorstellungen über bestimmte Tugenden halten sich schon recht lange in unserer Gesellschaft, wenngleich sie auch immer wieder modernisiert wurden. Das allein ist somit schon Anzeichen genug für die Bedeutung die ihnen zukommt.

Der Ausdruck »Tugend« wird sich für Dich ziemlich verstaubt anhören. Auch als ich in Deinem Alter war, war das bereits nicht anders, zumal die 68er Generation noch nicht lange zurücklag, die ihrerseits zum Kampf gegen Tugenden aufrief.

Tugenden sind Verhaltensregeln, die jedoch nicht fest vorgeschrieben sind. Insofern könnte man wohl besser von »Verhaltenswerten« sprechen, wenn es das Wort gäbe. Deren Einhaltung hängt somit nur von dem Wollen des Einzelnen ab. Für Dich bedeutet es, dass niemand direkt gegen Dich vorgehen wird wenn Du diese Tugenden nicht einhältst. Wie wir aber sehen werden, kann eine Missachtung von ihnen mit der Zeit zu einer Art Boykott Deiner Person durch andere führen. Schwerwiegender ist aber, dass Du Dir durch eine Missachtung ins eigene Fleisch schneidest bzw. Dir vielleicht eines Tages nicht mehr ins Gesicht sehen kannst.

»Räum Dein Zimmer auf!« oder »Wie sieht das hier denn schon wieder aus!« sagen wohl sehr oft Eltern zu ihren Kindern. Ich erinnere mich noch an meine Kindheit. Spontan würde ich sagen, die Auseinandersetzung zum Thema *Ordnung* war wohl die häufigste Streitursache zwischen meiner Mutter und mir. Ihre Vorstellungen darüber unterschieden sich erheblich von dem, wie ich sie praktiziert hatte.

Mir wollte einfach nicht einleuchten, warum ich eine bestimmte Ordnung einhalten sollte. Ich muss zugeben, im Vergleich zu Deiner Mutter bin ich in Sachen Ordnung (auch heute noch) ein Neandertaler. Das ändert aber nichts an der Tatsache, dass ich Ordnung liebe. Ich denke, man kann sie in zwei Ausprägungen unterscheiden. *Ordnung mit Dingen* und *Ordnung im Kopf*.

Stell Dir vor, Du hast ein kleines Zimmer. Darin stehen ein Tisch, zwei Stühle, ein Kleiderschrank und ein Regal. Außerdem hast Du zwanzig einzelne Gegenstände. Ein paar Kleidungsstücke, ein paar Bücher, einen Malblock, ein paar Buntstifte und Spielsachen. Du betrittst nun dieses Zimmer, und überall liegen diese Gegenstände verstreut. Außerdem ist ein Stuhl umgekippt. Der andere steht verloren im Raum. Aus der offenen Tür des Kleiderschranks quetschen sich Kleidungsstücke nach außen hervor und so fort. Nun stelle Dir den gleichen Raum vor, in dem alles geordnet ist. Der Kleiderschrank ist geschlossen, und die Kleidung ist wohlgeordnet darin verstaut. Die Stühle stehen an den Tisch gerückt. Die Malsachen liegen auf dem Tisch, und die anderen Spielsachen sind in einer Ecke des Zimmers sauber aufeinander gestapelt oder im Regal verstaut. Du kannst Dir denken worauf ich hinaus will. Das zweite Zimmer sieht ordentlicher aus. Obwohl es nur sehr wenige Sachen sind und das Zimmer fast leer ist, kann man es im ersten Fall richtig verunstalten, zumindest optisch. Im zweiten Fall, mit der gleichen Anzahl von Gegenständen, sieht die Sache anders aus. Das Erscheinungsbild ist für uns Menschen beruhigender.

Ich glaube, Menschen haben ein natürliches Bedürfnis nach Ordnung. Es mag in ihren Genen liegen oder sich im Laufe der Jahrhunderte durch unsere Gesellschaft entwickelt haben, dass sie immer nach symmetrischen oder harmonischen Formen streben. Ein Paar Schuhe akkurat nebeneinander gestellt löst einen angenehmeren Eindruck aus, als wenn sie einfach kreuz und quer herumliegen. »Wer Ordnung hält, ist nur zu faul zum Suchen«, heißt eine bekannte Aussage. In dieser Aussage liegt eine Menge Wahrheit. Das mag weniger an der Faulheit liegen, obwohl man viel (unnötige) Zeit im Leben mit dem Suchen verbringt, die man mit Sicherheit besser verbringen könnte. Vielmehr würde ich das Wort »faul« mit »friedliebend« ersetzen wollen. Unordnung und damit verbundenes Suchen nach verlegten Gegenständen kann nämlich auch eine Menge innere Unruhe und Stress verursachen. Optische Unordnung erzeugt Stress im Kopf, zumindest wenn man für sie oder ihre Beseitigung verantwortlich ist. Ich kenne einige Leute, die können sich nicht auf eine Tätigkeit konzentrieren, solange in ihrem direkten Umfeld nicht eine bestimmte Ordnung hergestellt ist.

Und hier kommen wir zu der anderen Ausprägung von Ordnung, der *Ordnung im Kopf.* Es gibt strukturiert denkende- und eher weniger strukturiert denkende Menschen. Einen gewissen Grad an Strukturiertheit haben wir natürlich alle, deshalb sind wir logische Wesen. Es gibt aber Menschen – meistens neigen Männer eher dazu als Frauen – die nur in logischen Kausalitäten denken können. Logiken, wie »aus A folgt B das wiederum mit C in Zusammenhang steht«, bestimmen ihr Denken. Du wirst früh erkennen, ob Du zu dieser Sorte Mensch gehörst oder eher zu den intuitiveren Vertretern. Letztere können in bestimmten Disziplinen besser Verbindungen zwischen Tatbeständen und Theorien knüpfen, die scheinbar nichts mit einander zu tun haben. Eine wüste Unordnung im eigenen Zimmer oder Büro, die man angeblich als »kreatives Chaos« braucht, um richtig Denken zu können, hat damit aber nichts zu tun. Die gehört dann wohl eher in die Kategorie Faulheit.

In eine ähnliche Kategorie wie die der Ordnung, fällt das Thema *Sauberkeit.* Damit soll hier nicht die Sauberkeit des eigenen Körpers gemeint sein (wenn auch viele Leute hierin echten Nachholbedarf hätten), sondern die Sauberkeit des Umfelds. Sie hat etwas mit Lebensqualität zu tun. Natürlich gibt es Extreme. Gemeinhin wird ja auch gesagt, dass gerade in unserem Land diesem Thema ein zu hoher Stellenwert beigemessen wird. Und in der Tat kann man feststellen, wie sich manche Menschen über Leistungen regelrecht definieren können, die sie in der Disziplin ‚Putzen' vollbracht haben. Ich glaube aber auch, dass die meisten Menschen hierzulande so aufgewachsen sind, dass sie, wie bereits bei der Ordnung, ein bestimmtes Bedürfnis nach Sauberkeit haben. Ich finde ebenfalls, dass Sauberkeit beruhigt. Sie gibt einem das Gefühl in einer schönen Umgebung zu sein. Ich konnte das einmal ganz besonders feststellen, als ich einige Zeit in einer Wohngemeinschaft einen Mitbewohner hatte, der es in diesem Punkt nicht so genau nahm. Verdreckte Fußböden waren für ihn ebenso eine Selbstverständlichkeit wie stapelweise schmutziges Geschirr, übelriechende Toiletten und sonstige Siffigkeiten. Wie einem ein Mangel an Sauberkeit buchstäblich die gute Laune verderben konnte, das wurde mir in jenen Tagen bewusst.

Unterschätze weiterhin niemals den Einfluss von *Pünktlichkeit* auf unser Leben. Wer einmal in einem Land gewesen ist, wo Pünktlichkeit nicht den Stellenwert wie bei uns hat, weiß wie sehr wir von ihr abhängig sind – zumindest wenn man mit ihr aufgewachsen ist. Das hat sich sicherlich mit der

Erfindung des Mobiltelefons ein wenig relativiert, da man die Verabredung sozusagen jederzeit ‚aktualisieren' kann. Denke jedoch einmal an Verkehrsmittel die pünktlich an der Haltestelle sein sollen, damit Du nicht unbestimmte Zeit warten musst. Dann sieht die Sache ganz anders aus. Pünktlichkeit macht das Leben planbarer und leichter zu organisieren. Das sind Eigenschaften, wonach wir Menschen uns im Allgemeinen sehnen.

Aber genau in dieser übertriebenen Organisiertheit sehen die Kritiker der Pünktlichkeit das Problem. Sie gehen davon aus, dass Pünktlichkeit uns einem unnötigen Zwang unterwerfen würden, der unser Leben weniger lebenswert macht. Ich persönlich sehe Pünktlichkeit eher als eine Art Respekt denen gegenüber an, die nicht diese Meinung teilen. Wenn Du einmal auf jemanden warten musstest, obwohl Du wirklich anderweitig Wichtiges zu tun gehabt hättest, weißt Du, wovon ich rede.

Pünktlichkeit hat auch etwas mit *Zuverlässigkeit* zu tun. Stell Dir vor ein Freund hat Dir zugesagt, bei der Renovierung zu helfen. Die Wohnung muss unbedingt noch heute fertig werden, da morgen die Spedition mit den Möbeln kommt. Ihr wolltet Euch um 9 Uhr in der Wohnung treffen. Jetzt ist es bereits 10.30. Als Du Deinen Freund anrufst und Dich ein verschlafenes »Hallo« begrüßt, wird bestätigt, was Du geahnt hast. Dein Freund hat verschlafen. Schlimmer noch. Er sagt er weiß nicht, ob er überhaupt noch kommen kann; die Auswirkungen von den Alkohol-Exzessen von letzter Nacht sind noch zu heftig. Auch hat er seinen Eltern zugesagt am frühen Nachmittag zum Kaffeetrinken vorbei zu kommen. Natürlich kommen Deine Pläne dadurch beträchtlich durcheinander und eigentlich kannst Du das Umzugsunternehmen gleich wieder abbestellen.

Hieran siehst Du gut, wie wichtig Zuverlässigkeit ist. Sie ist eigentlich Grundvoraussetzung, damit Menschen nachhaltig miteinander interagieren können. Das gilt im Privaten wie im Geschäftlichen. Du musst Dich darauf verlassen können, dass Deine Mutter pünktlich zu Deiner Fütterungszeit nach Hause kommt. Später einmal will sie sich auf Dich verlassen können, um sich nicht unnötig Sorgen machen zu müssen. Von Dir bestellte Ware muss zuverlässig und pünktlich kommen, wenn Du Deine Freundin nicht erst nach ihrem Geburtstag beglücken möchtest. Und letztendlich musst Du Dich auf Dich selbst verlassen können, sonst kannst Du nicht einmal mit Dir selber planen. Wenn wir nicht alle ein gewisses Maß an Zuverlässigkeit hätten und versuchen uns an die Ethik der Zuverlässigkeit zu halten, müsste alles zum Erliegen kommen. Nicht umsonst kommt es in anderen Kulturen, in denen stärker eine Laissez-Faire-Einstellung vorherrscht vor, dass grundlegende Dinge, wie z. B. der öffentliche Nahverkehr oder die Versorgung mit Strom und Wasser nicht gut funktionieren.

Eine ähnliche Grundlage für das menschliche Miteinander ist die der *Aufrichtigkeit*. Ich hatte Dir ja bereits vorhin illustriert, wie sehr Lügen dazu neigen, sich zu verselbstständigen, bis schließlich das ganze Luftschloss in sich zusammenbricht. Die Aufrichtigkeit ist eine Art Ableger der Ehrlichkeit. Ich würde sagen, sie bürgt dafür, dass man selbst zu seinen Fehlern bzw. falschen Annahmen und Handlungen steht. Das ist nicht immer einfach, und man muss es lernen. Es ist zwar edel für die eigenen Fehler einzustehen, aber es muss bei weitem nicht für einen selbst von Vorteil sein. Ist es nicht einfacher, sich immer aus der eigenen Schuld und den Fehlern herauszuwinden oder ihnen aus dem Weg zu gehen, wie ein Slalomfahrer? Wie gesagt, Du bist letztendlich nur Dir selbst verantwortlich. Du musst Dich noch im Spiegel betrachten können. Die Aufrichtigkeit gegenüber anderen und Dir selbst wird Dir dazu verhelfen, ein starkes Rückgrat zu entwickeln, was in der Lage ist, eine Menge Fehler und Schuld zu tragen wenn es sein muss.

Als letzte Tugend möchte ich Dir den *Fleiß* erklären. Wenn vielleicht die anderen Tugenden von ihrem Glanz ein wenig eingebüßt haben, so steht er noch immer ganz hoch im Kurs. Fleiß bedeutet, Du bist bereit Dich für eine Sache mit Hingabe und Energie einzusetzen. Dabei muss nicht einmal ein Ziel die Richtung Deines Fleißes vorgeben. Der Maurer, der beständig eine Reihe Steine auf die andere setzt, Stunde um Stunde und ohne Pause, ist fleißig. So ist es auch die Krankensschwester, die sich aufopfernd um die Patienten kümmert und darüber den Feierabend fast vergisst. Der Manager, der die Analyse bis spät in die Nacht anfertigt, damit sie am nächsten Morgen zur Sitzung bereit liegt, ist es, und auch der Schüler, der viel für eine Klassenarbeit lernt – sie alle sind fleißig. Die Wahrnehmung des Fleißes durch Außenstehende ist jedoch relativ. Er muss immer im Verhältnis zum Alltäglichen gesehen werden. Um als fleißig angesehen zu werden genügt es meistens nicht, sich im normalen Rahmen einzusetzen. Es muss immer noch etwas mehr sein. Meistens geht dieses ‚Etwas Mehr' zu Lasten der Zeit und Kraft, die man für andere Dinge aufbringen würde. Die Krankenschwester wollte vielleicht noch ins Kino gehen. Der Maurer hat eigentlich einen Bärenhunger, kommt aber nicht zum Essen, und der Manager hat seine Kinder an jenem Abend schon wieder nicht ins Bett bringen können. Was dem Schüler sonst noch einfallen könnte, was er statt des Lernens hätte machen können, das wirst Du mir in ein paar Jahren bestimmt selber erklären. Wenn Du so willst, zahlen diese fleißigen Menschen ihre Extra-*Arbeit* mit Verzicht auf etwas anderes.

In diesem Zusammenhang möchte ich Dir noch kurz den Unterschied zwischen *Fleiß, Arbeit* und *Leistung* erklären. Fleißig zu sein bedeutet, wie gesehen, viel zu arbeiten und zwar mehr als es eigentlich für eine Tätigkeit

Bildung – Ohne sie ist alles nichts, oder zumindest verstehst Du nichts

Der folgende Abschnitt liegt mir besonders für Dich am Herzen mein Sohn. Übrigens, dieses »Mein Sohn« hört sich sehr bedeutungsvoll für mich an. Insbesondere wenn ich bedenke, Dich zurzeit doch meistens »Spätzchen, kleines Würstchen, Schmatzbacke oder Quetsche« zu nennen. Der Ausdruck »Quetsche« fiel mir unwillkürlich nach Deiner Geburt ein, weil Du so verquetscht aussahst.

Es geht um *Bildung*. Dass diese so ungeheuer wichtig ist für jeden von uns, das stellen viele erst zu spät fest. Bei mir hat es verhältnismäßig früh »klick« gemacht. So in etwa seit der Zeit, als ich in der zehnten Klasse war, also so mit 15, 16 Jahren. Seinerzeit ist mir wirklich bewusst geworden, wie sehr Bildung zum ureigensten ‚Kapital' einer jeden Person gehört. Durch sie erst bekommt man die Möglichkeit einer persönlichen und ausgereiften Entwicklung. In welche Richtung diese Entwicklung geht, ist dann zunächst eher zweitrangig.

Deine Bildung ist die Fähigkeit, auf von Dir aufgenommenes Wissen zurückgreifen zu können. Du kannst ein vielfältiges Wissen wiederum in Zusammenhang bringen oder in Vergleich ziehen mit den Dingen, die Du neu kennen lernst oder erlernst. Dies hilft Dir, Dich besser in der Welt zurecht zu finden, Menschen zu verstehen und zu helfen. Aber Du kannst auch selbst-gestaltend in diese Welt eingreifen, um sie ein Stück zu verändern. Durch Bildung erschließen sich für Dich somit Wege, die Du sonst nicht gehen kannst. So wirst Du Dich in einem fremden Land nur richtig wohlfühlen, wenn Du die Sprache sprichst. Du wirst Dich auch an vielen Gesprächen, und das gilt nicht nur für das Erwachsenenalter, nur beteiligen und Beiträge leisten können, wenn Du deren Hintergründe verstehst. Das kannst Du nur, wenn Du Dich über die Thematik gebildet hast bzw. Dich ‚ins Bild gesetzt' hast. Ich möchte an dieser Stelle nicht Bildung mit Ausbildung gleichsetzen. Bildung kann aus Ausbildung entstehen. Für mich ist Bildung jedoch auch etwas Selbstbestimmtes, etwas Selbsterwähltes. Am allerbesten eignet man sich bestimmte Wissensfelder an, wenn man sie sich aus eigenem Interesse selbst erarbeitet. Ich wünsche mir für Dich, dass Du im Laufe Deines Heranwachsens viele Interessengebiete für Dich findest, in die es Dir Freude macht tiefer vorzudringen.

Bei der Bildung, aber auch bei *Wissen* und *Intellekt,* also Dinge, die im Zusammenhang zueinander stehen, musst Du auf einen Punkt besonders achten: Verpasste Gelegenheiten sich zu bilden, sich Wissen anzueignen und seinen Intellekt zu erweitern, sind in späteren Jahren sehr schlecht und meistens nur mit höherem Aufwand als zu einem früheren Zeitpunkt nachzuholen. Dies ist umso einleuchtender, wenn Du Dir klarmachst, dass die Zeit, die Du Dir frei einteilen kannst, immer mehr abnimmt bzw. immer stärker fremdbestimmt wird. Im Alter von drei Jahren wirst Du die meiste Zeit zu Hause und im Kindergarten verbringen. Außer ein paar »gesellschaftlichen Verpflichtungen«, wie Kindergeburtstage, Verwandtenbesuche, Feiertage o. ä., wirst Du Dir Deine Zeit so einteilen können wie Du magst. Später im Alter von Zwölf sieht die Sache schon anders aus. Schule bis mindestens mittags und dann noch Hausaufgaben. Vielleicht nötigen wir Dich dann noch zweimal in der Woche zum Unterricht, um ein Musikinstrument zu erlernen. Zu allem Übel musst Du vielleicht auch noch zur Krankengymnastik, ebenfalls an zwei Tagen in der Woche. Ich glaube ich brauche diesen Gedanken nicht weiter fortzuführen. Die Krönung des Ganzen ist dann, wenn Du irgendwann einen anspruchsvollen Beruf hast und eine Familie. Dann ist Deine Zeit fast vollständig fremdbestimmt. D. h., es bleibt Dir kein großer Freiraum mehr etwas für Deine geistige Entwicklung zu tun; Dich zu bilden. Daher mein Rat: Nutze die Möglichkeiten zur Bildung so früh wie möglich in Deinem Leben. Vielleicht wirst Du niemals mehr die Zeit dafür haben.

Einen weiteren wichtigen Hinweis möchte ich mir und Dir ebenfalls in diesem Zusammenhang geben. Man muss sich die Wege zu einer möglichst guten Ausbildung so lange offen halten wie es geht.

Bei Deinen Großeltern galt für mich und meinen Bruder sozusagen das Gesetz, dass in jedem Fall Abitur zu machen sei. Meine Eltern haben sich damals ganz bewusst für diesen Zwang entschieden – auch gegen Widerstände. Besonders im Fall meines Bruders, also Deines Onkels, war dieser Plan nicht leicht durchzusetzen. An einen besonders heftigen Streit (Dein Onkel vertrat die Meinung sich an Demonstrationen zu beteiligen sei sinnvoller als zur Schule zu gehen) erinnere ich mich noch lebhaft.

Unsere Eltern wollten einfach sicherstellen, uns die bestmöglichen Voraussetzungen für eine Ausbildung zu geben, die nicht in die Sackgasse führen sollten. Oder mit anderen Worten: Wir sollten so lange wie möglich alle Möglichkeiten offen haben, uns für eine (Aus-)Bildung zu entscheiden.

Das Problem vor dem Eltern stehen – heute ist mir das bewusst – ist, dass sie nicht frühzeitig abschätzen können, wie sich ihre Kinder entwickeln werden. Wenn z. B. ein Kind der 5. Jahrgangsstufe schlechte Leistungen in der Schule erbringt, muss dieses keinesfalls bedeuten, dass es auf gleichschlechtem Niveau in der 10. Klasse stehen wird. Es ist daher wohl als grob fahrlässig zu bezeichnen, wenn ich aufhören würde, Dich ab der 5. Klasse zu fördern, nur weil Deine Leistungen, in die Zukunft projiziert, nicht ausreichen würden. Menschen haben nun einmal nicht alle das gleiche Leistungsprofil; sei es in geistiger oder körperlicher Hinsicht. Mich deprimiert, wie viele Deiner Altersgenossen dieses Schicksal wohl erleiden werden. Weil es ihren Eltern zu mühsam sein wird, möglichst lange ihren Kindern alle Türen auf dem Weg zur Bildung offen zu halten. So werden ihnen schon zu früh die Chancen für ihre bestmögliche Entwicklung weggenommen.

Die Realität solcher genommener Chancen ist jedoch noch weitaus tiefgreifender, wenn auch vielleicht weniger schwerwiegend. Stell Dir vor, Du wirst im Alter von sagen wir einmal 26 Jahren, zum Abendessen zu Hause bei Bekannten eingeladen. Du kennst die neuen Bekannten nicht besonders gut, da Du sie wiederum erst letzte Woche auf einer kleinen Party über einen ehemaligen Studienkollegen kennen gelernt hast. Ein Bier in der Hand haltend hattest Du Dich den halben Abend in einer kleinen Gruppe angeregt unterhalten. Es stellte sich heraus, dass die Gruppe für den nächsten Freitag ein privates Abendessen zu Hause geplant hat. Es sind ca. acht Personen vorgesehen, und, vielleicht aufgrund der lockeren Stimmung, lädt man auch Dich spontan dazu ein. Du nahmst die Einladung an.

Jetzt bist Du auf dem Weg zu diesem Abendessen. Leger, aber zu dem Anlass passend gekleidet, zudem mit einer Flasche nicht zu billigen Weines in der Hand, führt es Dich in ein Stadtviertel, das Du nicht genau kennst. Wegen Deines ersten Jobs bist Du in diese Stadt gekommen und kennst Dich daher nicht besonders gut aus. Dir ist schon beim Nachschlagen zu Hause im Stadtplan aufgefallen, dass es sich nicht um das schlechteste Wohnviertel handelt. Vielmehr wohl um eines der Besten, zumindest soweit Du es beurteilen kannst. Als Du in die Straße der angegeben Adresse kommst, verhärtet sich Dein Verdacht. Die Straße ist ausschließlich von sehr gepflegten Stadtvillen mit großzügigen Vorgärten gesäumt. Langsam dämmert Dir, in welche Kreise Du zum Essen eingeladen worden bist. Der Rest der Geschichte ist schnell erzählt. In dem ehrfurchteinflößenden Haus erlebst Du einen fast perfekten Abend. Sehr nette Menschen, tolles Essen samt perfekter Tischdekoration und eine Weinauswahl, wie Du sie nur bei einem besseren Weinhändler schon einmal gesehen hast. Ich sage fast perfekt, da Du Dich leider fast den ganzen Abend leicht bis sehr unwohl gefühlt hast.

Nach einem kurzen Warm-Up, drehten sich bald die Gespräche um Geschichte (eines der Bilder an der Wand war der Anlass dazu), Politik (hier war der Anlass aktuelles Geschehen), Kunst (...eine aktuelle Ausstellung in der Stadt) und Klatsch (eine der Anwesenden hatte letztens eine halbwegs berühmte Persönlichkeit gesehen). Zu dem verliefen einige Gesprächspassagen in französischer Sprache – eine der Anwesenden hatte ihren französi-

schen Freund mitgebracht. Während Du dem Klatschthema humorig aus-
weichen kannst, nach dem Motto: »So etwas muss man ja wohl nicht wissen«, tust Du Dich bei den anderen Gesprächsinhalten schon sehr viel
schwerer. Zumal alle anderen Teilnehmer des Abends augenscheinlich
immer recht gut informiert sind. Auch beim Französischen hast Du es über
ein paar Standardfloskeln nicht hinaus gebracht. Die Niveaus der anderen
hingegen schwanken von akzentfrei bis fast fließend. Zwar ist der Gastgeber des Abends scheinbar immer noch Mamis Liebling, der in dem Haus der
Eltern wohnt (welcher Umstand Deinen Respekt zu Deiner Erleichterung
etwas dämpfen konnte). Aber auch er scheint gut gebildet zu sein und kann
in allen Punkten mitreden und dies auch noch in sehr gutem Französisch.

Der Vorfall zeigt Dir, wie sehr Dich Deine Bildung hier im Stich gelas-
sen hat und Dir leider auch keine Pluspunkte bei der hochgewachsenen,
schlanken Brünetten im schwarzen Kleid bringen konnte. Eigentlich hattest
Du Dich bis zu diesem Abend für recht gebildet und vielseitig interessiert
gehalten. Dir wir allerdings einprägsam bewusst, dass es zwischen gebildet
und gebildet doch Unterschiede gibt.

Nun gibt es bei der Bildung eine Art Zugangsproblem. Wie ich Dir vorhin
schon angedeutet habe, gibt es Eltern, die Ihren Kindern frühzeitig die
Chancen nehmen, sich möglichst viel Bildung anzueignen (zumindest die,
die man in der Schule bekommt). So nehmen sie ihre Kinder beispielsweise
früher von der Schule oder wollen ihre Kinder nicht eine höher qualifizie-
rende Schule besuchen lassen. Es gibt sogar Länder auf unserer Erde in
denen man davon ausgeht, dass Mädchen grundsätzlich weniger Bildung als
Jungen bzw. gar keine brauchen. Wundere Dich nicht! So war es auch in
unserem Land vor noch gar nicht allzu langer Zeit. Genau aus diesem Mangel an Weitblick resultiert die Einstellung vieler Eltern noch heutzutage.
Sicherlich kostet eine längere Schulzeit der Kinder ihre Eltern mehr Geld,
weil sie nicht frühestmöglich selbst verdienen können. Somit können es sich
manche Eltern nicht leisten, ihre Kinder so lange wie möglich auf der Schule zu lassen. Und es wäre herablassend ihnen zu unterstellen, dass es ihnen
nur an Weitblick für die Zukunft ihrer Kinder fehlen würde. Die Frage ist
nur, ob ihre Kinder ohne die höhere Bildung überhaupt einen Arbeitsplatz
bekommen, der die finanzielle Entlastung bringen könnte. Den anderen Fall,
also Eltern, die ihre Kinder frühzeitig fördern, gibt es natürlich auch. Meistens werden nur die Eltern diesen Weitblick haben, die dies wiederum aus
ihrem Elternhaus kennen, weil es ihnen dort vorgelebt wurde.

Somit sind wir bei der Frage der Auswirkung von gesellschaftlichen
Schichten und Herkunft auf die persönlichen Chancen. Bei einem guten
Freund von mir war es üblich, schon im frühen Kindesalter mit (geistig)

anspruchsvollem Spielzeug konfrontiert zu werden. Man mag sich darüber streiten, ob ein Chemiekasten oder Konstruktions-Baukästen als kindgerechtes Spielzeug einzustufen sind. In jedem Fall scheint es ihn aber geprägt zu haben, da er eine bedeutungsvolle, wissenschaftliche Karriere eingeschlagen hat.

So gesehen haben Kinder aus weniger bildungsfördernden Elternhäusern ein ungewolltes Zugangsproblem zur Bildung. Neben diesem ist das Umfeld der Bildung für sich gesehen auch gewissermaßen ‚undurchlässig'. Gemeint ist die Verschiedenartigkeit des Bildungsstandes verschiedener sozialer Klassen. Sie bewegen sich auf verschiedenen Niveaus. Wie Du in dem Beispiel vorhin sehen konntest, war die Gesellschaft, in die Du geraten warst, besser gebildet als Du. Dabei brauchtest Du Dich hinter Deinem Wissen gewiss nicht zu verstecken. Das Umfeld in dem man aufwächst, prägt einen ebenfalls dynamisch, also im Verlauf der Zeit. Es ist nun mal so, dass in Familien von Akademiker-Eltern andere Themen im Familienumkreis besprochen werden, als in Arbeiterfamilien. In Ersteren hat man von je her ein besseres Verständnis davon, wie das Weltgeschehen zusammenhängt und kann sich darüber austauschen. Somit haben die Kinder hier ganz andere Startvoraussetzungen. Sie wachsen einfach in diesem Wissensumfeld auf und haben sozusagen bereits einen natürlichen Zugang zur Bildung. Das Bildungsniveau wird somit nicht ohne weiteres von einer sozialen Klasse auf die andere überspringen – die Klassen sind (ungewollt?) undurchlässig.

Um Dich zu beruhigen: Kein Mensch auf dieser Welt kann sich in sämtlichen Wissensgebieten gleichzeitig gut auskennen. Ich habe mal gelesen, noch im 18. Jahrhundert sei es möglich gewesen, auf allen anerkannten Wissensgebieten halbwegs auf der Höhe zu sein. Seitdem hat sich der Stand des Wissens erheblich geändert und auf ein vielfaches multipliziert. Heute ist es nicht mehr möglich auch nur annähernd ein vergleichbares Niveau zu erreichen. Zwar gibt es auch heute noch die sogenannte Spezies der *Universalgelehrten*, also jene Menschen, die wirklich sehr viel Wissen angehäuft haben und dies zudem untereinander verknüpfen können. Diese sterben jedoch aus – ein weiteres Anzeichen, dass wohl nicht mehr Schritt zu halten ist, um umfassend viele Wissensgebiete aufzunehmen. Vielmehr kommt es nach meiner Einschätzung darauf an, viel sogenanntes ‚breites Wissen' zu haben und darüber hinaus einige Spezialgebiete. Um das ‚Breitenwissen' kommst Du nicht herum. Es gehört einfach zur Grundausstattung. Ein Haus braucht ein Dach und ein Auto Räder. Was für Dich genau wichtig sein wird, wenn Du einmal das Alter aus der zuvor geschilderten Geschichte erreicht hast, kann ich Dir leider (jetzt) nicht sagen. Zu sehr ändern sich auch die Gebiete, die es zu wissen gilt. Du kannst aber davon ausgehen, dass die klassischen Schulfächer, also Deutsch (Literatur), Mathematik, Physik, Chemie, Biologie, Erdkunde, Politik, Fremdsprachen und Geschichte mit Sicherheit dazu gehören.

Wissen – Rohstoff für die Bildung

Deine Startvoraussetzungen, Dir Wissen anzueignen oder auch nur Antworten zu erhalten auf Fragen die Du Dir stellst, waren noch nie so gut. Bitte verinnerliche Dir: Sämtliches Wissen, was die Zivilisation im Laufe Ihrer Entstehung erschlossen hat, ist auch irgendwo niedergeschrieben oder in Zeichnungen festgehalten (wenn es nicht zwischenzeitlich zerstört wurde). Denke darüber nach, was das bedeutet! Es gibt praktisch nichts, was Du nicht auch für Dich erschließen kannst, wenn Du nur danach suchst. Zu meiner Zeit, also als ich anfing mich für bestimmte Dinge zu interessieren, war das Suchen nach dem Wissen das Problem. Man musste sich durch Bibliotheken quälen oder in Buchläden suchen. Wenn man noch zu klein dafür war, mussten es die Eltern für einen tun. Das hat sich ganz gehörig geändert. Zwar steht immer noch viel Wissen ausschließlich in Büchern. Aber es ist nun möglich, diese Bücher recht einfach zu finden. Darüber hinaus gibt es eine Vielzahl anderer Quellen, die Wissen wiedergeben können.

Erreicht wurde diese erhebliche Erweiterung des Zugangs zum Wissen durch die Informationstechnologie (Du wirst sie zunächst einfach als *Computer* kennen lernen. Er ist auch ein Verwandter des *Gameboys*, der Dich zunächst viel mehr interessieren wird). Es ist heute praktisch möglich, überall auf der Welt über das Internet Informationen oder anders ausgedrückt, Wissen zu beschaffen. Wie diese Möglichkeiten unsere Zeit und das persönliche Leben des einzelnen beeinflussen, darüber erzähle ich Dir später. Unglücklicherweise heißt das nicht, dass es einfach ist, das Wissen zu finden, was man sucht, geschweige denn es zu verinnerlichen, also zu verstehen und zu behalten. Aber Du und Deine Generation werdet die Möglichkeit haben, auf Eure Fragen sehr schnell Antworten zu bekommen.

Wo es einen Weg gibt, gibt es natürlich auch die Versuchung. Deswegen will ich mich als Vater disziplinieren, Dir Deine Fragen so zu beantworten, wie schon mein Vater das getan hat – sozusagen von Mann zu Mann. Ich will mir die Zeit nehmen und Dich nicht mit Deinen Fragen allein lassen oder Dich vor eine seelenlose Maschine setzen.

Literatur

Bei der Aufzählung der Wissensdisziplinen habe ich bewusst vorhin dem Fach Deutsch ausdrücklich die **Literatur** an die Seite gestellt. In der Literatur, also im Lesen, liegt der Schlüssel zum Wissen. Aber mehr noch. Darin liegt auch der Schüssel zum Geist seiner Autoren.

Ich wünsche mir auch die Zeit und die Muße zu haben, mich mit Dir durch endlos viele Gute-Nacht-Geschichten zu lesen. Ich will mit Dir die Abenteuer darin bestehen, mich gruseln und mich freuen, mit Dir lachen und weinen. Dein Opa hat übrigens einen sehr cleveren Trick angewandt beim Vorlesen: Er ließ dabei oft ein Kassetten-Gerät im Aufnahmemodus mitlaufen. Nachdem er mit dem Vorlesen für den jeweiligen Abend fertig war, konnte ich mir sogleich die Geschichte noch einmal anhören. Mit Sicherheit hat er sich einige Zeit dabei gespart.

Später aber geht es darum, Dich aktiv in die Welt der Bücher und des Lesens eintauchen zu lassen. Ich werde viel daran setzen, Dich früh ans Lesen zu gewöhnen. Es soll ein Lesen aus Lust und Interesse sein. So ein Lesen, bei dem man nicht müde wird und das Deine Phantasie anregt, bei dem Du am Ende des Buchs traurig bist, dass es aus ist. Darin liegt der unschlagbare Vorteil beim Lesen; Du kannst immer Deine eigenen Gefühlswelten einbauen, Deine Erfahrungen und Vorstellungen in sie integrieren.

Was Du liest, liegt in Deinem eigenen Ermessen. Ich mag mir darüber kein Urteil erlauben, was für Dich die sinnvollsten Bücher, Zeitschriften oder andere Quellen sein mögen. Das spielt auch eher eine untergeordnete Rolle. Schließlich bist Du ein eigener, ganz besonderer Charakter, mit eigenen Vorlieben und Interessen. Wie ich aber vorhin schon andeutete: Das Wissen der Welt steht in den Büchern. Ein Buch zu schreiben macht sehr viel Arbeit und verlangt von seinem Verfasser eine Menge Energie und Intelligenz. Es muss ihm darüber hinaus ein besonderes Bedürfnis sein, seine Gedanken, Erfahrungen und Geschichten zu Papier zu bringen. Die Autoren sind somit besondere Menschen, die etwas mitzuteilen haben. Du kannst in ihren Büchern an all dem teilhaben. Eine Chance, wie sie sich Dir im normalen Leben mit realen Personen nur recht selten bietet. Neben dem was wirklich geschrieben steht, bieten die Bücher und andere schriftliche Quellen auch noch viel mehr. Die Dinge nämlich, die zwischen den Zeilen stehen. So kannst Du z. B. in einer Biografie über eine berühmte Persönlichkeit viel über den Menschen erfahren, um den sich das Buch dreht. Welcher Typ er jedoch war, ob er einsam war oder für welche Werte er etwa lebte, das obliegt auch Deiner Einschätzung und Beurteilung. Lesen geht, je nach dem Lesestoff, auch immer über die Inhalte hinaus. Es lässt Platz für Deine Interpretationen und zwar in Deiner Geschwindigkeit. Durch andere Medien, wie dem Radio, Fernsehen und zum Teil auch beim Internet, wird Dir Deine ‚Aufnahmegeschwindigkeit' vorgegeben. Du musst sie in dem Tempo ablaufen lassen, wie derjenige, der den Beitrag gemacht hat, es Dir vorgibt. Das ist beim Lesen nicht so. Es erlaubt Dir Sätze doppelt zu lesen, zu überspringen oder ganz anzuhalten und nachzudenken.

Einen ganz pragmatischen Tipp möchte ich an dieser Stelle noch loswerden: Lesen ist die beste Möglichkeit Zeit zu gewinnen. Es wird oft in Deinem Leben vorkommen, dass Du unwillkürlich auf etwas warten musst oder in bestimmten Situationen einfach nicht viel Anderweitiges machen kannst. Nicht umsonst sieht man in Großstädten die täglichen Pendler in der U-Bahn morgens und abends mit einer Lektüre in der Hand. Denn sie wissen, sie werden eine bestimmte Zeit am Tag im Zug verbringen. Um Zeit sinnvoll nutzen zu können, ist Lesen sehr oft das beste Mittel. Beim Lesen zugebrachte Zeit ist nie vergeudet. Ein Buch findet immer irgendwo einen Platz mitgenommen zu werden (es sei denn, Du blätterst mit Vorliebe in Atlanten oder ähnlich Gewichtigem).

Im Gegensatz zu manch anderem teile ich nicht die Ansicht, man sollte Kinder von Comics fernhalten. Zum einen wirst Du neugierig, was denn in den vielen Sprechblasen steht und wirst Dich bemühen, sie schnell zu verstehen. Zum anderen helfen sie dabei, sich einfacher in Handlungen hineinzuversetzen. So kann Deine Aufmerksamkeit, speziell wenn Du noch nicht richtig lesen kannst, weiterhin im Verlauf der Geschichte erhalten bleiben. Viele Eltern befürchten, aus meiner Sicht völlig zu Recht, sie werden Ihren Kindern die Fülle der auf sie einstürzenden Medien nicht vorenthalten können. In Zukunft wahrscheinlich noch mehr werden bildlich an jeder Ecke Bildschirme und andere Quellen auf Dich einhämmern und Dir Informationen und Eindrücke anbieten wie Fast Food. Umso mehr wünsche ich mir in der Lage zu sein, in Dir die Begeisterung für das geschriebene Wort zu wecken. Du sollst die Ruhe und Behaglichkeit mit einem Buch entdecken.

»Wissen bedeutet Macht« heißt so schön ein geflügeltes Wort. Da ist eine Menge dran. Die *Macht* die hier gemeint ist, darfst Du nicht in dem Sinne verstehen wie die Macht, die ich Dir im Zusammenhang mit *Prestige* und *Status* versucht habe zu erklären. Hier ist die Macht gemeint, die sich aus einem echten inneren Wert begründet. Dem Wert des Wissens. Wissen bedeutet Erfahrungen gemacht zu haben oder Erfahrungen, die andere gemacht haben, zu kennen. Du kannst Dir vorstellen, dass das unheimlich viele sein müssen. Schon allein deswegen, weil es uns Menschen schon ziemlich lange gibt und sich so mit der Zeit sehr viel Wissen anhäufen konnte. Viele Erkenntnisse, die man im Laufe der Zeit sammeln konnte, wurden dann später wiederum von anderen, die bessere Erkenntnisse gewinnen konnten, berichtigt. Das ist heute genauso und manche Dinge, die wir heute für absolut richtig halten, werden in Zukunft vielleicht falsch oder nur halbrichtig sein. Man weiß durch die Genforschung zum Beispiel erst seit ein paar Jahren, warum alle Menschen unterschiedlich aussehen. Früher dachte man sehr lange, unsere Erde wäre eine Scheibe. Bis einige Forscher unwiderlegbar beweisen konnten, dass sie eine Kugel ist. Auch fliegen kann man, gemessen am Zeitstrahl der Entwicklungsgeschichte des Menschen, erst seit kurzer Zeit. All diese Zusammenhänge, Erkenntnisse und Erfindungen setzten einen ungeheuren Wissensdurst der Menschen voraus, sie zu entdecken. Hätten sie diesen nicht gehabt und würden wir nicht auch heute noch unser Wissen ständig versuchen auszudehnen, so würde die Gesellschaft, wenigstens entwicklungsmäßig, zum Stillstand kommen. Wir sind weit davon entfernt, alle Probleme, die die Menschen stören, beseitigt zu haben. Man hofft durch Forschung diesen Problemen beizukommen, um sie eines Tages lösen zu können. Vielleicht könnte das ein noch besseres Leben für uns alle bringen.

Du kannst also eine grobe Vorstellung davon bekommen, warum Wissen so wichtig ist für alles. Aber auch Du, als (noch kleine) Einzelperson, musst ein bestimmtes Wissen haben, um die Dinge, die Dich umgeben, das Verhalten der Menschen und die ganze Welt in ihrem Zusammenhang verstehen zu können. Daher ist Wissen Macht: Je mehr man von der Welt versteht, desto mehr kann man sie auch zu seinem eigenen oder zum Vorteil vieler verändern und nutzen.

Im Laufe der Jahrhunderte hat es sich ergeben, das gesamte Wissen in bestimmte Gebiete einzuteilen. Es wird zunächst unterschieden in das Wissen was die *Natur* betrifft. Das ist alles was Du ‚draußen‘ vorfindest. Zum Beispiel das Wetter, der Wald, die Berge oder der Mond und die Sterne. Den Teil der Wissenschaften, der sich mit der Natur beschäftigt, nennen wir im weiteren folgerichtig die *Naturwissenschaften*. (Das ist der allgemeingültige Begriff dafür.)

Das andere Gebiet ist das Wissen was die Menschen geschaffen haben, quasi um sich selbst zu erklären. Mit diesem Wissen wird ergründet, warum Menschen eifersüchtig werden, wie sie miteinander Handel treiben, was in früheren Zeiten alles passiert ist und auch noch viel viel mehr. Dieses Wissen beschäftigt sich mit allem, was sich um den menschlichen *Geist* dreht bzw. ihm entsprungen ist. Deshalb ist der Ausdruck hierfür *Geisteswissenschaften*. Wenn Du beide Wissenschaftsgebiete zusammen nimmst, hast Du theoretisch das gesamte Wissen das es gibt, sozusagen ‚auf einem Haufen‘.

Von diesem Haufen könntest Du Dich dann jederzeit bedienen um etwas zu erklären was Dich interessiert oder was Du irgendwo beobachtest. Du könntest natürlich auch ohne diesen ganzen Haufen durchs Leben kommen. Leicht kannst Du den Eindruck gewinnen, man muss im täglichen Leben schließlich nur wissen woher man zu Essen bekommt, sprich: wo der nächste Supermarkt ist, oder wann der Bus wohin fährt. Den Rest erfährt man (bei Bedarf) im Fernsehen oder im Internet. Ich befürchte, diese Aussage ist gar nicht so unwahr. Und vielleicht gibt es auch zunehmend mehr Leute, die nach dieser ‚Weltanschauung‘ leben. Aber bitte glaube mir – das Leben macht viel mehr Spaß, wenn man auch viel versteht. Wenn Du weißt, warum die Vögel im Winter nach Süden fliegen, warum das Gemüse im Winter teurer ist oder warum der Mond sein Aussehen ändert im Verlauf eines Monats, gehst Du mit mehr Begeisterung durch das Leben, weil alles mehr Sinn macht.

Mittlerweile hat sich jedoch soviel Wissen angehäuft, dass kein Mensch mehr alles in seinen Kopf kriegen kann. Daher musst Du eine bestimmte Auswahl treffen, um Dir möglichst das Wissen anzueignen, was elementar ist. Wenn Dich darüber hinaus bestimmte Dinge besonders interessieren, so kannst Du ja jederzeit tiefer bohren, um noch mehr spezielles Wissen zu erfahren.

Ich werde versuchen, Dir in Deinem Leben mit meinem Wissen zur Seite zu stehen. Ein berühmter Philosoph sagte einmal vor ewig langer Zeit, »Ich weiß, dass ich nichts weiß«. Es hört sich fast ein wenig lustig an, aber je mehr ich darüber nachdenke, desto beängstigender wird diese Aussage. Mein Wissen ist begrenzt und wahrscheinlich gibt es ganz viele Menschen, die eine Menge mehr wissen als ich. Da ich eben aber nun Dein Vater bin, musst Du es wohl mit dem Spruch halten: »Seine Eltern kann man sich nicht aussuchen (und ich bin ihrem Wissen zunächst einmal ausgeliefert«). Ich habe Dir ja vorhin bereits erklärt, welche Verantwortung das bedeutet. Wie vieles, wirst Du Dir auch unseren Umgang und unsere Einstellung zum Wissen aneignen. Du wirst Dich daran orientieren, was wir als wissenswert erachten. Wir als Dein Elternhaus, als Dein Umfeld, werden also maßgeblich beeinflussen, wie Du wissens- und bildungsmäßig in diese Gesellschaft hineinwächst. Aus dieser Erkenntnis stammt der enorme Druck, den manche Eltern auf Ihre Kinder ausüben. Es ist die Angst, dass sie in ihrer Verantwortung versagen oder nur ungenügend ihre Kinder rüsten. Ich hoffe aber, mein Wissen wird wenigstens ausreichen, Dir Lust auf mehr zu machen. Dann nämlich kannst Du Dich zu einer Art Selbstläufer entwickeln, der immer mehr möchte und klug abwägen kann, welches Wissen für ihn relevant ist. Ich wünsche mir, ich kann Dir alles was Du wissen willst (und auch das, was Du nicht wissen willst, von dem ich und Mami aber glauben, dass Du es wissen solltest) so gut erklären, dass Du es spannend findest und eine Neugier dafür entwickelst.

Ich werde jetzt nicht anfangen alles was ich weiß herunter zu beten. Ich möchte Dir aber einen kurzen Überblick geben, was es alles an Wissenswertem so gibt und wie hier und da diese Dinge zusammengehören.

Naturwissenschaften: Vom Wissen über die Natur

Lass uns eine kleine Reise beginnen in die Welt unserer Erde. Was siehst Du, wenn Du aus dem Fenster blickst oder mit uns einen Ausflug in die Umgebung machst? Du siehst Deine Umgebung. Du stehst mittendrin, und um Dich herum ist irgendetwas. Versuche Dir mal vorzustellen, wie es aussähe, wenn alles was wir Menschen gemacht haben nicht da wäre. Also die Häuser, Straßen, Autos, Lichter und all das wäre nicht mehr da. Wenn Du das ausgeblendet hast, dann ist nur noch Natur da. Also das, auf was wir Menschen keinen Einfluss haben, was also auch ohne uns existieren würde. Dann bleibt ungefähr die Umgebung die Du siehst, wenn wir weit aus der Stadt rausfahren, und man kann nur noch Landschaft sehen. Diese Umgebung oder die *Welt* die Du dann siehst und auch fühlen kannst, wie den Wind, den Geruch der Erde, die warmen Sonnenstrahlen usw. funktioniert nach ganz bestimmten Regeln, und sie ist so wie sie aufgrund bestimmter Ereignisse, Zufälle und Entwicklungen ist. Darum soll es jetzt gehen.

Die Welt – Wie alles um und herum begann

Unsere Erde entstand vor sehr langer Zeit, nämlich ca. vor 4-5 Milliarden Jahren. Das ist eine sehr lange Zeit (mit einer großen Zahl). Stell Sie Dir einfach folgendermaßen vor: Die Breite eines Streichholzes (also ca. 1 mm) ist ein Jahr. Ein Jahr ist bereits ein ziemlich langer Zeitraum – er ist länger als Du bis jetzt lebst. Für diese mindestens 4 Milliarden Jahre müssten wir 4000 Kilometer lang Streichhölzer nebeneinander legen, um auf eine Strecke zu kommen, die diesem Zeitraum entspricht. Mit dem Auto bräuchten wir fast zwei Tage, um diese Strecke abzufahren!

Urnatur

Vor diesem langen Zeitraum sah die Erde noch ganz anders aus als heute. Die einzelnen Länder waren noch nicht erkennbar, Wasser war überall, und das Wetter war viel schlechter als heute, obwohl die Leute sich heute schon dauernd über das Wetter beschweren. Es regnete derartig viel, dass sich ganze Ozeane auf der Erdoberfläche bildeten. Erst viele Millionen Jahre (also nach unserem Vergleich mit den Streichhölzern mindestens 50 Km) später wurde das Wetter besser. Auch bildete sich eine Art Schutzhülle um die Erde. Zum einen wurde sie so geschützt vor gefährlicher Sonnenstrahlung. Zum anderen wurde die Luft (die wir Menschen zum Leben brauchen) so auf der Erde festgehalten und konnte nicht entweichen, fast so wie bei einem Luftballon.

Evolution

Mit der Zeit regnete es weniger und die Sonne kam zunehmend mehr heraus. Da es noch kein Leben auf der Erde gab, war aber kein Tier, keine Pflanze und erst recht kein Mensch da, das schöne Wetter zu genießen. Zwar verbesserte sich das Klima immer weiter, und auch die Luft wurde zunehmend besser (sie war damals noch nicht so zusammen gesetzt, als dass wir sie hätten atmen können). Doch es dauerte noch ca. 2 Milliarden Jahre (2.000 Kilometer Streichholzstraße) bis sich die ersten Spuren von Leben auf der Erde zeigten. Zuerst entstanden ganz einfache Formen des Lebens und die zumeist im Wasser. Wie fruchtbar das Wasser ist, kannst Du ganz einfach auch heute noch nachvollziehen: Stelle einfach eine Schüssel voll Wasser nach draußen. Wenn es warm genug ist, hast Du innerhalb weniger Tage bereits ein paar kleine Tierchen in der Schüssel. Zurück zur ‚Urwelt'. Diese ersten Lebensformen fanden im Wasser relativ gute Lebensbedingungen vor. Es dauerte aber noch weitere 2000 Kilometer, bis sich die ersten Tierchen bildeten, die bereits mit Beinen durchs Wasser strampeln konnten. Noch später wurde es einigen der kleinen Tierchen zu gefährlich im Wasser, weil es auch größere Tiere gab, deren Nahrung sie darstellten. Um ihre Lebensbedingungen zu verbessern, verließen sie das Wasser im Laufe der zigtausend Jahre. Schon bald tummelten sich (da sich die kleinen Lebewesen mittlerweile schon wieder weiterentwickelt hatten) viele unterschiedliche Tiere an Land. Je nach dem, wo sie sich entschieden hatten zu leben, passten sie sich so gut es ging ihrer Umgebung an. Logischerweise braucht man im Dschungel eine andere »Ausrüstung« als beispielsweise in der Wüste. Noch ein bisschen später hielt es einige Tiere nicht einmal mehr im Wasser oder auf dem Land, sondern sie wollten in die Luft. Mit ein paar Hundertmetern Zeit entwickelten sie Flügel und hoben ab. Damit haben wir unseren Zoo komplett. Zwar sahen die Tiere noch alle ein wenig anders aus als die, die wir heute kennen. Aber im Grunde genommen waren es die Vorfahren der heutigen Tierwelt.

Kurz will ich Dir aber noch erzählen, wie es zu uns Menschen kam. Nachdem sich die Tiere und Pflanzen Meter für Meter immer weiter entwickelten, gab es auch irgendwann erste Frühformen der Affen. Auch diese Affen entwickelten sich immer weiter und wurden in ihrem Aussehen und Verhalten schließlich dem heutigen Menschen immer ähnlicher. Sie lernten irgendwann aufrecht auf zwei Beinen zu gehen. Viel wichtiger als ihre äußere Veränderung (sie verloren auch immer mehr ihre Haare), war aber die Innere. Sie lernten noch besser und schneller und viel mehr als die anderen Affen. Auch organisierten sie sich immer effektiver in Gruppen, teilten sich die täglichen Aufgaben und benutzten selbstgebaute Werkzeuge, was sonst kein Tier jemals zuvor getan hatte. Das waren Deine Vorfahren, die ersten Ur-Menschen, wenn Du so willst. Auch sie entwickelten sich immer weiter, lernten viel dazu und wurden schnell schlauer. Der Rest ist Teil der Geschichte, davon erzähle ich Dir ein bisschen später.

Du siehst, mein kleiner Mensch, auch Du kommst mit ein paar Umwegen und ein »wenig« Zeit dazwischen aus dem Meer. Du bist Teil der Natur. Zwar nimmst Du mit Deiner Spezies in ihr eine ganz besondere Stelle ein, bist aber nichtsdestotrotz ein Teil davon. Ab und zu sollte sich das jeder von uns einmal bewusst machen, dann wird manches logischer. Wenn Du z. B. abends nicht alleine einschlafen magst, dann hängt genau das mit Deiner Abstammung zusammen. Früher waren nämlich die kleinen Menschen bei weitem nicht so gut beschützt wie heute. Natürlich hatten auch ihre Eltern sie lieb. Es gab aber viel mehr Gefahren - auch für die Eltern selbst. Diese Gefahr haben auch die Babys schon instinktiv wahrgenommen. Diese Ur-Angst hat sich so in ihren Gehirne verhaftet, dass sie sich über hunderttausende (einige hundert Meter) von Jahren erhalten konnte. Zu jener Zeit war es sehr viel gefährlicher nachts draußen umherzuwandern als heute. Deswegen haben die Menschen auch heute noch Angst im Dunkeln.

Viele der heutigen Verhaltensweisen lassen sich auf diese alten Zeiten zurückführen. Du, Mami und ich, wir tragen immer noch die (mühsamen) Erfahrungen und die immer weiter verbesserte Entwicklung unserer Vorfahren in uns. Wie ein immer besser werdendes Automodell sind wir quasi ‚der beste Mensch seiner Zeit'. Und Du mein Kleiner, bist sogar schon wieder ein klitzekleines bisschen besser als ich oder die Mami. Das wird sich spätestens dann herausstellen, wenn Du mir meinen Computer erklärst oder mir buchstäblich auf den Kopf spucken kannst.

Erde

So ungefähr hat sich der Anfang unserer Erde zugespielt, auf der sich dann das Leben immer weiter entwickelte. Wie gesagt, sahen die Erde und die Landmasse darauf zunächst auch nicht so aus wie heute. Vielmehr klebten alle Länder zusammen und drifteten im Laufe der Zeit (der Kilometer) auseinander. Das ist übrigens heute noch so. Amerika bewegt sich jedes Jahr einige Zentimeter von uns Europäern weg.

Mit ein bisschen Phantasie kannst Du Dir ausmalen, wie die Geschichte weitergeht. Es entwickelten sich immer neue Tiere und natürlich auch Pflanzen auf der Erde. Die Arten, die sich nicht anpassen konnten überlebten die Veränderungen auf unserer Erde nicht – sie starben aus. Irgendwann kamen und verschwanden auch die Dinosaurier. Ich bin sicher, diese werden in den nächsten Jahren irgendwann Dein spezielles Interesse wecken. Bei mir haben sie es zumindest getan.

Mit etwas Abstand betrachtet kannst Du sagen, dass wir auch heute nur in einem Ausschnitt leben. Bestimmte Tiere, die es heute gibt, wird es vielleicht in hundert Metern nicht mehr geben. Dafür kommen neue.

Universum

Wir wollen uns nun noch ein wenig wegbewegen von unserer gewohnten »Mutter Erde«. Am Ende dieses Abschnitts wird dieser Ausdruck für Dich viel mehr Sinn machen, glaube ich. Sie muss Dir nach unseren letzten Überlegungen bestimmt riesengroß vorkommen. Wenn wir Tag und Nacht mit dem Auto führen ohne anzuhalten, dann würden wir über zwanzig Tage brauchen, sie einmal zu umfahren. Sie ist also schon wirklich ziemlich groß. Aber stell Dir vor, die Erde, also unser Planet auf dem wie leben, ist vergleichsweise klein. Es gibt andere Planeten, gar nicht so weit weg von uns, die sind über 1000-mal größer als unsere Erde! Aber der Reihe nach.

Die ganze Welt die es gibt, hört nicht mit unserer Welt, der Erde, auf. Sie ist noch unendlich viele Mal größer, als das was wir Menschen überblicken können. Das ist nur sehr schwer vorstellbar, ich weiß. Und die Menschen hatten auch lange Probleme, diese Tatsache zu akzeptieren (erst seit etwa einem halben Meter!), weil sie sich so einsam vorkamen, in dieser riesigen Welt. Dennoch, stell Dir vor, ist unsere Erde nur ein *Planet* von neun in seiner Gruppe. Diese Gruppe bildet für sich ein abgeschlossenes System, das sich *Sonnensystem* nennt. Es hat diesen Namen, da sich in der

Mitte dieser Gruppe eine *Sonne* befindet – Du kennst sie bereits. Eine Sonne ist ähnlich wie Planeten rund wie eine Kugel, unterscheidet sich aber erheblich von ihnen. Sie ist ein riesiger Feuerball, der (eigentlich) nie erlischt. Wenn ich riesig sage, so meine ich wirklich riesig. Wenn unsere Erde die Größe einer Erbse hätte, so wäre die Sonne etwa so groß wie der Gymnastikball (mit ca. 70 cm Durchmesser), auf dem wir Dich in den Schlaf hopsen. Diese Gruppe von neuen Planeten kreist um diesen Feuerball, unsere Sonne. Einige Planeten haben wiederum kleine Planetchen für sich, so genannte *Monde,* von denen sie umkreist werden. Den unserer Erde wirst Du bald kennen lernen, dann werde ich Dir noch einiges über ihn erzählen. Du kannst ihn mit bloßem Auge fast jede Nacht sehen.

Der größte der Planeten unseres Sonnensystems hat sogar 9 Monde. Versuch Dir mal vorzustellen, wie es bei denen am Himmel aussieht!? Die Strecken, die die Planeten von der Sonne entfernt sind, sind unterschiedlich groß. Für die Strecke zu unserem Mond würden wir 150 Tage mit dem Auto brauchen, also fast ein halbes Jahr. Und jetzt halte Dich fest: Zur Sonne, also zu diesem heißen Feuerball, würden wir schon 205 Jahre brauchen. Kannst Du Dir vorstellen, wie lang dann unsere Bärte wären, wenn wir dort ankämen? Aber es kommt noch viel unglaublicher: Unsere Erde ist im Vergleich zu den anderen Planeten unseres Sonnensystems noch ziemlich nah an der Sonne. Das ist auch gut so, denn sonst wäre es hier ziemlich kalt und das nicht nur im Winter!

Bitte erschrecke jetzt nicht, Du musst es auch nicht verstehen, aber das ist auch noch nicht alles! Viele ganz schlaue Leute, die sich ihr Leben lang mit solchen Sachen beschäftigen, verstehen es übrigens auch nicht! Unser Sonnensystem samt der Sonne ist nur eins von unendlich vielen. Und es ist noch nicht einmal ein besonders großes Sonnensystem. In ein paar Jahren werde ich Dich mal in einer klaren Nacht mit nach draußen nehmen, am besten auf einen einsamen Berg. Wenn wir dann zum Himmel schauen werden wir tausende von kleinen, aber sehr hellen Punkten sehen. Jeder dieser Punkte ist eine Sonne, wie die unseres Sonnensystems. Und die, die wir dann mit bloßem Auge sehen können, sind bei weitem noch nicht alle die es gibt. Wenn Du dann genau hinschaust, kannst Du in klarer Nacht direkt über Dir einen blassen hellen Streifen sehen. Dieser Streifen ergibt sich aus noch viel mehr Sonnen, die noch viel weiter weg sind als die, die wir relativ gut werden sehen können. Dieser Streifen ist die sogenannte *Milchstraße,* ein riesiges Sternensystem, dass sich wie ein Fluss aus Milch über den Nachthimmel zieht. Jetzt sind wir fast am Ende: Von diesen Milchstraßensystemen gibt es wiederum sehr viele am Nachthimmel. Sie sind nur so weit entfernt, dass wir sie unter normalen Umständen nicht sehen können. »Wo genau sind sie, Papi?« Wirst Du mich dann vielleicht fragen und »wie funktioniert das alles genau, ich kann mir das nicht vorstellen!« wirst Du sagen. »Im Universum« werde ich sagen. Das Universum ist ein riesiger Raum, in dem die ganzen Sternensysteme umhergleiten. Keiner weiß genau woher es kommt, wie und ob es sich entwickelt oder wie es entstanden ist. Zurzeit geht man davon aus, dass es vor ganz langer Zeit durch einen riesigen Knall entstanden ist. Es wird Dir unbegreiflich sein. Aber das ist ganz normal. Mir, und wie gesagt auch ganz vielen anderen, ist es auch unerklärlich. Aber auch faszinierend. Man kann immer wieder darüber nachgrübeln, aber es verliert dabei nie seine Faszination. Eines wird dadurch aber recht deutlich. Wir sind nur winzig klein in diesem Universum. Man weiß nicht, ob es nicht auch irgendwo anders Formen von Leben gibt. Vielleicht ähneln sie uns sogar. Es ist auch erschreckend und beängstigend, wenn man sich das genau vorstellt, wie wir auf unserem winzig kleinen Planeten durch das riesige unbekannte Universum gleiten. Aber keine Angst kleiner Mann. Schließlich sind wir Menschen hier schon ziemlich lange sicher auf unserer guten alten »Mutter Erde«. Und Mami und ich sind ja auch noch da, um auf Dich aufzupassen.

So, jetzt weißt Du schon eine Menge über die Geschichte unserer Erde und im Groben, was unsere Erde umgibt. Damit alleine haben wir kurzerhand zwei riesige Wissensgebiete umrissen, von denen jedes einen locker ein ganzes Leben und mehr beschäftigen kann. Das ist ja das Verrückte an der Wissenschaft. Niemand weiß genau wann die letzte Weisheit erlangt sein wird. So einen Punkt, an dem man sagen kann, man wisse nun genug über das betreffende Thema und man könne die Forschung beenden. Dafür steckt die Welt zu sehr voller Geheimnisse, von denen sie uns höchstwahrscheinlich nur einen Bruchteil preisgegeben hat.

Siehe aber die beiden Abschnitte über die Geschichte unserer Erde und das Universum als eine Art Fundament. Das haben wir sozusagen schon einmal sicher als Grundlage für das Weitere, was wir noch erfahren müssen über unsere Welt. Alles Folgende, was wir uns betrachten, beruht auf dieser Grundlage – es spielt sich alles auf ihr ab. Wie eine Art Bühne, auf der Stücke aller Art aufgeführt werden. Wir kommen also gewissermaßen vom Großen, weit Zurückliegenden, auf das Kleinere, Gegenwärtigere.

Erdkunde – Erkundung unserer Erde

W ie der Name schon sagt, beschäftigt sich die *Erdkunde* mit der Erkundung der Erde auf der wir leben. Warum ist die Landschaft im Norden unseres Landes eher flach und im Süden eher hügelig? Wie tief ist eigentlich der Ozean, und warum entstehen Wüsten? All das sind Fragen, die dieses Wissensgebiet versucht zu beantworten. Ein ganz praktischer Nutzen kann zum Beispiel sein, dass man aufgrund dieses Wissens voraussagen kann, wie das Wetter wird, damit man einen Ausflug besser planen kann. Auch die bereits angesprochene Bewegung der Kontinente fällt in dieses Gebiet. Aufgrund dieser Forschungen kann man heute ziemlich gut erklären wie Berge entstehen, warum diese in Europa niedriger sind als in Asien und wo Erdbeben passieren können. Wenn Du ein wenig darüber nachdenkst wird Dir bald klar, was die Kunde von der Erde alles versucht zu erklären. Stelle Dir einmal vor, Du fliegst mit dem Flugzeug eine lange Strecke. Sagen wir einmal von Deutschland nach China. Du hast Dir für diesen Flug fest vorgenommen die ganze Zeit aus dem Fenster zu schauen, um die Veränderungen, die sich am Boden abspielen, genau mitzubekommen. Zunächst siehst Du Wälder, Felder und Hügellandschaften. Eine Menge Flüsse schlängeln sich ebenfalls durch das Land. Zum Teil wird Dir die Sicht von dicken Wolken versperrt. Dann siehst Du sehr hohe Berge und dann viel Wasser mit kleinen Inseln. Auch Seen und Wüsten bekommst Du zu Gesicht. Was Dich aber mit am meisten beeindruckt ist die Farben- und Mustervielfalt, die sich Dir präsentiert. Kaum verfliegen 10 Minuten haben sich die Farben und Formen weit unter Dir schon wieder ganz verändert. Auf diesem Flug wird Dir sehr schön bewusst, wie vielfältig unsere Erde ist und das, obwohl Du ja nur einen kleinen Ausschnitt von ihr auf diesem Flug siehst. Du fragst Dich, wie das alles zusammenhängt.

Ziemlich genau so kannst Du Dir das Wissensgebiet der Erdkunde vorstellen. Die Erkundung, Deutung und Erklärung von allem, was sich auf unserer Erde abspielt, was nichts oder nur indirekt mit Lebewesen zu tun hat.

Biologie – Auf der Spur des Lebens

W enn die Erdkunde alles auf unserer Erde erklärt, jedoch die Erforschung der lebendigen Formen ausschließt, so versucht die Biologie alles zu erklären, was das Leben betrifft. Wie unterscheiden sich Menschen vom Affen? Warum können Pinguine nicht fliegen, obwohl sie doch Vögel sind? Wie sieht das Leben auf dem Meeresgrund aus, und warum wachsen Kakteen in der Wüste? Das sind die Fragen der Biologie. Wie Du schon bald wissen wirst, gibt es eine unübersehbare Vielfalt von Tieren und Pflanzen auf unserer Erde. Auch hierzu ein Beispiel: Stell Dir vor Du gehst in den Zoo. Gleich am Eingang ist ein Käfig mit Waschbären. Ziemlich lustige Tierchen, und man könnte ihnen stundenlang zuschauen. Aber wir müssen ja noch weiter. In diesem Teil des Zoos sehen wir zunächst viele einheimische Tiere. Füchse, Rehe, Ziegen, Kaninchen, Wildkatzen und vieles mehr. Dann kommen wir an eine Voliere mit lauter bunten Vögeln aus aller Herren Länder. Nach dem Gehege für große afrikanische Tiere kommen wir durch ein riesiges Aquarium und danach durch einen Therariumsbereich mit allerlei Insekten und allem möglichen anderen Kleinstgetier. Schließlich gibt es noch einen großen botanischen Garten, der einen eindrucksvollen Überblick über die Pflanzenwelt gibt. Am Ende des Besuchs kreist Dir der Kopf, und Du weißt gar nicht mehr so recht, wie Du die große Vielfalt des *Lebens,* die Du gesehen hast, einordnen sollst – nicht zu vergessen die menschlichen Besucher. Auch dieses Mal hast Du das ungute Gefühl, wohl nur einen kleinen Ausschnitt dessen gesehen zu haben, was die Natur sonst noch alles zu bieten hat auf unserer Erde. Dies alles zu ergründen, das genau versucht die Biologie. Sie beschäftigt sich mit den Erscheinungsformen lebender Organismen im Kleinen wie im Großen. Von der Stammzellenforschung im Kleinen bis zur Erforschung von Korallenriffen, die als riesige zusammenarbeitende, lebende Systeme gesehen werden können. So ziemlich alles Grüne, was Du in freier Natur sehen kannst, ist ein lebendes Etwas. Es sind Pflanzen. Sie funktionieren nach einem völlig unterschiedlichen biologischen Prinzip des Lebens, als Menschen oder Tiere. Sie sind daher auch nicht so beweglich, wie Du es z. B. von der Katze von Großmutter kennst, aber dennoch sind es Lebewesen. Wenn ich Dich bald schon mit zum Baumarkt in die Pflanzenabteilung nehme, dann stelle Dir vor, wie viele Lebewesen um Dich herum sind.

Es gibt aber auch unendlich viele kleine Tierchen, die Du gar nicht sehen kannst. Sei es in dem erwähnten Glas Wasser, in dem sich nach kurzer Zeit bereits Lebensformen bilden oder im Erdboden, wo ebenfalls ein reges Treiben herrscht. Auch auf Steinplatten im Sommer und überall in der Luft wimmelt es buchstäblich von Leben. Wie Du Dir jetzt vorstellen kannst, gibt es eine Menge zu erforschen und zu lernen: Wie hängen die Lebensbereiche der verschiedenen Tiere zusammen? Warum stirbt eine Tierart aus, wenn eine andere im gleichen Gebiet viel Nachwuchs bekommt? Warum können Robben im eiskalten Wasser überleben, und warum gibt es Kängurus nur in Australien?

Was wir nicht vergessen sollten, ist natürlich uns selbst. Wir als Menschen sind eine hochkomplizierte Lebensform. An der Erforschung unserer Art ist uns natürlich besonders gelegen. Um uns das Leben so schön wie möglich zu machen, müssen wir gut über das Bescheid wissen, was in unserem Körper vor sich geht. Manchmal funktioniert er nämlich nicht so gut wie er sollte. Wenn Mami mit Dir zum Doktor zu den Vorsorgeuntersuchungen geht, dann wendet er genau die Erfahrungen an, die ihm die *Medizin* gibt. Insofern ist die Biologie sozusagen als Vorstufe wichtig, damit Du, Mami, ich und all die anderen Menschen immer so gesund wie möglich sind. Die Medizin hat in kurzer Zeit so viele Fortschritte gemacht, dass es uns heute gesundheitlich sehr viel besser geht als noch vor 100 Jahren. Auf unserem Zeitstrahl wäre das nur ein Stückchen von 10 Zentimeter! Das ist auch der Grund, warum wir Menschen immer älter werden. Viele Krankheiten, die heute durch Routinebehandlungen bekämpft werden können, wären früher vielleicht tödlich geendet. So waren Lungenentzündungen, die auch häufig bei solch kleinen Menschen wie Dir vorkommen können, eine Sache von Leben und Tod. Sicherlich ist die Medizin ein sehr spannendes Feld und wohl kaum ein Beruf muss so erfüllend sein (in seinen positiven Augenblicken), wie der des Arztes. Auf keinem lastet jedoch auch so viel Verantwortung.

Wie immer in der Wissenschaft, so gibt es auch in der Biologie bereits eine Menge beantworteter Fragen, aber auch viele nicht gelöste Rätsel. Wir als Menschen vergessen manchmal, dass auch wir Teil des Lebens sind und in den meisten Fällen nach den gleichen Gesetzmäßigkeiten wie die anderen Lebensformen funktionieren. Umso erstaunlicher ist es, wie gedankenlos wir z. T. mit den Lebensräumen der anderen Tiere und Pflanzen umgehen. Die Vermutung liegt nahe, wir könnten uns dabei in diesem zusammenhängenden System selbst schädigen. Aber darüber lass uns an anderer Stelle noch genauer reden.

Physik – Warum fallen die Äpfel?

Hatten wir uns eben alles das genauer angeschaut was lebendig ist, dann wollen wir uns jetzt dem zuwenden, was nicht lebt. Jetzt magst Du einwenden, wir haben das schon gemacht, als wir uns die Erde angeschaut haben. Schließlich sind Berge und Flüsse (wenn wir uns mal die ganzen Tiere darin wegdenken) ja auch keine Lebewesen. Da hast Du vollkommen Recht. Es geht jetzt aber nicht um das was wir direkt sehen und anfassen können, sondern um das was sozusagen dahinter steckt.

Ein (angehender) berühmter Wissenschaftler soll einmal an einem schönen Sommertag unter einem Apfelbaum gesessen haben und war in seine Lektüre vertieft. Auf einmal fiel ein Apfel vor ihn auf den Boden hin. Du musst natürlich kein Wissenschaftler sein um zu kombinieren, dass dieser Apfel vom Baum ins Gras gefallen ist. Da es offensichtlich ein Apfelbaum war, musste der Apfel geradewegs von dem Baum auf die Erde gefallen sein. Ein Geheimnis war damit schon gelöst. Dennoch fing es in ihm an zu ,rattern'. Warum eigentlich fallen Äpfel oder andere Gegenstände überhaupt zu Boden? Warum fällt er in genau dieser Geschwindigkeit, und warum kommt er mit der Seite auf, obwohl er mit dem Stil nach oben seinen Fall begonnen haben muss? Was für den Apfel und den Baum gilt, so wirft alles andere um uns herum nicht weniger Fragen auf. Wieder einmal können wir mit ein wenig grübeln, quasi aus dem Stand, auf eine überwältigende Zahl von Fragen kommen, wenn wir uns nur umblicken. Warum bewegen sich die Bäume nach genau diesem Muster im Wind? Warum können Vögel fliegen? Wann kommt ein geworfener Stein wo an, und warum ist Laufen anstrengender als Fahrradfahren, obwohl ich doch eine viel kürzere Strecke in der gleichen Zeit zurücklege? Das sind typische Fragen, wie sie die Physik zu beantworten versucht. Die Wissenschaftler der Vergangenheit haben, wie auch ihre Kollegen in den anderen Wissengebieten, hier riesige Fortschritte gemacht. Aufgrund ihrer Erkenntnisse können wir heute auf der Erde und im Weltraum fliegen. Wegen ihnen stürzen auch die riesigen Häuser in den großen Städten nicht ein. Auch wenn Du es schön warm hast in Deiner Jacke, obwohl sie ganz dünn und leicht ist, ist das ein Teil der Physik und der Chemie, die wir uns gleich noch ansehen werden.

Ausgangspunkt der Physik ist entweder ein Phänomen, welches man in der Natur beobachten kann und besser kennen lernen möchte oder ein Wunsch, den man verwirklichen möchte, wie zum Beispiel die dünne, warme Jacke für kleine Jungs (und Mädchen natürlich). Man stellt sich dann anhand von Modellen vor, wie die Natur bestimmte Dinge zustande bringt und versucht diese möglichst realitätsgetreu nachzustellen. Als der Mensch noch keine Flugzeuge hatte, aber unbedingt fliegen wollte, hat er sich genau die Vögel angeschaut. Sie konnten ja bereits ziemlich gut fliegen, und daher wollte man einiges von ihnen lernen. Als man meinte genug (Theoretisches) gelernt zu haben, machte man sich daran die Natur nachzuahmen. Durch unermüdliches Ausprobieren kam man der Natur und dem Phänomen des Fliegens immer mehr auf die Schliche. Man hatte das Experiment durch Modelle und Tests Stück für Stück zum Erfolg geführt.

Wenn Du Dich umschaust, wirst Du scheinbar unendlich viele Dinge in Deinem täglichen Umfeld finden, die auf der Erforschung physikalischer Zusammenhänge beruhen. Saugnäpfe an den Scheiben, unsere Heizung, das

Besteck mit dem wir essen und das Licht in jedem Zimmer – in allem ist irgendwie Physik, ist irgendwo ein Geheimnis zu entdecken. Mit einigem Grundwissen, was Dir hoffentlich dann ein guter Lehrer in der Schule nicht nur bei, sondern auch wirklich nahe bringt, kannst Du Dir bereits vieles erklären was Du beobachtest. Umso mehr Spaß macht es dann mit offenen Augen (und Sinnen) durch die Welt zu gehen und zu überlegen, welche physikalischen Gesetzmäßigkeiten dem Gesehenen zu Grunde liegen.

Auch ist man sich einig, einige riesige Probleme, die unsere Zivilisation hat, wie die Energieversorgung, durch neue physikalische Entdeckungen lösen zu können. Tatsache ist, dass ein großer Teil der Vereinfachung unseres Lebens auf physikalischen Entdeckungen beruht, die dann sozusagen ‚verarbeitet' wurden, um z.B. in Maschinen zur Anwendung zu kommen.

Chemie – Aus was besteht das alles was Du siehst (und nicht siehst)?

K ommen wir wie angedeutet zur Chemie. In der Chemie geht es um die Elemente, Stoffe und Materialien die uns umgeben. Du erinnerst Dich an den vorhin beschriebenen Flug von Deutschland nach Asien: Wenn Du dann zum Boden blicktest, haben Dich die unterschiedlichen Farben beeindruckt. Warum der Boden so unterschiedliche Farben hat, das wird in Teilbereichen der Chemie untersucht. Die Farbe Grün kann auf bestimmte Stoffe hinweisen, die Farbe Rot wiederum auf ganz andere. Man weiß ziemlich gut, welche Farben verschiedene Stoffe abgeben, wenn das Licht darauf scheint. Dieses Wissen wird z. B. oft benutzt um einzuschätzen, aus welchen Elementen sich weit entfernte Planeten zusammensetzen. Das einzige was wir von Ihnen sehen ist ja nur das (reflektierte Sonnen-) Licht, was sie zu uns senden. Aber lass uns von Anfang an beginnen. Alles, was Du sehen kannst und auch vieles, was Du nicht sehen kannst, ist aus irgendeiner *Materie*, d.h. aus einem *Stoff*. Mit einem einfachen Stoff hast Du ja schon viel Bekanntschaft gemacht: dem Wasser. Er ist äußerst wichtig, vor allem für die Entstehung und Erhaltung von Leben. Wenn wir uns jetzt wieder alles von Menschen gemachte wegdenken, so haben wir bereits ganz viele Dinge, die aus irgendeiner Materie bestehen. Bäume, Steine, Erde, Metalle und so weiter. Jetzt denken wir uns das hinzu, was wir Menschen geschaffen haben. Video-Rekorder, Teppiche, Spielzeug, Spiegel, einfach alles. Auch diese Dinge sind ja aus irgendeiner Materie zusammengesetzt. Betrachten wir uns eine Glasflasche. Dieser durchsichtige Stoff, Glas, besteht im Wesentlichen nur aus drei *Elementen.*

Eine Plastikflasche hat zwar die gleiche Funktion, ist aber aus ganz andern Elementen zusammengesetzt, wie Du auch leicht am Gewicht erahnen kannst. Ein Element musst Du Dir so vorstellen: Es ist wirklich der kleinste Teil, aus dem ein Stoff bestehen kann. Ein Beispiel: Ein Pfannkuchen sei ein Stoff. Dieser Stoff kommt nicht in der Natur vor, denn es wachsen ja schließlich keine Pfannkuchen auf Bäumen oder sonst wo. Also muss man sich die Pfannkuchen aus den Elementen zusammensetzen, aus denen sie bestehen. Die Elemente wären also Eier, Milch und Mehl. Diese vermischst Du in einem bestimmten Verhältnis miteinander, und unter Zuführung von etwas Energie (auf dem Herd beim Braten), erhältst Du Deinen *Stoff* Pfannkuchen.

Mit »zusammengesetzt« ist also wörtlich eine Verbindung von verschiedenen Elementen gemeint, um einen Stoff herzustellen. Jetzt könnte man meinen, es muss unheimlich viele Elemente geben, da es ja auch scheinbar unendlich viele Stoffe gibt. Das ist aber nicht so. Es gibt nur die überschaubare Anzahl von weniger als hundert Elementen, die frei in der Natur vorkommen. Dazu kommen noch etwas mehr als zehn, die künstlich hergestellt werden können. Aufgrund der vielen Möglichkeiten des Mischens aber ist es möglich, sehr viele Stoffe daraus zu machen. Die meisten von ihnen sind fest, und Du kannst sie theoretisch anfassen. Manche sind jedoch auch gasförmig (wie Luft) und flüssig (wie Wasser). Ebenfalls, wie bei der Physik, kannst Du mit etwas Wissen von Chemie, mit allen Deinen Sinnen durch die Welt gehen und Dir überlegen, aus was wohl die Dinge bestehen, die Du siehst.

Wir sind nun schon fast am Ende unserer kleinen naturwissenschaftlichen Reise. Wenn Du alle Gebiete, also Erdkunde, Biologie, Physik und Chemie und das Wissen über die Entwicklung unserer Erde und ihrer Lebensformen zusammentust, so hast Du ein umfangreiches Bild von dem, was sich abspielt. Theoretisch, wenn Du alles Wissen darüber in Deinem Kopf hättest, dann könntest Du Dir nahezu alles erklären, und kein Phänomen könnte Dich aus der Ruhe bringen. Tröste Dich, es gibt niemanden, der das kann. Aber es ist doch wichtig und befriedigend im Groben zu wissen, wie man sich die ganzen Phänomene erklären kann bzw. in welche Wissensrichtung man dazu gehen muss, um sie zu ergründen.

Mathematik – Rechnen musst Du können

E ine weitere Disziplin sollten wir jedoch nicht außer Acht lassen. Sie nennt sich *Mathematik*. Im Gegensatz zu den bisher beschriebenen Disziplinen kann man Ihre Auswirkungen nicht direkt beobachten wie ein Phänomen der Physik oder die Materie in der Chemie. Sie nimmt daher eine Sonderstellung ein. Wenn eine Katze um die Ecke kommt weißt Du, es ist etwas Biologisches. Wenn Wasser im Topf kocht ist es etwas Physikalisches und auch etwas Chemisches.

Was aber, wenn Du wissen willst, wie lange die Katze von einer Ecke des Zimmers zur anderen braucht oder wann das Wasser im Topf verdampft sein dürfte. Das wären die Fragen der Mathematik. Sie ist zwar sehr viel abstrakter als die anderen Felder, aber wenn man sich erst mal ein bisschen in sie hineingedacht hat, trotzdem sehr interessant. Die Mathematik ist die älteste aller Wissenschaften. Daran kannst Du sehen, sie muss ziemlich interessant sein, wenn sich die Leute mit ihr quasi als erstes beschäftigt haben. Man muss allerdings dazu sagen, dass die Mathematik auch direkte und unmittelbare Relevanz für das tägliche Leben hat.

Lass uns das Verwirrende gleich wieder an den Anfang stellen: Alles, was Du siehst, hörst und riechst, lässt sich auf die eine oder andere Weise in der Mathematik ausdrücken. Stell Dir einmal Dein Zimmer vor. Ziemlich genau in der Mitte des Raumes hängt Dein Lieblings-Mobilé, unter das wir Dich manchmal legen. Jetzt stell Dir vor, wir wollten wissen, wie weit es von diesem Mobilé bis zum unteren Rand der Tür ist. Dabei wäre uns aber verboten, die Strecke direkt zu messen. Glücklicherweise haben wir den Grundriss von unserer Wohnung und kennen somit die Abmessungen des Raumes ganz genau. Auch wissen wir, wie viele Meter das Mobilé von vorne und von der Seite in den Raum hängt. Zudem können wir in der An-leitung für das Mobilé nachlesen, wie lang die Kordel ist, an dem es hängt. Aus diesen Angaben ließe sich dann *errechnen,* wie weit die Strecke vom Mobilé bis zum unteren Rand der Tür ist, ohne sie messen zu müssen. So ist das mit der Mathematik. Es gibt feste Gesetze auf unserer Erde die bestim-men, wie sich Dinge zueinander verhalten. Man braucht daher einige, aber meistens nicht alle Angaben einer Sache, um das Ganze zu berechnen – oder wenn Du so willst – vorherzusagen. Wenn wir zur Oma fahren, können wir ziemlich genau sagen, wann wir dort ankommen werden, obwohl wir es nicht wissen können, bevor wir da sind. Wenn Du mal einen kleinen Kin-derkoffer hast, könnte ich Dir errechnen, wie viele Packungen Du von Dei-nen Lieblingskeksen dort hineinbekommst, ohne es ausprobieren zu müs-sen. Da man nicht immer alle Informationen hat, die man für die Lösung eines Problems oder die Ausführung eines Vorhabens braucht, kann die Mathematik Brücken schlagen, um diesen Missstand auszugleichen. Spätestens dann, wenn Du ein festes Taschengeld bekommst, wird Dir dies einleuchten und Du wirst Dich mit Begeisterung der Methoden der Mathematik bedienen.

Wie angekündigt, kannst Du jetzt ungefähr nachvollziehen, welche Rolle der Mathematik zukommt. Sie ist eine Art Bindeglied zwischen all den anderen Wissenschaften. Keine von ihnen kommt gänzlich ohne Mathematik aus. Sie ist eine Methode, mit deren Hilfe man die ganze Welt auf eine bestimmte Weise beschreiben kann. Da ja, wie festgestellt, die Wissenschaften sich bestimmte Ausschnitte der Welt hernehmen, um sie genauer zu untersuchen, kann die Mathematik folglich immer dann zur Hilfe genommen werden.

Aber auch weg von den erklärenden Disziplinen der Wissenschaft ist sie wichtig für jeden von uns, praktisch jeden Tag. Ohne sie würdest Du nicht nachprüfen können, ob Du im Supermarkt genug Geld rausbekommen hast, wie viel Zeit Du noch hast bis der Bus fährt oder wie viel Unterhosen Du auf eine Reise mitnehmen musst. Sie ist quasi immer und überall. Du würdest gut durch das Leben kommen, ohne die geringsten Kenntnisse in Biologie oder Physik. Ohne Mathematik aber wäre das Leben so, als wenn Du zum Fortbewegen nur zu Fuß gehen könntest, sei die Entfernung auch noch so weit.

So, jetzt können wir (endlich) einen Haken an den großen Wissensbereich machen, der sich mit der Natur beschäftigt, den haben wir uns weitestgehend angeschaut. Bei allem, was Dir auf unserer Erde und auch ein bisschen darüber hinaus begegnet, müsstest Du im Groben einschätzen können, worin die Ursprünge dafür liegen und ein wenig, wie die Dinge zusammenhängen. Ist das nicht beruhigend? In ein paar Jahren, wenn sich Dein Interesse und damit Dein Wissen für bestimmte Themen vertieft (ich war als kleiner Junge ein großer Dinosaurier- und Weltraum-Fan), dann wirst Du auch dieses erhebende Gefühl kennen lernen etwas zu wissen und Dinge aus eigener Überlegung in Verbindung miteinander bringen zu können.

Geisteswissenschaften: Vom Wissen über den Geist

W ie Dir sicherlich aufgefallen ist, ist unser Wissen aber noch lange nicht vollständig. Wie zuvor beschrieben werden wir feststellen, dass wir uns bei den Naturwissenschaften ja nur Dinge angeschaut haben, die die Natur gemacht hat. Sie hat diese jedoch regelrecht unter Ausschluss des Menschen zu Stande gebracht. Fast im Gegenteil: Der Mensch für sich ist Teil der Naturwissenschaft. Was ist aber mit all den Dingen, die sich um den Menschen drehen, den Errungenschaften, die er zu Stande gebracht hat und den Problemen, mit denen er sich tagtäglich auseinander setzen muss? All dies fand seinen Ursprung im *Geiste* des Menschen. Sie sind gänzlich auf ihn und seine Fähigkeit zu denken zurückzuführen. Deshalb nennen wir die Überlegungen, die sich mit all dem beschäftigen, *Geisteswissenschaften*. Die Unterscheidung der einzelnen Wissensfelder fällt ziemlich schwer, und die Trennlinien dazwischen verwischen leicht bei genauerem Hinsehen. Vermutlich wirst Du ziemlich oft im Leben feststellen, wie schwierig eine genaue Zuteilung ist. So hat zum Beispiel die Tätigkeit des Verkaufens etwas mit *Wirtschaft* und mit *Psychologie* zu tun – beides sind Felder der Geisteswissenschaften. Die Rechtsprechung in einem Land kann vielfach auch auf wirtschaftlichen Belangen beruhen und umgekehrt. In der Wirtschaft nimmt die Rechtsprechung einen wichtigen Platz ein. Ein Haus zu bauen beruht zwar auf menschlichem Geist, hat jedoch auch viel mit physikalischen Gesetzmäßigkeiten zu tun. Es ist verwirrend, und im Gegensatz zu den Naturwissenschaften unterliegen die Geisteswissenschaften eher einem Wandel, da sich die Erfahrungen des Menschen im Verlauf der Zeit verändern. Ich möchte Dich daher nicht langweilen und Dir alle möglichen Wissensfelder, die der menschliche Geist ersonnen hat, erklären, zumal ich sie erst nachlesen müsste. Vielmehr soll es ja darum gehen Dir das mitzugeben, was aus meiner Sicht wichtig ist zu wissen an diesen Geisteswissenschaften. Sie und ihre Teilbereiche begegnen Dir tagtäglich. Im Laufe der Zeit kannst Du einschätzen, wie es Dich persönlich weiterbringt, zumindest ein grobes Verständnis davon zu haben.

Lass uns also einfach von Anfang an anfangen, als der Mensch sich zu dem entwickelte was er heute ist und anfing seine Spuren im Sand der *Geschichte* zu hinterlassen.

Geschichte – Was war vor Dir ?

Du wurdest erst vor ein paar Monaten geboren. Das ist ein recht kurzer Zeitraum. Dennoch ist Deine Geburt damit schon Teil der Geschichte, genauer der menschlichen Geschichte. Wenn Du noch weiter zurückgehst, also gleich mal um einige Jahre, kannst Du Mami und mich beobachten wie wir Kinder waren und wie wir gelebt haben. Noch weitere Jahre in der Zeit zurück siehst Du Deine Großeltern wie sie Jugendliche waren und sich kennen und lieben lernten. Ohne dieses Ereignis würde es Mami und mich und Dich schon gar nicht geben. Aber auch Deine Großeltern hatten Eltern und die auch wiederum. Schritt für Schritt kannst Du in der Geschichte zurück gehen und das nur ausgehend von Deiner Person. Andere Menschen und Deine Freunde haben auch alle Eltern, die wiederum auch und so fort. Ganz schnell kommst Du so auf eine Menge Menschen, die über die Zeit miteinander verwandt sind und so regelrecht die Gesellschaft der Geschichte bilden. Und jeder dieser einzelnen, irgendwie verwandten oder bekannten Menschen, hat sein ganz persönliches Schicksal. Einer war ein großer römischer Imperator, der andere ein Bettler. Wieder eine Andere eine berühmte Heilige und eine Weitere eine Mörderin. Manche von Deinen Vorfahren haben in großen Gruppen irgendeine gemeinsame Sache vorangetrieben. Vielleicht haben sie zusammen ein neues Land gegründet, irgendwo am Amazonas einen Staudamm gebaut, eine großartige Entdeckung gemacht, sich einer Bewegung für Menschenrechte angeschlossen oder gar einen wahnwitzigen Krieg vom Zaun gebrochen. Diese gemeinsamen Aktionen und Vorhaben haben oftmals noch viel größere ‚Fußspuren' hinterlassen, als es Einzelpersonen vermochten. So ist zwar in aller Welt bekannt, wann und wie die erste Landung auf dem Mond stattgefunden hat. Man wird vielleicht auch noch die Namen der Astronauten parat haben, die auf dem Mond dabei waren. Aber wohl niemand wird auch alle Personen im Hintergrund dieser Mission kennen oder von ihnen gehört haben. Aber auch sie sind Teil der Geschichte der Raumfahrt. Ohne jene Menschen hätte der Meilenstein der Geschichte niemals gesetzt werden können.

Wenn Du so willst, ist also alles Geschichte was jemals passiert ist. Sie betrifft die ganze Gesellschaft und ihre Menschen und nicht nur die großen Namen ihrer Helden und Schurken. Dabei ist es unerheblich, ob Geschehnisse und Entwicklungen nun im Wirtschaftlichen, Sozialen, Kulturellen oder Geistlichen passieren. Sie alle miteinander formen die Vergangenheit mit ihren Auswirkungen für die Gegenwart. Die Entwicklung der Dampfmaschine hatte wohl nahezu in allen Bereichen ihre Auswirkungen. Als weniger positives Beispiel könntest Du große Kriege heranziehen.

Es kann sehr spannend sein, mit offenen Augen und Verstand z.B. durch eine Stadt zu gehen. Du könntest Dich fragen, wie alt wohl das Gebäude dort auf der Ecke sein könnte. Was passierte zu jener Zeit in der Welt? Die Straße dort drüben trägt den Namen eines berühmten Dichters. Warum? Vielleicht hat er in der Stadt gelebt und in ihr seine berühmtesten Werke geschrieben. Vielleicht steht das Haus ja noch in dem er sie schrieb. Vielleicht hat man es zu einem Museum umgebaut, und man kann dort noch mehr über ihn und seine Werke erfahren. Es gibt Städte (auch hier zu Lande), da lassen sich in den Hauswänden noch Einschusslöcher erkennen. Vielleicht von einem Aufstand oder durch einem Krieg. Alles ist Geschichte. Dein Papi findet es sehr spannend durch Altstadtviertel zu gehen. Die unterschiedlichen Architekturstile der Gebäude weisen auf die verschiedenen Epochen hin, in welchen sie gebaut wurden. Mit scharfem Auge lässt sich häufig auch das Erbauungsjahr ablesen, das irgendwo auf der Fassade verewigt wurde. Dann kannst Du Dich ganz genau in das Jahr zurückversetzen, als in dieses Haus die ersten Bewohner einzogen. Wie viel mögen es wohl im Laufe der Jahre gewesen sein? Welche Dramen und Glücksmomente mag es wohl unter seinem Dach gegeben haben. Wurde es im Krieg beschädigt? All das ist auch Teil der Geschichte. Bei berühmteren Bauten lässt sich häufig viel darüber in Erfahrung bringen. Es kann ein erhebendes Gefühl sein vor einem Gebäude oder in einer Straße zu stehen, wo sich vor 50 oder 100 Jahren geschichtsverändernde Szenen abspielten. Wenn das schon auf Fotos oder Leinwänden festgehalten wurde, dann kann man die Geschichte fast greifen, und Du kannst sie mit dem vergleichen, was Du heute noch sehen kannst. Hier stehst Du, und genau hier standen auch bereits vor langer Zeit die berühmten Vertreter der Geschichte.

Du siehst, Geschichte kann weitaus mehr sein, als ein oft viel zu trocken präsentiertes Fach in der Schule. Sie beinhaltet den Ursprung von allem was wir kennen und wird auch Dich, Mami und mich in sich aufnehmen. Viele Fehler, die von uns (den Menschen) heute gemacht werden, könnten sich eigentlich vermeiden lassen, würden wir nur die Geschichte heranziehen. Sie sind mit Sicherheit schon einmal gemacht worden. Aber Du brauchst gar nicht so weit in die großen bewegten Augenblicke der Menschheit zu schauen, um den Reiz und die Wichtigkeit der Geschichte zu erkennen. Willst Du etwas über Dich selbst lernen, kann es nämlich genauso spannend sein, nur in Deiner persönlichen Geschichte umherzustöbern. Hast Du vielleicht heute noch Ähnlichkeit mit Deinem Uropa? Warum eigentlich bist Du in der Stadt xy auf die Welt gekommen? Warum haben Deine Eltern jene

Berufe erlernt und nicht andere? Und warum eigentlich reagiert Deine Mami auf ein bestimmtes Thema so energisch. Auch das ist Geschichte. Deine höchstpersönliche dazu. Und sie führt zu einem sehr interessanten Ergebnis. Zu Dir selbst. Verstehe Deine Geschichte, und Du wirst Dir irgendwann ganz viele Dinge, die Du an Dir und Deinen nächsten Mitmenschen beobachtest, erklären können.

Kultur – Menschen mögen schöne Dinge

Ein anderes Feld möchte ich Dir genau an dieser Stelle zeigen. Es hat indirekt auch etwas mit Geschichte zu tun, ist aber nicht unbedingt so exakt ein definiertes Wissensgebiet der Geisteswissenschaften. Das heißt nicht, dass es nicht wichtig ist etwas darüber zu wissen. Eher im Gegenteil. Es ist wichtig für unsere Gesellschaft und macht darüber hinaus – je nach Deinen Interessen – auch noch Spaß. Die Rede ist von der *Kultur*.

Wenn wir gerade über die Architekturstile der verschieden Zeiten oder Epochen der Geschichte gesprochen haben, so sind diese auch ein Stück Kultur. Wie gesagt, ich gehe gerne durch die Stadt und schau mir die Gebäude an. Ich hoffe, ich werde Dich nicht allzu sehr langweilen, wenn ich versuche Dir dieses Interesse nahe zu bringen. Du schaust an den verschiedenen Hauswänden hinauf und fragst Dich, was den armen Menschen wohl bewogen hat, dort oben in luftiger Höhe diese kleine Figur aus Stein anzubringen, die von hier unten ohnehin kaum noch sichtbar ist. Hier zu Lande sind die Hürden für solche Verzierungen – zumindest was die Höhe der Gebäude angeht – ja noch einschätzbar. Ich hoffe, ich kann mit Dir einmal in eine der großen amerikanischen Städte reisen. Dort kannst Du Gebäude sehen, die dann schon über achtzig Jahre alt und zigmal höher sind als die, die Du aus Deiner Stadt kennst. Umso erstaunlicher ist es, wie sehr manche von diesen Wolkenkratzern trotzdem reich verziert sind. Mich kann es immer begeistern, wenn ich vor einem dieser monumentalen Bauwerke stehe. Ich stelle mir vor, dass dieser Klotz dort schon die ganze lange Zeit steht. Und wie dort oben in über zweihundert Metern Höhe immer noch die gleichen liebevollen Verzierungen die Wand schmücken, wie hier am Fuße des Gebäudes. Du merkst an meiner Begeisterung, welche Emotionalität dieses Thema für mich hat. Und genau diese ist es, die die Kultur ausmacht. Kultur ist Emotionalität von und für eine Gruppe von Menschen mit ähnlichen Vorlieben und Interessen. So lange es denkende Menschen gibt, so lange gibt es auch schon Ausprägungen von Kultur. Wenn einige Menschen sich zusammen tun und entscheiden gemeinsam – bezogen auf ein Vorhaben –

in eine bestimmte Richtung zu gehen, also ‚an einem Strang zu ziehen', so kann es das Entstehen einer Kultur sein. Denke an die alten Ägypter, wie sie sich kleideten oder wie sie ihre Städte errichteten. Ihre Stile, Vorlieben und Wertevorstellungen waren anders als die der alten Griechen, Inkas oder des römischen Reiches. Alle haben ihre eigene Kultur entwickelt, weil sie und ihre Zeitgenossen sich seinerzeit dazu entschieden haben etwas gemeinsam zu Stande zu bringen.

Musik, Malerei, Film, Kunst, Design von Gebrauchsgegenständen, all das ist auch Kultur. Manche mögen sich darüber streiten, ob z. B. Comics oder Popmusik ebenfalls dazu gehören, da sie recht triviale Inhalte wiedergeben. Sicher sind sie Kultur! Micky und Donald begeistern auch nicht erst seit gestern Menschen auf der ganzen Welt und werden sich auch viel länger halten, als so manche berühmte Schriftsteller oder Künstler. Auch gehört es im Ansatz – wenn auch zu einer eher fragwürdigen Kultur – dass die Leute sich immer mehr für große Geländewagen begeistern. Die meisten dieser Fahrzeuge fahren im besten Fall mal an einem Wald vorbei, werden also völlig widersinnig genutzt. Aber sie sind ein Trend unserer Zeit, gehen somit in die Geschichte ein und sind z. Zt. Teil unserer Kultur. Die Grenzen sind fließend und ich nehme an, nicht wenige Gelehrte haben sich bereits darüber gestritten, was genau *der Kultur* zuzuschreiben ist und was nicht. Wenn ich aber nur ein wenig darüber nachdenke wird mir klar, wie allumfassend der Begriff der Kultur ist. Wenn ich einmal diesen Begriff erklären soll, werde ich Dir sagen: Kultur ist alles das, was von Menschen erschaffen wurde und was sie mit Begeisterung über einen längeren Zeitraum hinweg verfolgten oder ausübten. Sie spricht die Sinne an und steht für das Schöne. Schließlich hätten sie seit jeher ihre Hauswände auch schlicht lassen können.

Psychologie – Was geht in uns vor?

In absehbarer Zeit wirst Du mit Kreativität Ideen entwickeln, die Du mit Tatendrang umsetzen willst. Aber warum ist das so? Wieso kommen Dir beim Anblick bestimmter Dinge oder Szenen oder durch andere Sinneswahrnehmungen ganz bestimmte Einfälle in den Kopf? Und warum ist das bei anderen nicht so? Bei vielen Leuten dürfte sicherlich der Duft von Sonnenmilch Erinnerungen an Sommer, Sonne und Urlaub wecken. Womit genau sich diese Erinnerungen bei ihnen im Kopf melden ist nicht so gewiss. So werden Menschen, die oft an den Strand fahren um Sonne zu tanken, vielleicht die typischen Erinnerungen an einen Pauschalurlaub haben. Andere wiederum, die oft in die Berge fahren, werden beim Geruch von Sonnenmilch vielleicht unweigerlich an einen steilen Aufstieg denken. Und wieder andere Leute denken sofort an das Freibad in ihrem Heimatort. Zwar liegt bei allen die gleiche Ursache, nämlich der Sonnenmilchgeruch, vor. Die Empfindungen, die damit assoziiert werden, sind jedoch sehr unterschiedlich.

Was Dir schon bald auffallen wird ist die Tatsache, dass kleine Mädchen eher geneigt sind mit Puppen zu spielen, als Deine Geschlechtsgenossen. Ihr spielt eher mit Autos und Pistolen. Warum das so ist, können auch die besten Wissenschaftler noch nicht ganz aufklären. Es gibt welche die sagen, solch ein Verhalten sei anerzogen, was aber nicht bewiesen ist. Letztendlich lassen sich derartige Verhaltensmuster leicht auf das Gebiet der *Psychologie des Menschen* schieben. Darum geht es hier. Ganz vereinfacht musst Du Dir die Psychologie wie eine Kiste vorstellen. Jeder Mensch hat seine ganz persönliche Kiste. Diese Kiste hat zwei Öffnungen. Vorne tust Du etwas hinein, wie z.B. ein Ereignis, das Verhalten einer anderen Person, Eindrücke usw. Hinten kommt dann vielleicht eine Handlung, eine Empfindung oder Gemütsstimmung der Person, also der Person der die Kiste gehört, heraus. Manchmal kommt vorn etwas hinein und hinten kommt nichts heraus, zumindest nicht sofort. Stell Dir vor, Dir nimmt jemand Dein Lieblings-Schnuffeltuch weg. Das wäre das Ereignis. Dein Inneres reagiert daraufhin mit der Wahrnehmung ‚Schnuffeltuch-ist-weg‘. Diese Information dringt über Dein Bewusstsein (das ist das, wie Du Dich im Verhältnis zu Deinem Umfeld siehst) in Deine Psyche und ruft bei Dir irgendeine Reaktion hervor. Du fängst an wütend oder traurig zu werden. Vielleicht reagierst Du auch gar nicht. Erst wenn man Dir dann noch die anderen Dinge die Dir am Herzen liegen wegnähme, würdest Du umso heftiger reagieren. So wie Du Dich verhältst, tust aber auch nur Du es. Wenn einem anderen Kind das Schnuffeltuch weggenommen würde, könnte das eine ganz andere Reaktion hervorrufen. Man kann es eben nicht wissen und verallgemeinern. Die kleinen Rädchen Deiner Psyche, also Deiner Kiste, arbeiten nun mal anders als die Deines Spielkameraden und schon mal ganz anders als die Deiner Eltern. Die Psychologen, also die Wissenschaftler, die sich mit dem Thema genauer beschäftigen, versuchen bestimmte Muster zu erkennen, nach denen sich die Menschen verhalten. Das funktioniert auch bis zu einem gewissen Punkt. Schließlich sind wir alle Menschen und bestehen bis zu einem bestimmten Grad aus denselben ‚Zutaten‘. Im Laufe der Zeit hat sich die Psychologie, wie auch andere Wissenschaften, in verschiedene Richtungen entwickelt. Es gibt fast kein Verhalten des Menschen, was nicht von einer speziellen Psychologierichtung erklärt werden könnte. Wenn Du Dir ein wenig Grundverständnis über sie aneignest, so kannst Du leichter mit den

Reaktionen Deiner Mitmenschen fertig werden bzw. sie besser deuten, um entsprechend zu reagieren. Stell Dir einmal vor, Du kommst von einem Freund, mit dem Du den Nachmittag zusammen gespielt hast, nach Hause. Du kennst ihn noch nicht so lange und warst das erste Mal bei ihm zu Besuch. Schon beim Betreten des Grundstücks fällt die große und sehr gepflegte Gartenanlage auf. Nach dem Betreten seines Elternhauses kommst Du noch mehr ins Staunen. Das Haus kommt Dir vor wie eine riesige Villa. Alles ist sehr stilvoll eingerichtet und sehr ordentlich. Obwohl Du in Deinem Alter noch kein gut entwickeltes Verständnis für solche Dinge hast, fällt es Dir trotzdem auf. Im Verlauf des Nachmittags macht Dich der Freund mit den weiteren Annehmlichkeiten seines ‚Anwesens' vertraut und Du musst aufpassen, dass Du vor Staunen noch den Mund zubekommst. Als Du abends wieder daheim bist, erzählst Du Mami und mir von dem Erlebten. Du sagst uns, dass es Dir vorkommt, als würden wir im Vergleich zum Haus Deines Freundes in einer Hundehütte leben! Das hat gesessen! Ohne Dir groß Gedanken zu machen (was in dem Alter wohl auch eher unüblich ist), bist Du mit dieser Aussage in mein tiefstes Inneres der Statusängste vorgedrungen. Ich weiß zwar, dass es uns gut geht und dass ich meiner Familie ein lebenswertes Leben durch mein Einkommen ermögliche. Dennoch nagt auch an mir die Angst nicht genug zu leisten, um eben ein noch besseres Leben (zumindest im materiellen Sinne) zu ermöglichen. Diese Angst steckt fast in jedem; mal stärker, mal weniger stark. Sie kann auch nicht durch mehr Geld bekämpft werden, da nach oben den Ausschweifungen des Lebensstils oder dem Ego keine Grenzen gesetzt sind. Es wird immer jemanden geben, dem es scheinbar besser geht als einem selbst.

Nach dieser Deiner Aussage habe ich jedenfalls in diesem Beispiel mindestens eine Woche zu knabbern an meinen Selbstzweifeln. Meine Stimmung ist entsprechend. Wenn Du diesen Zusammenhang zwischen sozialem Status, Selbstwertgefühl und Gemütsstimmung in psychologischer Hinsicht bereits verstanden hättest, hättest Du Dich wahrscheinlich mit Deiner Aussage etwas vorgesehen.

Besonders emotionales Verhalten unterliegt den Kräften der Psychologie eines jeden einzelnen. Auch ein Verbrecher, der sich erst nach seiner Tat des ganzen Ausmaßes bewusst wird, wird zum genauen Augenblick seiner Tat von psychologischen Kräften gesteuert worden sein. Insbesondere, wenn einige Menschen in unsere Gesellschaft sehr viel Macht haben, wie große Wirtschaftsbosse oder Politiker, sollte man immer auch ihre Psyche hinterfragen. Bei einer ‚Fehlfunktion' in dieser ‚Kiste' kann es nämlich schlagartig für sehr viele Leute Auswirkungen haben. Dein Papi war mal bei einer Firma angestellt, der es eigentlich recht gut ging. Es gab neben dem normalen Wettbewerb keinen Grund von dem bisherigen Weg der

Geschäftstätigkeit abzuweichen, da sie fortwährend gute Gewinne abwarf. Jedoch hatte der Sohn des Firmengründers, der mittlerweile der mächtigste Entscheider in dem Unternehmen war, sich entschieden, in eine andere Branche zu wechseln. Er hatte schon seit frühester Jugend den Traum eigentlich Popstar zu werden und konnte mit den langweiligen Geschäften seines Vaters nicht viel anfangen. Nun hätte er, da er sehr reich war, sich auch eine Band oder ein Plattenstudio kaufen können. Er entschied sich aber dafür, die gesamte Firma umzukrempeln und auf *seinen* neuen Kurs einzustellen. Er verkaufte also das gewinnbringende Unternehmen und beteiligte sich an einem Medienunternehmen. Das Ende vom Lied war, dass sich zigtausend Personen, die bei seinem Unternehmen weltweit arbeiteten, einen neuen Job suchten oder zumindest umstellen mussten. Alles nur, weil in der Psychologie eines Menschen bestimmte Wünsche programmiert waren, die so stark waren, dass sie die Rationalität ausschalteten. Weniger als ein Jahr später nämlich war das neue Unternehmen am Ende, und der vermeintliche Popstar musste gehen.

Es ließen sich über die Innenansichten dieser ‚Kiste' namens Psychologie hunderte von Büchern schreiben (was auch geschehen ist). Man wäre jedoch nie schlau genug, um das Verhalten unserer Mitmenschen zu kennen oder gar vorhersagen zu können. Merke Dir nur soviel: Es gibt bestimmte Grundmuster, die sich immer wiederholen. Mit Deinen Sinnen und Deiner Erfahrung wirst Du sie kennen lernen, wiedererkennen und Deine Schlüsse daraus ziehen.

Philosophie, Glauben, Religion – Glauben kann jeder

All das Wissen, was die Menschen im Lauf der Zeit angesammelt hatten, führte nicht immer zu ihrer Zufriedenheit. Man konnte sich immer mehr Dinge und Phänomene erklären, die um einen herum passierten. Das führte zu einer stetigen Verbesserung der Lebensumstände. Darüber war man glücklich und zuweilen auch zufrieden. Als Konsequenz dieses Fortschritts musste man sich nicht mehr so intensiv um diejenigen Dinge kümmern, die die Existenz absicherten. Umso mehr kam man ins Grübeln, was denn nun die ureigene Rolle des Menschen auf der Welt ist. So dachte man im Verlauf der Geschichte immer mehr darüber nach, worin denn wohl der *tiefere Sinn des Lebens* bestand. Bereits in früheren Zeiten, zur Hochzeit frühgeschichtlicher Kulturen, gab es schon die sogenannten *Philosophen*, die genau darüber nachdachten. Meistens kamen sie aus gut gestellten Verhältnissen, und brauchten materiell keine Not zu leiden. Deshalb hatten sie ja auch die Zeit und Muße, sich Gedanken über den Sinn des Seins zu machen. Erst wenn die Leute sich genug Freiraum geschaffen haben und es ihnen an nichts fehlt, zumindest nicht an Elementarem, wie z. B. Essen und Behausung, können sie sich Gedanken über tiefgründigere Dinge machen.

Warum sind wir Menschen auf der Welt und welche Rolle spielen wir buchstäblich? Wie groß ist unsere Welt eigentlich, und wer hat das alles erschaffen? Wie, verdammt noch mal, hängt alles zusammen? Das sind die Fragen, die die Herren Philosophen beschäftigten und es auch heute noch tun.

Ich bin sicher, in jedem kommen früher oder später solche Gedanken auf. Jeder wird sich das eine oder andere Mal im Leben fragen, warum er oder sie eigentlich auf der Welt ist und was die eigene spezielle Rolle ist. Diese Frage wird wohl immer ein Geheimnis bleiben, die nicht von der Gesellschaft mit ihren Wissenschaftlern und Philosophen gelöst werden kann. Vielmehr muss sie wohl jeder für sich selbst beantworten, bzw. seine Rolle finden. Im täglichen Leben können solche Fragen sehr selten aufkommen, da man ständig mit all den Dingen des Alltags beschäftigt ist. Ein Blick zum Nachthimmel, vielleicht auf dem Nachhauseweg von einer ganz irdischen Beschäftigung, kann das jedoch sehr schnell relativieren. Ein gewisses Gefühl des Verlorenseins kann uns einnehmen. Daher haben die Menschen für sich den *Glauben* erfunden oder besser noch ‚gefunden‘. Der Glaube ist, wie der Name vermuten lässt, etwas, woran die Menschen sich orientieren. Je nach Glaubensrichtung vertrauen sie sich durch ihren Glauben einer Macht an, von der sie glauben, sie habe die Welt und das Schicksal aller in der Hand. Er gibt ihnen Halt, Hoffnung und Kraft, vor allem in schlechten Zeiten. Menschen, denen es sehr viel schlechter geht als uns in der westlichen Welt, sind dabei tendenziell eher gläubiger. Wen wundert das! Wem es wirklich schlecht geht, so dass er nicht mehr weiß, wie er sich aus eigener Kraft aus seiner Lage befreien kann, wird mehr geneigt sein seine Hoffnung in einer helfenden Kraft zu suchen. Wenn man wenig hat, über das man sich beklagen kann und es einem grundsätzlich gut geht, kann man auch sehr gut allein mit der Situation fertig werden. Aber das nur am Rande.

Damals, als die Menschen noch weniger über sich selbst und die Welt wussten, mussten sie eine Erklärung finden, wer denn nun all das erschaffen hat, was man sich nicht erklären konnte. Sie hätten auch dumm bleiben können, und vielen Machthabenden der damaligen Zeit war auch sehr daran gelegen, die Menschen oder besser das Volk, dumm zu halten. Es liegt aber in der Natur von uns Menschen, dass wir die Frage des ‚Warum‘ und des

‚Dahinter' stellen (wenn Du erst einmal sprechen kannst, wirst Du diesen Trieb zweifelsohne ausdauernd unter Beweis stellen). Da man keine (für jedermann) befriedigende Antwort, genauso wenig wie heute, für diese Fragen finden konnte, musste sozusagen eine Universalerklärung gefunden werden. Da war es eigentlich nur logisch, eine oberste Kraft zu benennen, die für alles verantwortlich ist. Ob Du sie nun Gott, Shiwa, Allah, Buddha nennst oder aber Deinen eigenen ganz persönlichen Glauben entwickelst, ist dabei nicht wichtig, sondern ob Du für Dich ein Glaubensumfeld findest, in dem Du Dich wohl fühlst und welches Dir Kraft und Perspektive gibt.

Für mich ist es schwierig, Dir in Fragen des Glaubens richtig zur Seite zu stehen. Ich bin selber ohne von außen vorgegebenen Glauben groß geworden, und bei uns in der Familie wurde er nicht gelebt. Ich glaube, Deine Großeltern haben sich bei mir und Deinem Onkel richtig verhalten. Uns wurde freigestellt, ob und für welchen Glauben wir uns in unserem Leben entscheiden. Jedenfalls wollten sie uns nicht vorgeben oder gar vorschreiben, wie wir ihn zu praktizieren hätten. Sie gingen davon aus, wir würden den richtigen Glauben finden, wenn wir uns dazu entschließen, ihn zu suchen. Daher sind Dein Onkel und ich nicht getauft, was ja zumindest formal ein Akt des Beitritts zu einem Glauben ist. Und so möchten Mami und ich es auch bei Dir halten. Wir vertrauen darauf, dass Du im Leben diesbezüglich den richtigen Weg wählen wirst. Ich glaube, wir können Dir trotzdem helfen die Orientierung nicht zu verlieren und offen, aber kritisch an das Thema Glauben heran zu gehen.

Auch zwischen *Glauben* und *Philosophie* können die Grenzen fließend sein. Beide beschäftigen sich mit der Frage des Seins und dem Sinn hinter allem. Die Philosophie grübelt darüber nach und versucht eine Art Lösung oder Erklärung zu den offenen Fragen zu finden. Der Glauben akzeptiert meist das Vorgegebene, und hinterfragt oft nicht, zieht aber genau daraus seine Bestätigung. Wenn man einen bestimmten Punkt als fix und gegeben ansieht, erledigen sich regelrecht manche Probleme von selber. Es liegt aber, wie gesagt, nicht in der Natur des Menschen nicht zu hinterfragen.

Wirtschaft – Das Meiste herausholen

Am Ende unserer Reise in die Geisteswissenschaften möchte ich Dir ein sehr viel irdischeres Thema zeigen – die *Wirtschaft*. Ich muss zugeben, ich fühle mich auf diesem Terrain ein wenig sicherer, als bei den vorherigen Themen. Auch das Gebiet der Wirtschaft gehört zu den Geisteswissenschaften, schließlich beruht alles wirtschaftliche Handeln zumeist auf menschlicher Interaktion und auf individuellen „Bedürfnissen".

Haben wir manche Aspekte dieses Abschnitts schon beim Thema *Geld* betrachtet, so möchte ich Dir hier einige Grundregeln der Wirtschaft zeigen. Das halte ich für ziemlich wichtig, da sie von jedem von uns in unserer Gesellschaft nahezu täglich angewendet werden. Die Tätigkeit des Wirtschaftens oder die Wirtschaft an sich ist also (unmittelbar) bedeutender für unser normales Leben, als das Wissen um Geschichte oder Psychologie (wenn es auch, wie ich Dir bereits zeigte, oft Überschneidungen dieser Wissensbereiche gibt).

Ein Beispiel: Stell Dir vor, Du gehst in ein paar Jahren in die Schule, und Ihr habt große Pause. Ein Blick in Deine Frühstücksdose verrät Dir, dass Dir Deine Mutter nicht gerade Deine Lieblingssachen mitgegeben hat. An dieser *unbefriedigenden* Frühstückssituation möchtest Du was ändern; Du hast das *Bedürfnis* etwas anderes zu essen. Wie Du feststellst, hast Du kein *Geld* dabei. Damit fällt die Möglichkeit aus, Dich in dem kleinen Super*Markt,* der sich neben dem Schulgrundstück befindet, einzudecken. Wie immer in einer solchen Situation, wendest Du Dich an Deinen Mitschüler Tom. Tom ist kein Kostverächter und eigentlich immer scharf auf Essbares, was er selber nicht hat. Toms Frühstücksbox ist immer prall gefüllt, und seine Mutter versteht sich wirklich auf Vielfalt. Du gehst zu ihm und fragst ihn, ob er *tauschen* möchte. Er will schon, möchte sich aber vorher Dein *Angebot* ansehen, damit er nicht den Kürzeren zieht, also, dass ihm das, was Du ihm gibst ihm weniger *nützt.* Nach kurzer Zeit seid Ihr Euch *handelseinig,* und Ihr *tauscht* zwei von Deinen Käsebroten zum *Preis* von einem großen seiner Putenfleisch-Sandwiches. Du überlegst zwar noch kurze Zeit, aber eigentlich hast Du das *Gefühl,* ein gutes *Geschäft* gemacht zu haben.

Es wird noch ein wenig dauern, bis Du dieses Beispiel auch wirklich so erleben wirst. Auch spiegelt es die Hoffnung wieder, dass bis dahin nicht weiterhin diese völlig überteuerten und zweifelhaft gesunden Kindersnacks Einzug in die Pausenbrotkultur halten. Doch zeigt es Dir an Deiner persönlichen (zukünftigen) Alltagssituation einen wirtschaftlichen Vorgang. Du hast ein *Bedürfnis* und möchtest Deine Situation *verbessern* oder anders gesagt: Deinen *Nutzen erhöhen.* Dieses *Verbessern einer Situation* ist die

Haupttriebfeder des Wirtschaftens aller Wirtschaftsteilnehmer. Dir fehlt das *Geld*, also das Universal*tauschmittel*, was überall akzeptiert wird, um *Waren* (in dem Fall ein Stück Kuchen, was Du vielleicht gekauft hättest) dafür auf dem freien (Super)*Markt* zu bekommen. Also betreibst Du *Tauschhandel* – eine Form des Wirtschaftens, als es noch kein Geld gab. Dieser wurde auch in neuerer Zeit benutzt, wenn Geld zeitweise nicht funktionierte. Tom lässt sich Dein *Angebot* zeigen. Er checkt sozusagen den *Preis,* den Du zahlen kannst bzw. den Du bereit bist zu zahlen. Nach dem Ihr Euch über den *Preis* geeinigt habt, vollzieht Ihr das *Handelsgeschäft* und Eure Waren wechseln den *Besitzer.*

Es ist offensichtlich, wie sich aus einer scheinbar normalen Situation ein wirtschaftlicher Vorgang erkennen lässt. Und so lässt es sich für tausende von Situationen tagtäglich beobachten. Ob es nun die Eisbude ist, die man meidet, weil es woanders ähnliches Eis (d. h. ungefähr das gleiche *Produkt*) für weniger Geld gibt. Oder wenn man ein Auto kauft und einem der Händler scheinbar unheimlich viel für sein altes Auto gibt, obwohl jeder weiß, dass er die Inzahlungnahme nur mit dem Rabatt, den er sonst ohnehin gegeben hätte, verrechnet. All dieses Handeln folgt irgendwelchen wirtschaftlichen Regeln, die ich Dir kurz skizzieren möchte.

Ökonomisches Prinzip

Lass uns bei dem Beispiel mit der Eisbude bleiben. Für das mittlerweile sündhaft teure Eis (als ich klein war zahlte man noch 30 Pfennig, (15 Cent) und manchmal nur 20!) zahlst Du je nach Stadt und Lage der Eisbude einen bestimmten Preis, sagen wir einmal 70 Cent pro Kugel. Du hast von Mami 1,40 € bekommen. Du könntest Dir also zwei Kugeln Eis dafür leisten. Du kennst zwei verschiedene Eisdielen in Deiner Nähe. Bei der einen bekommst Du die Kugel sogar für nur 60 Cent. Die andere Eisdiele hingegen ist bekannt dafür sehr große Kugeln auszugeben, die dann allerdings zum Preis von 70 Cent. Deine Entscheidung wird nun ziemlich sicher durch das *Ökonomische Prinzip* erfolgen. Dein *gegebenes Ziel* ist es, ein Eis zu kaufen. Dies kannst Du entweder unter Einsatz von möglichst wenig *Mitteln* (Dein Geld was Du bekommen hast). Oder aber Du maximierst Dein Ziel mit *gegeben Mitteln*, d.h. Du bekommst möglichst viel Eis für Dein Geld. In beiden Fällen hast Du Dein Ziel erreicht. In einem hast Du aber noch Geld übrig, im anderen hast Du mehr Eis.

Opportunitätskosten Prinzip

Es ist ein regnerischer Sonntagnachmittag, und es ist ziemlich langweilig. Ich schlage Dir vor, wir könnten ins Kino gehen. Kurz danach ruft Dein Freund Markus an und fragt Dich, ob Du nicht Lust hättest rüber zu kommen, um mit seinem neuen Videospiel zu spielen. Schlagartig befindest Du Dich in einer Zwickmühle. War der Tag bis eben noch langweilig, musst Du Dich nun zwischen zwei *Handlungsalternativen* entscheiden. Zum einen würdest Du sehr gern mit mir ins Kino gehen (vorausgesetzt der Film interessiert Dich, was noch zu klären wäre). Zum andern hättest Du auch große Lust Markus cooles neues Videospiel auszuprobieren, von dem Du schon viel gehört hast. Dir ist klar, dass ich so schnell keine Zeit mehr finden werde, mit Dir ins Kino zu gehen. Und wenn Markus erstmal von seiner neuen Errungenschaft in der Schule erzählt hat, kannst Du Dich die nächsten zwei Wochen hinten anstellen. Es gibt also keine Möglichkeit irgendwie beides zu bekommen. Wenn Du das eine machst, kannst Du das andere nicht machen und umgekehrt. Wenn Du eins von beiden machst, *bezahlst* Du die Entscheidung damit, das andere nicht machen zu können; Du bezahlst es mit *entgangenem Nutzen*. Die nicht-gemachte *Alternative* ist der Preis für die gemachte Alternative. Das sind die sogenannten *Opportunitätskosten*. Sie begegnen Dir ständig und überall. Schon allein aus dem Grund, dass Du nicht an mehreren Orten gleichzeitig sein kannst, musst Du Dich ständig für eine Sache entscheiden. Darüber hinaus sind andere *Mittel,* wie Geld und Zeit, immer begrenzt. Mit anderen Worten: Das Leben ist eine ständige *Entscheidung*. Du bist dabei klar im Vorteil, wenn Du ungefähr absehen könntest, was Dich zukünftig erwartet, wenn Du Dich für eine Alternative entscheidest. Deswegen wird man privat, wie auch im wirtschaftlichen Leben, versuchen, größtmögliche Sicherheit bei Entscheidungen zu erlangen. Gerade deswegen werden Entscheidungen oft nur sehr zögerlich getroffen. Man hofft immer noch im Verlauf der Zeit weitere wichtige Informationen zu bekommen, die eine anstehende Entscheidung entweder bestätigen oder verändern. Zu entscheiden ist eine Kunst. Nicht jeder Mensch beherrscht sie, und ich kann Dir auch nicht sagen, wie man es richtig macht. Dein Onkel zum Beispiel ist eher ein Typ, der Entscheidungen zögerlich trifft. Er versucht größtmögliche Sicherheit für seine Entscheidung zu erlangen und prüft mögliche Alternativen wieder und wieder. Ich erinnere mich an eine eher banale Geschichte: Wir mussten einmal in einem kleinen Ort in Mexiko ein Hotel finden. Ohne uns vorab informiert zu haben kamen wir dort an und begaben uns sogleich auf die Suche nach einer Unterkunft. Wir hatten eine grobe Vorstellung wonach wir suchten, und das erste Hotel was wir fanden traf diese auch recht gut und das zu einem vernünftigen Preis. Mein Bruder aber wollte weitere Hotels begutachten, um sicher zu gehen, die richtige Entscheidung zu treffen. So schauten wir uns eine weitere Stunde verschiedene Häuser an. Tatsächlich fanden wir ein Hotel, das noch besser war.

Ich hätte wahrscheinlich gleich die erste Option gewählt. Damit hätte ich mir allerdings eine größere Unsicherheit ‚eingekauft‘, nicht die beste Alternative gewählt zu haben. Auf der anderen Seite hätte ich uns das mühsame Suchen erspart, und wir hätten mehr Zeit für andere Dinge an jenem Nachmittag gehabt.

Du siehst, beide Ansätze Entscheidungen zu treffen haben ihre Vor- und Nachteile. Es ist darüber hinaus eine Typ-Frage, ob man sich von Unsicherheit verrückt machen lässt oder nicht und ob man zu seinen Entscheidungen steht. Dein Onkel war übrigens einmal sehr verblüfft, als ich mir in weniger als zwanzig Minuten im erstbesten Geschäft eine Brille kaufte. Bei ihm hätte der Prozess mit Sicherheit mehrere Tage und ein Dutzend von Geschäften in Anspruch genommen.

Abnehmender Grenznutzen

Stell Dir vor es ist Sommer, und Du bist mit ein paar Freunden zu einer Radtour aufgebrochen. Die Temperatur ist glühend heiß, und Ihr seid schon eine ganze Weile unterwegs. Die Stimmung ist so gut, dass Ihr gar nicht merkt, wie anstrengend Eure Tour ist und wie viel Durst Ihr mit der Zeit bekommt. Als Ihr es bemerkt, ist jedoch weit und breit kein Geschäft in Sicht, und die kleinen Flaschen, die Ihr mitgenommen habt, sind schon längst leer getrunken. So zieht sich das noch einige Kilometer, und Ihr werdet immer durstiger. Ihr fangt schon an zu fantasieren, wie viel Ihr denn trinken könntet, wenn denn nun endlich mal ein Laden in Sicht käme. »Mindestens eine Kiste Wasser« sagt Dein Freund. »Ach quatsch« sagst Du »Ich trinke gleich ein ganzes Fass leer«. Endlich erreicht Ihr einen kleinen Supermarkt, und Ihr deckt Euch tatsächlich mit einer ganzen Kiste ein. Vor dem Geschäft fangt Ihr hektisch an zu trinken – herrlich, was für eine Erfrischung! Tatsächlich schafft jeder von Euch aus dem Stand eine dreiviertel Flasche. Dann wird der Zug jedoch merklich langsamer, und Ihr merkt, wie Ihr den Durst wohl doch ein wenig überschätzt habt. Wenn Ihr noch mehr trinkt, wird Euch schlecht werden. Was macht Ihr denn nun mit den restlichen Flaschen?

In der Fachsprache nennt man dieses Erlebnis das *Gesetz des abnehmenden Grenznutzens*. Es bedeutet Folgendes: Wenn man ein *Bedürfnis* – in diesem Fall den Durst – *befriedigen* will, so wird das zugeführte *Mittel* (hier das Wasser) mit jeder *Einheit* (etwa die Schlucke) umso weniger *Nutzen* (das ‚Durstlöschen‘) bringen, je mehr man von dem Mittel zuführt. Überleg einmal, ob Dir das fünfte Stück Schokolade noch genauso gut schmeckt wie das erste. Vom zehnten ganz zu schweigen. Irgendwann kehrt sich der Nutzen in Schaden um. Dann nämlich, wenn Du so viel Schokolade futterst, dass Dir schlecht wird. Besonders wenn die Mittel, die den Nutzen stiften sollen, knapp sind (und das sind sie eigentlich immer), ist es sinnvoll einmal nachzudenken, wie viel Mittel man denn aufbringen möchte. In der Regel sind diese Mittel entweder Geld oder Zeit. Geld, weil man (fast) alle Mittel für Geld bekommen kann und Zeit, weil man für alles was man (selber) tut auch Zeit braucht.

Macht es also wirklich Sinn, seine Erholung (Bedürfnis) zum vierten Mal am gleichen Urlaubsort zu suchen (Urlaubsreise + Zeit für die Reise = Mittel), wenn man es sich zu Hause genauso schön machen kann, dabei aber Geld und die Zeit für die Anfahrt sparen kann? Muss der zehnte Pullover gekauft werden, der einem nur den Kleiderschrank verstopft (negativer Nutzen = Schaden). Oder könnte man das Bedürfnis nach etwas Neuem nicht dadurch stillen, in dem man den alten anzieht, den man schon fast vergessen hat, der aber noch modern ist?

Wenn Du diese Gesetzmäßigkeit verinnerlicht hast und wendest sie auf alle Lebensbereiche an, dann kannst Du Dir wirklich viel Zeit, Geld und manchmal auch Ärger sparen.

Portfolio Strategie

Du möchtest einen Garten bepflanzen. Um das Geld für fertige Pflänzchen zu *sparen*, willst Du sie selber aussähen und ziehen. Zwar hast Du Dich gut im Geschäft *erkundigt,* welche Sorten von Pflanzen relativ *sicher* zu ziehen sind. Aber der Verkäufer hat auch zu bedenken gegeben, dass ein *Risiko* immer bestehen bleiben würde, nämlich, dass das Saatgut nicht richtig ankommt, oder später ein Teil der kleinen Setzlinge noch eingeht. Es sei viel zu schwierig, alle *Einflussfaktoren* auf den Zuchterfolg wie Boden, Wetter, Ungeziefer usw. von vornherein richtig *einzuschätzen.* Er rät Dir daher lieber eine ganze Reihe von verschiedenen Blumensamen zu kaufen. Ein völliger Misserfolg sei dann eher *unwahrscheinlich.* Ein paar Wochen nach dem Du die Saat ausgebracht hast stellst Du fest, wie gut der Rat des Verkäufers war. Tatsächlich hat eine Sorte Samen gar nicht ausgeschlagen. Eine weitere scheint eher unterentwickelt zu sein. Dafür kommt noch eine andere viel üppiger, als auf der Packung angegeben. Im Nachhinein hat es sich als Erfolgsrezept herausgestellt, auf verschiedenen Blumensamen zu setzen.

Das, was ich hier beschrieben habe, nennt sich Portfolio-Strategie. Unter verschiedenen *Handlungsalternativen* verlässt man sich nicht nur auf eine oder wenige, sondern auf mehrere oder gar viele, um zum *Erfolg* zu gelangen bzw. um ein *Risiko* möglichst klein zu halten. Du kannst Dich nur selten darauf verlassen, dass immer das Pferd auf das Du setzt auch gewinnt. Auch nicht, wenn es Dein Lieblingspferd ist. Dieses Vorgehen kannst Du auf sehr viele Lebensbereiche anwenden. Ich erinnere mich noch an einen

Mitschüler, der sich fürs Wochenende immer mit möglichst vielen Freunden verabredet hatte. Er hatte wohl immer Angst einmal keine Verabredung zu haben, und so wollte er auf Nummer sicher gehen. Er hat somit das Risiko eines Ausfalls einer Verabredung durch andere abgesichert. Natürlich hat er sich oft verzettelt und sich schnell den Ruf eingehandelt, auf zu vielen Hochzeiten zu tanzen.

Wie Du vielleicht merkst, sind die wirtschaftlichen Grundregeln viel simpler, aber dafür umso gewichtiger, als man mithin meinen mag. Oftmals beruhen sie nur auf gesundem Menschenverstand. Wir Menschen neigen aber dazu, manchmal unseren Verstand abzuschalten oder bestenfalls auf ‚Stand-by‘ zu setzen. Vieles im täglichen Leben kannst Du anhand der aufgezeigten Gesetzmäßigkeiten besser verstehen, analysieren und zum eigenen Vorteil nutzen.

Wirtschaftlicher Zusammenhang

Die Regeln, die wir uns bis jetzt angeschaut haben, beziehen sich auf die Sicht von Individuen, auf die Sicht von einzelnen Personen. Im Klartext heißt das: Es gibt bestimmte Verhaltensweisen und Regeln, die mich zum Erfolg führen können (wie auch immer Du dann diesen Erfolg für Dich definierst). Wenn ich mich an sie halte, erhöhe ich die Wahrscheinlichkeit, für mich einen Vorteil zu erlangen. Dieses Verhalten ist menschlich und normal. Es ist auch nicht moralisch anrüchig. Es wird nur dann fragwürdig, wenn man anfängt durch sein Streben andere in Mitleidenschaft zu ziehen. Wie wir gesehen haben gibt es Grenzen, wo das eigene Tun aufhören muss, weil es anfängt andere zu schädigen. Neben diesen Grenzen einem Anderen gegenüber (Du könntest hier z. B. die Ausbeutung eines Arbeiters durch einen gierigen Unternehmer de facto Bereicherung auf Kosten anderer nennen), gibt es aber noch Einschränkungen durch die Allgemeinheit, die Gesellschaft.

Diese Einschränkungen sind sehr viel diffuser, und man kann sie bei weitem nicht so trennscharf wie die Grenzen des Einzelnen erkennen, wobei dieses oft schon schwierig genug ist. Es gilt somit die Regel: *Was einzelwirtschaftlich richtig ist, kann gesamtwirtschaftlich falsch sein.* Als einfaches Beispiel möchte ich Dir das Steuersystem nennen. Jedes westlich orientierte Land mit einer höher entwickelten Gesellschaftsform verlangt von seinen Bürgern eine zumeist finanzielle Abgabe, eine Steuer. Diese errechnet sich (meistens) als relativer Anteil des Einkommens. Sie dient dazu Dinge zu finanzieren, die der Allgemeinheit zu Gute kommen, wie Straßen, Schulen, ein Gesundheitssystem und auch Spielplätze für kleine Menschen wie Dich. Gerade in Ländern mit recht komplizierten Steuersystemen, wie in unserem Land, ist es relativ einfach die Höhe der persönlichen Abgabe zu manipulieren. Insofern vertraut der Staat in hohem Maße auf die Ehrlichkeit seiner Bürger. Nun kommt das Dilemma. Sollte man möglichst versuchen ‚Steuern zu sparen‘ in dem man dem Staat gegenüber unehrlich ist? Oder sollte man (wenn auch über Umwege) der Allgemeinheit etwas Gutes tun und ehrlich sein, also die korrekte Abgabe leisten. Im ersten Fall kannst Du Dir mehr Dinge kaufen, Dir eine bessere medizinische Versorgung leisten, oder bessere Bildung in Anspruch nehmen. Alles Dinge, die Du eventuell auch (durch Steuern bezahlt) vom Staat bekommen könntest. Im zweiten Fall gibst Du Deinem Staat die Möglichkeit das Land besser zu machen und Dir vielleicht wirklich eben diese Dinge auf Umwegen zukommen zu lassen. Du kannst Dir aber nie sicher sein, dass es Dir wirklich persönlich zu Gute kommt. Was nützen Spielplätze denen (Erwachsenen), die keine Kinder haben?! Du siehst, sich selber helfen kann bedeuten, dass man andere dadurch schlechter stellt.

Wir haben es geschafft mein Sohn! Ich will nun meine Erzählungen über das, was man im Groben über unsere Welt und die Menschen darin wissen sollte, abschließen. Mir hat es Spaß gemacht in mich zu gehen und Dir zu zeigen, was Dir die Welt alles bietet, wenn Du nur neugierig genug bist und Lust hast Dich darauf einzulassen. Du kannst mir glauben: Wenn Du viel von diesem Wissen in Dich hineinstopfst und mit etwas Zeit und zunehmender Erfahrung es auf Dich wirken lässt, dann macht vieles zunehmend Sinn. Wenn Du zum ersten Mal von etwas hörst, wird Dir womöglich nicht einmal im Ansatz klar sein, worum es dabei geht. Doch mit den Jahren, all den neuen Eindrücken und mit Deinem dazukommenden Wissen, fügen sich die Mosaiksteine zusammen. Auf einmal kannst Du ein längst vergessenes Steinchen (Wissen) hervorkramen und es in Dein Puzzle einfügen.

Ich hoffe, mit dieser Überlegung kann ich auch der Frage begegnen, die mit Sicherheit auf mich zukommen wird, wenn Du Dich mit einem trockenen Thema in der Schule herumschlägst: »Papi, das brauche ich doch nie wieder im Leben. Wozu sollte ich es dann jetzt lernen?« Zugegeben, die Frage werde ich wohl nicht zufriedenstellend beantworten können. Dann wirst Du nämlich nicht akzeptieren, was ich Dir gerade deutlich machen möchte. In der Tat sind die Chancen recht gut, dass Du das Gelernte im Speziellen nicht wieder brauchst. Dennoch wird es Dir helfen ein »kompletterer Mensch« zu werden, eben weil sich Dein Wissens- und Erkenntnis-Puzzle Stück für Stück vervollständigt.

Intelligenz, Bewusstsein, Persönlichkeit – Versetze Dich in andere hinein

Natürlich reicht es nicht, wie gerade überspitzt gesagt, das Wissen in Dich »hineinzustopfen«. Um Wissen sozusagen »gewinnbringend« anzulegen, so dass es für Dich von Nutzen ist, benötigst Du auch eine Portion *Intelligenz* und *Bewusstsein*. Das wäre sonst so, als wenn Du zwar eine Super Software hast, Dein Computer jedoch in seinen Leistungsmerkmalen viel zu schwach ist, um die Software zum Laufen zu bringen. Um Dich gleich zu beruhigen. Nach meiner Erfahrung muss man nicht besonders intelligent sein, um sich ein erfülltes und/oder erfolgreiches Leben zu gestalten. Manchmal könnte man sich fragen, ob es nicht genau das Gegenteil ist. Scheinen nicht die Menschen, von denen man den Eindruck hat, sie seien nicht besonders helle, besonders glücklich zu sein und manchmal sogar erfolgreicher (wie immer man das an der Stelle interpretieren mag)? Ich glaube, an diesem Eindruck ist gar nicht so selten tatsächlich etwas dran. Vielleicht haben weniger intelligente Menschen weniger Angst Dinge anzupacken, weil ihnen einfach das Bewusstsein oder die Phantasie fehlt sich ein Scheitern auszumalen. Folglich haben sie davor weniger Angst. Statistisch gesehen müssen Sie dann ja auch erfolgreicher sein, da sie einfach häufiger Dinge beginnen als vielleicht intelligentere Menschen, die zu zaudernd an Dinge herangehen und sie dadurch nicht einmal beginnen, Zurück zum Thema. Wenn Du nur halbwegs so gestrickt bist wie ich (ich meine damit Dich zu hinterfragen und Selbstkritik zu üben), wirst Du Dich des öfteren fragen, ob Du überhaupt und im Allgemeinen intelligent genug bist. Haben meine Eltern oder die Natur mir armen Würstchen genug Gehirnschmalz mitgegeben, damit ich in dieser Welt halbwegs bestehen kann? Das ist die Frage, die sicherlich nicht nur mich beschäftigt. Tatsache ist, es gibt Menschen, die sind einfach intelligenter als man selbst. Sie denken schneller, können besser rechnen und besser Dinge behalten. Sie sehen Verbindungen zwischen Sachverhalten, die andere nicht einmal erahnen. Man muss das akzeptieren und es diesen Menschen gönnen. Sie sind es dann auch, die durch Ihren Einsatz und Innovationsreichtum dafür verantwortlich sind, dass es vielen Menschen und der Gesellschaft besser geht.

Auf der anderen Seite wirst Du schnell feststellen, dass dieses Mehr an Intelligenz nicht automatisch ein Mehr an Erfolg oder ein Mehr an Glücklichsein bedeutet. Nicht umsonst gibt es diesen Stereotyp des Strebers, der zwar in allen Fächern tolle Noten hat, im Allgemeinen aber nicht sonderlich beliebt ist. Selbst aber, wenn ein intelligenter Mitschüler auch sonst viele

Freunde hat, ein super Sportler ist und bei den kleinen Mädchen ebenfalls toll ankommt, sagt das nichts aus über Deinen eigenen Erfolg, wenn Du Dich selber nicht so schlau einschätzt. Um ein schönes und erfolgreiches Leben in unserer Welt zu haben, spielt es eigentlich keine Rolle, welche Intelligenz man mitbringt. Ein Mensch mit mäßiger Intelligenz wird wahrscheinlich nicht auf die Idee kommen, Genforscher oder Astrophysiker zu werden. Folglich kann er auch keine Unzufriedenheit über seine dafür unzureichende Intelligenz entwickeln. Eher unbewusst dürften daher die meisten Menschen ein Schicksal einschlagen, was auch ihrem geistigen Potential entspricht. »Schaun'mer mal« würde ein Prominenter unseres Landes sagen – es ist einfach nicht vorauszusehen.

Aber es gibt Möglichkeiten aktiv einzugreifen. Die Wissenschaft ist sich darüber einig, dass man die Ausprägungen der Intelligenz trainieren kann. Man mag zwar bestimmte Voraussetzungen mitbringen (also die Intelligenz, die Mami und ich Dir irgendwie über unsere Gene mitgeben). Innerhalb bestimmter Bandbreiten aber ist es durchaus möglich, das eigene Niveau zu beeinflussen. Eigentlich ähnlich dem Sport. Auch dort bringt man eine bestimmte Veranlagung mit, der Rest ist Training. Allerdings muss die Veranlagung stimmen, wenn man jemals an den Olympischen Spielen teilnehmen möchte, es also zu besonderer Leistung bringen möchte. Da Mami und ich ganz bestimmt nicht zu den Dümmsten gehören, stehen Deine Chancen gut, auch in puncto Intelligenz gute Startvoraussetzungen zu haben.

Soziale Intelligenz

Dabei sollten wir nicht die Rolle der sogenannten *sozialen Intelligenz* vergessen. War eben noch mit Intelligenz mehr oder weniger die Fähigkeit gemeint, komplexe Sachverhalte zu verstehen, so geht es bei ihr darum, andere Menschen zu verstehen. Wir Menschen sind unterschiedlich, jeder für sich. Dennoch funktionieren wir nach einer Art Grundmuster, wie ich es Dir im Punkt *Psychologie* versucht habe zu erklären. Je besser Du diese Grundmuster der Gemeinsamkeiten, aber auch die Eigenarten des Einzelnen verstehen kannst, desto besser ist (theoretisch) Deine soziale Intelligenz entwickelt. Ihre Bedeutung ist nicht zu unterschätzen. Vielleicht ist sie im täglichen Leben sogar wichtiger als die ,normale' Form der Intelligenz. Aber auch im wirtschaftlichen und beruflichen Umfeld kann diese entscheidend sein. So wird einem bestimmten Verkäufer-Typus zwar eine hohe Intelligenz (im herkömmlichen Sinn) abgesprochen. Das ändert aber nichts an den großartigen Verkaufserfolgen dieser Menschen. Sie sind halt gute Menschenkenner und wissen, wie sie ihre potentiellen Kunden mehr von sich als von ihrem Produkt überzeugen können. Man mag darüber streiten, ob es sich dann um ein vertretbares Geschäftsgebaren handelt. Dennoch verstehen es diese Verkäufer aufgrund ihrer emotionalen Intelligenz mit anderen Menschen richtig umzugehen.

Einfühlungsvermögen

Diese Form der Intelligenz hilft Dir, Deinen Gegenüber richtig zu verstehen. Dabei geht es nicht darum, bis in die Tiefe seiner oder ihrer Empfindungen vorzudringen und diese im Einzelnen nachempfinden zu können. Sondern einfach um die grobe Richtung, so möchte ich es mal nennen, die Gemütslage des anderen zu erkennen. Man spricht deswegen auch von *Einfühlungsvermögen* und nicht von *Nachempfindungsvermögen*. Ersteres ist sozusagen eine zentrale Qualifikation im Umgang mit anderen Menschen. Einfühlungsvermögen dient Dir dazu vortastend, den anderen kennen zu lernen, um etwas über seine Art zu denken zu erfahren. Besonders in der Beziehung zwischen Mann und Frau brauchst Du Einfühlungsvermögen. Frauen und Männer »ticken« in vielen Ansichten und Empfindungen völlig anders. Darüber sind sich inzwischen wohl selbst die vehementesten Feministinnen einig. Das bedeutet, Du wirst es nie schaffen (gänzlich) wie eine Frau zu empfinden. Du wirst viele Konflikte und Missverständnisse nicht durch ein *Nachfühlen* lösen können. Wohl aber kannst Du Dich einfühlen. Mit etwas Übung (also auch so manchen ausgetragenen Konflikten, die einen nicht weiter führen), wirst Du in der Lage sein, die besagten Grundmuster zu erkennen. Wenn Du das in dieser Königsdisziplin der menschlichen Konflikte beherrscht – also den Konflikten zwischen Mann und Frau – dürfte Dir das bei anderen Konstellationen ungleich leichter fallen.

Um die Fähigkeiten Deiner emotionalen Intelligenz richtig nutzen zu können, muss natürlich der ‚Input' dafür vorhanden sein. Was nützt Dir theoretisch all das Wissen über menschliche Befindlichkeiten, wenn Du keine Signale aus Deinem Umfeld bekommst, die Du damit deuten kannst.

Zuhören, Verstehen, Helfen – Nur wenn Du zuhörst verstehst Du auch

Worauf ich hinaus will ist, dass Du *zuhören* können musst. Das mag sich einfach anhören, sind Deine Ohren doch von Natur aus auf diese Fähigkeit eingestellt. Aber es gibt riesige Unterschiede. Jeder hat hin und wieder einen Gesprächspartner, dem man instinktiv anmerkt, dass er nicht zuhört. Die Augen wandern umher, die Reaktionen passen nicht so recht zu dem Gesagten, und Anzeichen von Ungeduld gehen von ihm aus. Auch mir passiert das manchmal. Vielleicht interessiert es mich partout nicht was der andere mir sagt oder mir gehen parallel Dinge durch den Kopf, die in dem Augenblick für mich wichtig sind. Genau wie ein Zuhörer muss auch ein Erzähler Einfühlungsvermögen haben, ob das von ihm Gesagte überhaupt interessiert bzw. in den allgemeinen Kontext des Gesprächs oder der Situation passt. Wenn Du jedoch als ein angenehmer Zeitgenosse bewertet werden willst, wirst Du nicht umhin kommen, Dir eine aufrichtige Art des Zuhörens anzueignen. Egal wo Du hinschaust, überall wird sie gefordert sein. In der Politik, im Beruf im gesellschaftlichen Miteinander, und ganz besonders in der Partnerschaft zwischen Mann und Frau. »Du hörst mir nicht zu«, ist wohl die meistausgesprochene Anschuldigung dem Partner gegenüber. Manchmal (zumeist von Frau zu Mann) wird diese Empfindung auch mit dem Mangel an aufgebrachtem Nachfühlen gegenüber der jeweils anderen Denkungsweise verwechselt, wie ich es Dir beschrieben habe. Das Zuhören bewirkt, dass Dein Gegenüber sich besser fühlt, weil er Dich zum Austauschen hat. Für Dich kann es aber einen noch viel größeren Wert haben: Menschen sind voller Wissen und Erfahrungen. Die meisten Menschen mögen es darüber befragt zu werden und es weiter zu geben. Für Dich ist so ein erzählender Gegenüber manchmal von unschätzbarem Wert. Er kann für Dich eine Quelle von neuen Ideen sein, hilft Dir Fehler und Umständlichkeiten zu vermeiden. Zuhören ist somit eine Sache von wechselseitigem Nutzen, und sie ist eine Kunst, die Du lernen solltest.

Nur mit bloßem Zuhören ist es jedoch nicht getan. Versuche auch immer das Gesagte zu verstehen, es sei denn, es interessiert Dich wirklich nicht. Ein Professor von mir erklärte uns einmal, wie er seine Studenten testete, ob sie das dozierte auch verstanden hätten. Ich ließ sie einfach die wesentlichen Inhalte und Zusammenhänge wiederholen. Insofern kann ein Nichtverstehen aus Desinteresse zum Bumerang werden. Und das nicht nur, wenn Du direkt getestet wirst. Wenn Du etwas nicht verstehst, ist es keine Schande noch einmal nachzufragen. Wenn z. B. nach einem Vortrag auf die Frage nach

Unklarheiten nur Schweigen herrscht, so heißt das selten, dass alles verstanden wurde, als vielmehr, dass sich keiner traut sein Unverständnis zu erkennen zu geben. Wenn Du etwas nicht verstehst, ist Fragen der effektivste Weg zum Verständnis. Das gilt für alle Bereiche des Lebens, insbesondere im Zwischenmenschlichen.

Zuhören hilft Dir auch zu verstehen, *wenn jemand Deine Hilfe möchte.* Du hilfst jemandem, wenn Du ihn mit Deinem Einsatz unterstützt ein bestimmtes Anliegen zu realisieren oder wenn er Deine Erfahrungen braucht. Du stehst jemandem also mit Rat und Tat zur Seite. Das kann rein praktischer Natur sein, wenn Du beispielsweise einem Freund beim Umzug hilfst oder ihn bei Problemen mit seinem Computer berätst. Manchmal kann dieses Anliegen auch sehr viel subtiler sein. Es sehnt sich jemand danach, einfach einen Zuhörer zu haben. Speziell Frauen wünschen sich oftmals nur jemanden, der ihnen zuhört. Wir Männer neigen dann dazu diesen Wunsch als Aufforderung zur Hilfe zu sehen. Gerade in einer Partnerschaft ist diese Falschinterpretation oftmals Grund für neue Probleme. Direkte Hilfe, wenn auch nur in der Form von schlauen Ratschlägen, ist es nicht, was Frauen in der Regel möchten. Vielmehr möchten sie sich verstanden wissen.

Menschen sind da um zu helfen. Niemand kann alleine bestehen. Die sogenannten ‚Einzelkämpfer-Typen' sind nicht real und müssen sich ebenfalls auf die Hilfe anderer verlassen können. Biete Deine Hilfe an wo Du kannst. Es tut gut zu helfen. Tue dieses nicht berechnend, Dir wird an anderer Stelle vielleicht von anderen Personen geholfen werden. Achte aber stets darauf, dass Deine eigene Person nicht zu kurz kommt. Deine Hilfe ist solange gut, wie Du nicht maßgeblich dahinter zurück stehen musst.

Du brauchst somit Deine emotionale Intelligenz in allen Lebenssituationen. Du brauchst sie für Freunde, Familie, Kollegen und Vorgesetzte. Du brauchst sie aber auch im Lauf der Zeit immer mehr für Dich selbst. Nur wer viel über sich selbst nachdenkt, sich also selbst einfühlsam gegenüber ist und eine Fähigkeit zur Selbstkritik entwickelt, wird sich nachhaltig (zum Positiven) verändern können. Niemand wird in seiner Art und in seinem Wesen als vollkommen geboren. Du wirst immer Eigenschaften und Wesenszüge haben, die bei anderen Irritationen oder gar Ablehnung auslösen. Wie solltest Du diese erkennen und verändern oder zumindest zeitweise zurückhalten können, wenn Du nicht über Dich selbst nachdenkst? Dir werden Menschen begegnen, die es gut mit Dir meinen. Sie werden Dich auf die Dinge aufmerksam machen, die sie an Dir stören. Jedoch verarbeiten und umsetzen musst Du diese Hinweise selbst. Ich werde mir jedenfalls langsam aber umso machtvoller bewusst, wie sehr ich persönlich diese vielzitierte emotionale Intelligenz ganz besonders für Dich brauchen werde. Ein Verständnis für Menschen gleichen Alters zu bekommen mag eine

Sache sein. Sich jedoch in solch kleine und unbefleckte Gemüter einzuden-
ken eine völlig andere. Ich freue mich darauf, aber nicht ohne eine gehörige
Portion Respekt.

Die Intelligenz in ihrer Gesamtheit ist aber wieder einmal nur die halbe
Wahrheit. Wie bei einer Maschine, brauchst Du aber nicht nur eine Ener-
giequelle, ein paar Kurbeln und Zahnräder. Du brauchst auch eine Logik,
die alle Komponenten sinnvoll zusammensetzt, damit die Maschine so läuft
wie sie es soll und ein bestimmtes Ergebnis produziert. Diese verknüpfende
Logik möchte ich im Fall des Menschen als *Bewusstsein* bezeichnen. Wenn
Du all Deine Eindrücke und Dein zunehmendes Wissen, ‚geschmiert' durch
Deine Intelligenz, zusammennimmst, ergibt sich daraus Dein Bewusstsein.
Und das erweitert sich ständig. Wie bei einer Maschine, in die ständig neue,
modernere Teile eingebaut werden um sie besser zu machen. Man mag
darüber streiten, wo sich genau Dein aktives Bewusstsein und Dein Unterbewusstsein trennen. Aber beide existieren, wenn auch zum Teil im Ver-
borgenen. Und damit wird es richtig spannend. Wie ich es Dir bereits angedeutet habe: Irgendwann einmal wirst Du feststellen, wie Du die Fragmente
Deines Wissens und Deiner Erfahrungen zusammenpacken kannst. Du wirst
durch Dich selbst und für Dich ein besseres Verständnis von den Dingen
und Ereignissen um Dich herum bekommen. Ein Beispiel: In ein paar Jahren schon wird Dir aus Deiner, dann aktuellen Sichtweise, der Mythos der
Sexualität begegnen. Irgendwie nimmst Du wahr, wie sehr Sexualität für die
Erwachsenen etwas ganz Besonderes zu sein scheint. Überall kannst Du ihr
begegnen. Im Fernsehen, in Zeitschriften und Büchern und auch in der
Werbung. Auch in der Schule kursieren immer mehr Informationsbrocken
über dieses schlecht zu deutende Etwas zwischen Mann und Frau. Der Auf-
klärungsunterricht kann Eurem Verständnis auch nicht richtig auf die
Sprünge helfen. Es kommt Dir doch alles schon sehr seltsam vor. Eines
Tages, mit genug gesammelten Eindrücken und vor allen Dingen eigener
Erfahrung (in diesem Fall hängt die Erfahrung mit der biologischen Umstel-
lung Deines Körpers zusammen), macht auf einmal alles einen Sinn. Das
vorhin schon erwähnte Puzzle fügt sich zusammen und Du hast für nahezu
alle Deine Fragen von früher eine Lösung parat. Dein Bewusstsein hat sich
erweitert. Das schöne am Bewusstsein ist, es kann einen immer wieder
überraschen. Ich habe immer dazu geneigt, seine Entwicklungsfähigkeit zu
unterschätzen: Ich erinnere mich noch genau, wie ich im Alter von ca. sech-
zehn Jahren meiner damaligen Freundin überzeugend erklärte, dass mein
Bewusstsein auf dem Höhepunkt angelangt sei und ich geradezu den totalen
Durchblick hätte (wahrscheinlich wusste ich damals nicht einmal genau
wovon ich sprach und zugegebenermaßen war ich auch nicht mehr ganz

nüchtern). Heute weiß ich, dass ich ziemlichen Unsinn erzählt habe. Aber das kann ich nur mit Sicherheit sagen, weil ich es nun besser weiß, da sich mein Bewusstsein erweitert hat. Ich habe einfach noch eine Menge Dinge dazugelernt, gefühlt und erfahren, die ich miteinander verknüpfen konnte. Vielleicht macht es auch wenig Sinn darüber nachzudenken, welchen Grad an Ausgereiftheit das Bewusstsein explizit zu einem bestimmten Zeitpunkt erreicht hat. Es macht einfach Spaß und motiviert ungemein, zurückblickend die Unterschiede von heute zu früher zu erkennen.

Entwicklung Deiner selbst – Von einer Person zu einer Persönlichkeit

Wir haben gesehen was wichtig genug ist, um Platz in Deinem Kopf zu finden. Wir waren uns auch bewusst, dass Du vieles von dem in Deinem Leben nicht brauchen wirst, um es aktiv anzuwenden. Nichtsdestotrotz vermittelt Dir Dein Wissen, Deine Bildung und Dein Intellekt ein Gefühl der Sicherheit, um in unserer Gesellschaft eine ‚standfeste‘ Person zu sein. Deshalb spricht man in diesem Zusammenhang auch von einer »gestandenen Persönlichkeit«. Damit ist gemeint, wie sicher man auftritt bzw. wie sicher man mit schwierigen Situationen umgehen kann. Man ist geneigt zu sagen, wie sicher Du nach *außen,* also wie Du auf andere Menschen wirkst. Es ist aber ein alter Hut – Sicherheit nach außen kommt nur glaubhaft zustande, wenn man sie auch im *Inneren* hat. Viele Dinge müssen zusammenkommen, um sich als eine solche sichere Person zu fühlen. Ich selbst würde mich nicht als ein vollständig sicherer Mensch ansehen. Irgendwo hat jeder seine »neuralgischen Punkte«, die ihm Unsicherheit verursachen. Tatsache ist aber, dass man im Laufe der Jahre, also mit dem Älterwerden, in der Regel immer sicherer, also standfester wird. Das unterliegt einer einfachen Logik: Je älter Du wirst, desto mehr erlebst Du in der Regel. Dir kann also jemand immer weniger ‚etwas vormachen‘, um Deine Sicherheit ins Wanken zu bringen. Das funktioniert für den Einzelnen natürlich nicht auf allen Gebieten. So wird jemand der Fachmann für Raketenantriebe ist, nie sicher im Gespräch mit einem Landwirt sein.

Es ist eine Frage der Gesellschaft, welches Erfahrungsgebiet als wichtig gilt. Wenn man in einem vermeintlich wichtigen Feld gut ist, könnte man sich über andere Gebiete erhaben fühlen. Ich sage »könnte«, weil dieses eine irrige Annahme ist. Ich kann Dir nur raten, aus Deiner Überlegenheit in bestimmten Dingen keine Arroganz zu entwickeln und anderes Wissen und

Können als minderwertig anzusehen. ‚Arroganz‘ wäre dann nur ein anderer Ausdruck für Dummheit.

Um eine Standfestigkeit, oder anders genannt das *Selbstbewusstsein*, zu entwickeln, ist es also wichtig, viele (unterschiedliche) Erfahrungen zu machen. Du wirst es nicht umgehen können, Dich in einer gewissen Breite den Lektionen und Erfahrungen unserer Welt zu stellen, wenn Du ‚mitreden‘ möchtest. Dazu gehört viele Menschen zu treffen und zwar solche, die sich in ihrer Herkunft und Einstellung unterscheiden.

Unterschätze zudem niemals den *Einfluss von Veränderungen* auf Dich bzw. auf uns Menschen. Wir sind zu einem großen Teil ein Abbild unserer Umgebung und der Umstände, die uns umgeben. Ein sehr trauriges Beispiel mag der Ausdruck in den Gesichtern von Kindern sein, die in Hungergebieten leben. Kinder, die kaum älter sind als Du jetzt, die aber schon alles Leid der Welt gesehen und erlebt haben. Ihre Gefühle, ihr Denken und Auftreten ist das Resultat der Umstände und des Umfelds, in das sie hinein geboren wurden.

Das kann natürlich auch im Positiven gelten. Wir verändern uns mit den sogenannten ‚neuen Lebensphasen‘. Kinder machen einen Entwicklungssprung, wenn sie in den Kindergarten gehen und vielleicht zum ersten Mal längerfristig und regelmäßig mit anderen Kindern zusammen kommen. Diese Veränderungen passieren immer wieder: In der Schule, im Beruf, wenn man umzieht oder einen neuen Partner kennen lernt. Mal sind die Veränderungen an einem selbst größer, mal weniger gravierend. Meistens aber bringen sie einen weiter. Habe daher keine Angst vor Veränderungen in Deinem Leben. Sie gehören dazu und sie müssen sein.

Ich erinnere mich noch gut, als ich einige Zeit weit weg von zu hause verbracht hatte. Es war erstaunlich, die Veränderung in mir zu fühlen. Der Kleidungsstil der Einheimischen, der mir zunächst doch etwas seltsam vorkam, wurde von mir nach einiger Zeit übernommen, und ich fühlte mich gut dabei. Ähnlich verhielt es sich mit meinen Interessen, Gesprächsthemen, bis hin zu meinen Wertvorstellungen. Als ich dann später in meine Heimatstadt zurückkam, bin ich die ersten Wochen sehr kopflos herumgelaufen, ohne richtige Orientierung. Ich wusste nicht mehr genau wo mein Platz war und welche Art des Lebens die richtige war. Natürlich hat sich dieses Gefühl nach einiger Zeit wieder gelegt bzw. ich konnte mich wieder gut einfinden. Besser sogar, ich hatte eine neue Sichtweise der Dinge dazu bekommen, die mir half besser urteilen zu können und selbstsicherer zu werden. Versuche bei Veränderungen daher immer das Unerwartete mit einzuplanen und zwar derart, dass Du nicht (negativ) überrascht sein darfst und Dich nicht wehren solltest (auch wenn Dein Umfeld das von Dir erwartet), wenn Du Dich veränderst. Das was gestern richtig und schön war, kann morgen falsch und störend sein. Selbst die Trennung von einem geliebten Partner kann einem neue, positive Anstöße für das ‚neue Leben' danach geben. Das ist das Leben mein Sohn. Es ist ein fortwährender, manchmal sehr schmerzhafter Abschied von dem Alten und Gewohnten, aber auch die Energie des Neuen und Unbekannten.

Sprache und Auftreten – So wirkst Du nach außen

Lass uns als nächstes zu dem kommen, wie Du Dich verständigst. Zweifelsohne nimmt die *Sprache* im Leben eines jeden Menschen eine zentrale Rolle ein. Damit meine ich an dieser Stelle zunächst nicht die Fremd- oder Muttersprache an sich, sondern den Ausdruck in Deiner eigenen Sprache. Wenn wir auch Pläne haben Dich frühzeitig an eine Fremdsprache heranzuführen, so beziehe ich mich jetzt auf Deine (Mutter-) Sprache, also Deutsch. Ich glaube, viele Leute unterschätzen den Einfluss der Sprache darauf, wie wir als Person wahrgenommen werden. In der Sprache steckt viel mehr als man annehmen mag: Örtliche Herkunft, Bildungsstand, Selbstvertauen, Sicherheit, Gefühle, Charakterzüge, Stimmungen und vieles mehr. Klarer wird es, wenn Du bedenkst, dass z. B. beim Telefonieren praktisch nur die Sprache zählt. Das ist das einzige, was Dein Gesprächspartner von Dir mitbekommt und woraufhin er sich ein Bild von Dir macht. Ich bin übrigens sehr gespannt, wie Deine ersten Telefonate verlaufen und wie Du Dich melden wirst, wenn Du abnimmst. Dein kleiner Cousin meldete sich im Alter von vier Jahren schlicht mit seinem Vornamen und fügte sogleich den Zusatz »was willst du?« an.

Als Deine Eltern können wir zuversichtlich sein, Dir in diesem Punkt einiges vermitteln zu können. Interessanterweise haben Deine Mutter und ich denselben Spleen: Unsere Sprache sollte klar im Ausdruck sein. Ein Akzent kann zwar sehr charmant sein, ist aber dennoch eine Abweichung von der Klarheit, wie die Worte eigentlich gesprochen werden sollten.

Es ist spannend zu hören, (es gibt noch alte Aufnahmen davon) wie Deine Mutter im Alter von 10 Jahren Radiomoderatorin spielte. Abgesehen von ihren hervorragenden Moderator-Qualitäten (immerhin hat Sie ihren dreijährigen Cousin in einer Quiz-Show drangsaliert), sprach Sie dabei lupenreines Hochdeutsch. Das für sich mag vielleicht noch nichts Besonderes sein. Man muss jedoch bedenken, in welchem sprachlichen Umfeld sie aufwuchs, das im Allgemeinen nicht für die Verbreitung der hochdeutschen Sprache bekannt ist. Das scheint jedoch spurlos im normalen Sprachgebrauch an ihr vorübergegangen zu sein. Richtig lustig wird es jedoch, wenn Sie heute mit ihrer Familie telefoniert und dabei bewusst auf diesen Dialekt umstellt. Das ist dann wahrlich wie eine life aufgeführte Comedy!

Manche würden meine Einstellung als arrogant und kulturverachtend abstempeln. »Man braucht doch nicht seine eigene Sprache umzustellen, um so vielleicht noch die eigene, traditionelle Herkunft zu verleugnen«, würden sie sagen. Ich sehe das ein wenig anders. Nicht umsonst wird hinter dem Rücken mancher abfällig gelächelt, wenn diese z. B. einen sächsischen Akzent haben. Auch die sonst so aufstrebenden Schwaben versuchen ihre offensichtlichen sprachlichen Defizite (es gibt sie wirklich, die Menschen, die man auch nach mehrmaligen Wiederholungen des Gesagten immer noch nicht versteht, obwohl sie eigentlich die gleiche Sprache sprechen) charmant zu verkaufen in ihrem Marketing-Slogan »Wir können alles. Außer Hochdeutsch«.

Sprache ist nun mal auch eine allgemeingültige Währung. Wenn Du eine starke Währung hast, wird Dir auch niemand abschlagen, Dir etwas dafür zu verkaufen.

Neben den akustischen Nuancen einer Sprache zählt jedoch noch stärker der Ausdruck. Du solltest Dir bewusst sein, welche Macht der Ausdruck und die Wahl Deiner Worte haben, Dich Deinem Umfeld zu präsentieren. Denke nur an Politiker. Mit welcher Bravour sie zum Teil dünne Inhalte an die Zuhörer bringen. Auch Du wirst schon in noch nicht mal mehr zwei Jahren feststellen, dass Dich der Ausruf »Keks ham« vielleicht nicht so leicht zum Ziel bringen wird wie der ganze Satz »ich möchte Kekse haben«. Mein Herz wirst Du natürlich trotzdem erweichen mit Deinen treuen Kulleraugen. Denke aber mal ein Deine Großmutter!

Die Kulleraugen sind als Teil der Mimik gerade in den nächsten Jahren natürlich unverzichtbar. Später wirst Du feststellen, wie manche Damen diese Methode bis zur Perfektion beherrschen, um damit alles von Dir haben zu können.

Allzu leicht wird man von Außenstehenden in eine Schublade gesteckt, wenn man den einen oder anderen sprachlichen Ausdruck hat. Das kann von gebildet-arrogant bis ungebildet-unsicher gehen, mit allen Abstufungen dazwischen. Und so ein In-Die-Schublade-Stecken, kannst Du niemanden übel nehmen. Es passiert schnell und ist oftmals unbewusst, und Du wirst es genauso machen. Der sprachliche Ausdruck ist ein Orientierungsmerkmal, um einen Gegenüber einzuschätzen. Wie ein bestimmter Akzent darauf hinweist, dass jemand meinetwegen aus Großbritannien kommt, so kann er in der eigenen Sprache ebenfalls darauf hinweisen, aus welchem sozialen Umfeld er kommt.

Unterschätze auch nicht den Gehalt der Aussage »der Ton macht die Musik«. Du wirst selbst noch sehr oft in Deinem Leben feststellen, wie schnell Du Menschen gegenüber abneigend reagierst, wenn sie sich im Ton »vergreifen«. Ob am Telefon oder persönlich ist dabei von wenig Bedeutung, wobei bei Letzterem eine an sich freundliche Erscheinung noch einiges ausgleichen kann. Auch nicht der Inhalt des Gesagten steht dabei im Vordergrund. So kann selbst eine positive Aussage bei entsprechendem Tonfall und Ausdruck eher negativ ankommen. Umgekehrt funktioniert das natürlich auch. Eine negative Aussage oder Mitteilung freundlich vermittelt, lässt sich so noch nett verpacken. Insbesondere dann, wenn Du von jemandem etwas möchtest, kann der Ton, den Du anschlägst, über Sieg oder Niederlage entscheiden, also darüber, ob Du das Gewünschte bekommst. Irrtümlicherweise kommst Du z. B. mit einem fordernden Ton weniger zum Ziel, als mit einem freundlich-verbindlichen. Am besten Du orientiertst Dich dabei an Menschen, die diese sanfte Art der Manipulation gut beherrschen. Natürlich musst Du die Erkenntnisse dann noch Deinem persönlichen Charakter anpassen. Denn Unechtheit im Ton wirkt noch abschreckender als Unfreundlichkeit.

Auftreten

In diesem Zusammenhang der Sprache müsste ich vielleicht noch das *Auftreten* an sich einschieben. Ich glaube wir unterschätzen leicht den Eindruck, den selbst schon kleine Kinder, sagen wir, wenn Du einmal so drei oder vier Jahre alt bist, durch ihren Auftritt vermitteln.

Deine Großmutter erzählt mir heute noch folgende kleine Anekdote: Ein kleiner Junge spielt vor dem Haus seiner Eltern. Die Sonne scheint, und es ist ein milder Frühlingstag. Der kleine Junge hat goldfarbene Löckchen, ein zufriedenes Lächeln im Gesicht und sieht einfach niedlich aus. Als er so vor sich hin spielt, bemerken ihn Passanten und kommen zu ihm hin. Eine Dame kniet sich zu ihm nieder und sagt liebevoll zu ihm: »Och, mein Kleiner. Du spielst hier aber schön. Wie heißt Du denn?« Daraufhin sieht der kleine Junge vom Spielen auf, schaut die Dame mit einem ernsten Gesichtsausdruck an und sagt bestimmt mit lauter Stimme: »Was geht Dich das an?«

Wie Du Dir denken kannst, bin ich der kleine Junge in der Geschichte. Ich kann Dir übrigens nicht sagen, wie viel Süßigkeiten oder andere Zuwendungen ich durch mein Verhalten damals nicht bekommen habe. Die Geschichte verdeutlicht jedoch, wie sehr das (eigene) Auftreten in einem bestimmten Moment den sonstigen Eindruck völlig verändern kann. Zum Guten wie auch zum Schlechten. Dies kann Dir in jedem Alter begegnen, und ich glaube, auch noch so viel Erfahrung mit Menschen kann einen nicht davor bewahren, immer wieder ins Staunen zu geraten. Es ist mir schon viele Male passiert, wenn Personen, die eigentlich eher einen verhärmten äußeren Eindruck machten, in der Lage sind, dieses Bild geradezu umzudrehen, sobald sie den Mund aufmachen.

Ein erster (oder auch ein zweiter) Eindruck den man von jemanden hat, muss nicht von Bestand sein. Schaue Dir immer zunächst an, welches Auftreten er in verschiedenen Situationen an den Tag legt.

Es ist zwar eine Binsenweisheit, aber dennoch möchte ich Dich an dieser Stelle auf die Macht der Freundlichkeit und des Lächelns hinweisen. Es gibt einen Song, dessen Hauptzeile heißt »with a smile on your face the world is changing«. Es stimmt. Begegne der Welt und den Menschen mit einem Lächeln und Du wirst nach innen lachen. Es mag profan klingen. Versuche einfach so oft zu lächeln, wie es Dir möglich erscheint.

Selbstvertrauen – Vertraue auf Dich selbst

D as, was wir uns angeschaut haben, wie etwa Wissen, Intelligenz, Bewusstsein, Einfühlungsvermögen und Verständnis, sind alles wichtige Eigenschaften und Dinge, die Dir helfen, der erwähnte »komplettere Mensch« zu werden. Wenn Du so willst auch ein »besserer Mensch«. Dieses nicht im Sinne von besser zu sein als andere, sondern, dass Deine eigene Person relativ zu sich selbst gesehen, besser wird. Wie ein Haus, an welchem Stück für Stück erweitert, erneuert und umgestaltet wird. Diese Verbesserungen passieren unweigerlich bei jedem, also ungeachtet dessen, ob man bewusst »renovieren« möchte. Mal langsamer, mal schneller, mal aktiv, von einem selbst kommend, mal durch äußere Umstände getrieben (das prominenteste Beispiel hierfür ist wohl die Einrichtung der Schule). Mal bekommt man diese Veränderungen an sich selbst mit, mal nicht. Wenn man sie mitbekommt und sich darüber bewusst wird, langsam besser zu werden, dann wird man eine Art *Selbstbewusstsein* entwickeln. Wie der Ausdruck erkennen lässt, handelt es sich um ein Bewusstsein für sich selbst.

Stell Dir vor, Du bekommst ein Fahrrad von Deinem Opa geschenkt. Es ist ein sehr schönes Fahrrad, und es hat auch recht viel Geld gekostet. Zwar kannst Du noch kein Fahrrad fahren bzw. nur mit Stützrädern, aber Du hast große Lust es endlich richtig zu lernen. Dein Eifer, dies möglichst schnell zu tun, wird zusätzlich noch ein wenig dadurch angestachelt, dass in Deinem näheren Freundeskreis ebenfalls noch keiner richtig fahrradfahren kann. Es wäre doch toll, wenn Du der erste wärst, denkst Du Dir. Gedacht, getan, und Du fängst an wie ein Besessener zu üben.

Ich bin verblüfft von Deinem Ehrgeiz, und mein größtes Problem ist, Dich nicht aus den Augen zu lassen, wenn Du Dich alleine aus dem Staub machst mit Deinem neuen Rad. Der Erfolg lässt nicht lange auf sich warten, und innerhalb einer Woche kannst Du den Fahrern bei der Tour de France fast Konkurrenz machen. Mami und ich sind mächtig stolz auf Dich und freuen uns sehr (eigennützig auch deswegen, weil Du uns jetzt beim Joggen begleiten kannst, was vorher nicht möglich war). Noch viel stolzer bist Du selbst. Anstatt es jedem zu erzählen, fährst Du tagtäglich viele Kilometer vor unserem Haus auf und ab, so dass Dich auch wirklich jeder sehen kann. In Deinem Freundeskreis spricht sich die Neuigkeit schnell herum und Du trittst ab jetzt wo es geht nur noch mit Deinem Fahrrad auf. Mir fällt auf, wie sehr Dir diese neue Fähigkeit einen gewissen Schub *Selbstvertrauen* gegeben hat. Insbesondere deswegen, weil Du Dich in letzter Zeit ein wenig zurückversetzt gefühlt hast, da Deine Mitschüler zum Teil schon schwimmen können, womit Du Dir recht schwer tust. So tut es Dir einfach gut, Dich mit dieser neuen Fähigkeit ein wenig abheben zu können. Aber nicht nur beim Fahrradfahren gewinnst Du an Zuversicht. Auch bei anderen Sachen traust Du Dir auf einmal mehr zu. Du merkst, wie Du mit etwas Einsatz und Durchhaltevermögen auch dort besser wirst. Bald kannst Du auch schwimmen und Du hast sogar ein gewisses Talent, wie sich nach Deinen Startschwierigkeiten schnell herausstellt. Auch in der Schule kannst Du Deine ‚Hochphase‘ fortsetzen, und in Deutsch und Mathe schreibst Du jeweils die zweitbeste Klassenarbeit. Du fühlst Dich in dieser Zeit so gut, geradezu schon überlegen, dass Du anfängst andere Kinder ein wenig arrogant zu behandeln, wie vor allem Mami besorgt feststellt.

Genau an diesem Punkt schlägt Dein gesundes *Selbstvertrauen*, welches Du durch Deine Erfolge entwickelst, in *Überheblichkeit* um. Das ist die Gefahr beim Selbstvertrauen. Eigentlich eine sehr positive Eigenschaft, die einem Kraft und Glück schenken kann, kehrt sich Dein Selbstbewusstsein an diesem Beispiel schließlich fast ins Gegenteil um. Menschen neigen irgendwann dazu, bei anhaltender Erfolgswelle zu übertreiben und arrogant zu werden. Ganz schlimm wird es, wenn diese Überheblichkeit eigentlich keine Grundlage (mehr) hat. Dann nämlich, wenn der Ursprung, der für das Selbstvertrauen gesorgt hat, schon eine Weile zurückliegt und nur noch nachhallt.

In dieser Balance liegt glaube ich auch genau die Herausforderung für uns Eltern: Wie können wir Dir genug Selbstvertrauen mitgeben (schließlich bist Du ja schon etwas Besonderes seit dem ersten Tag), ohne dass Du daraus eine Überheblichkeit entwickelst? Jeder hat sicherlich schon einmal diese Gattung Kind kennen gelernt, das sehr prägnant als »Arschloch-Kind« bezeichnet wird. Bei ihnen erhält man den Eindruck, sie hätten die Weisheit bereits mit Schaufeln gefuttert und seien über alles erhaben. Woher, wenn nicht von der Erziehung oder wenigstens vom elterlichen Beispiel, sollen sich diese Kinder das abgeschaut haben? Ich versuche mein Bestes, Dir eine gesunde Mischung zu geben: Sowohl ein gesundes Selbstvertrauen, als auch die Fähigkeit zur Selbstkritik; Deine Stärken nicht zu verstecken, aber Schwächen zu zeigen. *Selbstkritik* ist eine Kunst. Nutze sie so oft Du kannst. Damit ist keine Selbstzerfleischung gemeint, sondern der ehrliche Dialog mit Dir selbst. Versuche bei bestimmten Reaktionen und Gedanken einen Augenblick inne zu halten, wenn es Dir wichtig erscheint. Reflektiere über Dich und mache eine Art Standortbestimmung. So lernst Du Dich kennen und wirst an Dir selber wachsen.

Erwarte bitte keine Wunder von dem, was wir Dir mitgeben können. Wir können aus Dir keinen fertigen Menschen machen, den es ohnehin nicht gibt. Selbstbewusstsein kann man sich erst richtig und ehrlich im Laufe der Zeit aneignen. Manche Menschen sind selbst im hohen Alter noch so schüchtern, dass sie am liebsten niemals auffallen möchten. Jeder kennt die Situation, wenn man unter den Blicken anderer in eine Situation gerät, die von der Norm abweicht. Es muss noch nicht mal etwas Peinliches sein, z. B. wenn man in Gegenwart anderer stolpert. Dennoch ist einem das unangenehm, man spürt förmlich wie sich die Blicke der anderen in einen bohren. Dann möchte man sich am liebsten völlig unauffällig aus der Atmosphäre ziehen oder im »Erdboden versinken«, wie es so schön heißt. Dieses Gefühl ist übertrieben und wahrscheinlich haben bei weitem nicht soviel Personen das Stolpern bemerkt, wie man denkt. Es geht fast allen Menschen so, ob nun im Kleinen, wie bei diesem Beispiel, oder im Großen, beispielsweise bei großen Auftritten. Wenn Du Angst davor hast oder Lampenfieber Dich quält, dann stelle Dich kurz auf die andere Seite. Würdest Du denken, »Was für ein Idiot, kann der nicht auf seine Füße aufpassen«? Denkst Du über die Stars auf der Bühne schlecht? In den allermeisten Fällen nicht. Sie haben also keinen Grund sich über irgendwas unwohl zu fühlen, was in den Köpfen der Zuschauer vor sich geht. Und genauso wenig hast Du einen.

Mein Sohn, ich hoffe, ich habe Dir einiges über Dich und Dein Inneres erzählen können und über das, was Deinen Geist beschäftigen wird. Ich würde mir wünschen, Du hast eine Art Plan für ein Streckennetz von mir erhalten. In der Mitte dieses Streckennetzes stehst Du mit Deinem Geist. Von diesem zentralen Punkt aus gehen Verbindungen in die verschiedensten Gegenden . Deine Züge, die Du aussendest, fahren zur Liebe und zu den

Werten. Sie fahren zu Wissen und Bildung, zur Intelligenz und zum Bewusstsein. Schließlich fahren sie alle vollbeladen zu Dir zurück und laden ihre Fracht an der Baustelle Deiner Entwicklung ab.

2. *Körper – Weit mehr als Deine Hülle*

W ir haben uns angeschaut wovon man zumindest eine Ahnung haben sollte, um unsere Welt zu verstehen und wie das alles etwas mit Dir im Hier und Heute zu tun hat. Wir wissen, was es mit der Liebe auf sich hat, was Werte sind und wie Dein Standort in unserer Gesellschaft ist. All das, also die Aufnahme und Einprägung dessen, spielt sich in Deinem Geist ab. Die Inhalte unserer bisherigen Reise hatten zwar alle mit Dir zu tun, waren aber alle nicht greifbar, obwohl sie greifbare und reale Auswirkungen haben werden. Es gibt aber noch eine andere Seite. Neben Deinem Geist bestehst *Du* auch aus Haut und Knochen und nicht nur aus dem, was sich in Deinem Gehirn abspielt. Etwas herabwürdigend ausgedrückt: Ist das Gehirn biologisch gesehen ohnehin nur ein Klumpen Eiweiß und gehört somit zu den greifbaren Teilen von Dir.

Wenn Du einmal an Dir herunterschaust, kannst Du richtiggehend Zeuge eines Wunders werden, was Dir die Natur beschert. Du bist ein hochkomplexes biologisches Wesen, und Dein *Körper* schließt noch so manches Geheimnis ein, was bis heute von der Wissenschaft nicht beantwortet worden ist. Schau nur einmal bewusst Deine Hand an (das ist noch ein wenig viel verlangt, Du entdeckst Sie ja gerade erst. Jedenfalls passt sie noch wunderbar in Deinen Mund). Wenn Du Dir mal den Babyspeck wegdenkst, kannst Du wunderbar sehen, wie sich bei jeder Bewegung die Sehnen und Muskeln darunter bewegen. Auf jeden Befehl, den Dein Gehirn aussendet, bewegt sich ein anderer Finger. Einzeln oder auch gleichzeitig. Schau auch auf Deinen Unterarm wo sich die Bewegung fortsetzt und sich die Muskeln und Sehnen direkt unter der Haut sichtbar bewegen. Ist das nicht faszinierend? Und das ist nur ein kleines Kunststück! Der Bewegungsablauf des Gehens z. B. ist ungleich komplizierter. Bis jetzt ist es keiner noch so ausgefeilten Technik gelungen, ihn auch nur annähernd so elegant und wirksam nachzumachen. Millionen Kilometer Nervenbahnen und Blutbahnen die durch Deinen Köper verlaufen sorgen dafür, dass ca. 650 Muskeln harmonisch und gesund zusammenarbeiten. Deine Knochen sind hoch stabil und dabei so leicht, dass sie regelrecht kaum ins Gewicht fallen. Das Beste aber ist, sie regenerieren sich von selbst, wenn sie mal einen Schaden nehmen (wie auch fast alle anderen Teile Deines Körpers). Sie haben Eigenschaften, die Du in solch einer Zusammenkunft bei keinem anderen Werkstoff findest. Deine Sinnesorgane funktionieren zwar nicht so gut wie bei manch anderem Tier, sind für sich genommen aber ein erstaunliches Instrumentarium. So könnte man die Aufzählung noch eine ganze Weile fortführen. Unzählige Komponenten Deines Körpers machen Dich zu dem, was Du bist und arbeiten dabei zusammen, wie ein Schweizer Uhrwerk. Alles wird durch Deine Schaltzentrale, Deinem Gehirn gesteuert, überwacht und zur Reaktion veranlasst. Das ist der potenteste »Großrechner« den die Welt kennt. In ein paar Jahren (wenn Du schon genug »abgespeichert« hast) wirst Du in der Lage sein, nur anhand eines Geruches komplexe Erinnerungen in Bruchteilen von Sekunden wach zu rufen. Einen Haufen bunter Bilder, Gerüche, Töne, Texte und Zahlen, vor allem aber auch Gefühle und Empfindungen in eine Handlung eingebunden, wirst Du auf einen Schlag auf den Monitor Deines geistigen Auges projizieren können. Währenddessen überwacht es parallel all Deine Körperfunktionen und unterstützt Dich bei Deiner augenblicklichen Tätigkeit, wie zum Beispiel Rad fahren. Alles in allem ist Dein Körper nicht nur ein kleines Wunder, sondern wahrscheinlich *das* Meisterwerk der Natur. Dessen solltest Du Dir bewusst sein.

In unserer zivilisierten Welt wird dass sehr schnell vergessen. Kein Wunder eigentlich. Der allgemeine Fortschritt erlaubt es uns, unseren Körper weitgehend zu entlasten. Früher mussten die Menschen täglich unter Einsatz ihrer physischen und geistigen Möglichkeiten buchstäblich fortwährend um ihr Leben kämpfen. Das ist heute nicht mehr so. Der physische Einsatz ist weitgehend zurückgegangen. Ich erinnere mich noch, wie ich vor ein paar Jahren meine Gastschwester aus Amerika zu Besuch hatte. Sie hatte ihre damals siebenjährige Tochter mit in das »Alte Europa« gebracht und beide waren »very excited« über das, was sie alles zu Gesicht bekamen. Wie es (hierzulande) so üblich ist, wenn man in der Stadt wohnt, haben wir die meisten täglichen Wege zu Fuß gemacht. Bereits nach ca. einer Stunde gab die Kleine zu verstehen, wie frustriert sie über die Geherei sei und sagte gereizt: »Momie why can't we take the car, I hate walking«, »Mami, warum können wir nicht das Auto nehmen, ich hasse zu Fuß gehen«. Der Gesichtsausdruck ihrer Mutter deutete mir ähnliche Gedanken an. Nun weiß jeder, wie sehr ein Großteil der Amerikaner eine (Auto)mobile Gesellschaft ist. Selbst ein berühmter europäischer Sportler hat einmal gesagt, er würde die 100 Meter bis zum nächsten Geschäft mit dem Auto fahren anstatt zu Fuß zu gehen, weil das in Amerika nun mal so üblich sei. Aber aus dem Munde eines Kindes fand ich die Einstellung dann doch etwas beklemmend. Du siehst hieran, wie es uns (zumindest in unserer westlich zivilisierten Welt) beinahe schon in die Wiege gelegt wird, körperliche Passivität anzustreben.

Ich hoffe, wir können es Dir anders vorleben und vertraue darin auch auf das Umfeld in dem Du aufwächst. Es soll Dir vorleben, wie sehr Dein Körper ein Geschenk an Dich ist, das benutzt und gefordert werden will.

Dein Körper ist mehr als eine biologische Hülle für Deinen Geist. Manchmal, wenn Du Dir andere Menschen anschaust, magst Du schnell den

Eindruck bekommen, dass dem nicht so sei. Stimmt, es gibt viele, augenscheinlich glückliche Menschen, die von ihren physischen Voraussetzungen nicht gerade gesegnet sind. Man gewinnt bei ihnen den Eindruck, sie vernachlässigen den Körper durch ihr Verhalten und weiten dadurch ihr physisches Defizit zusätzlich aus. Sie kommen einem vor wie ein Haus, bei dem zwar innen alles seine Ordnung hat, während es außen jedoch verwittert. Trotzdem scheint in ihnen ein wacher, intelligenter und zufriedener Geist zu wohnen, und manche hochkarätige Wissenschaftler, Politiker, Künstler und Wirtschaftslenker brillieren nicht gerade durch eine gesunde Lebensweise und vernachlässigen das *Geschenk*, was ihnen die Natur gemacht hat – ihren Körper – sträflich. Aber sei sicher, an der scheinbar zu oft gehörten Aussage ‚ein gesunder Geist steckt in einem gesunden Körper‘ ist wohl nicht nur eine Menge, sondern regelrecht alles dran. Nicht umsonst raten die Ärzte den eben erwähnten Körper-Vernachlässigern bei Essen, Genussmitteln und Stress ständig kürzer zu treten, dafür aber bei körperlicher Bewegung genannt *Sport* mehr zuzulangen. Interessanterweise ist gerade dieser Typ Körper-Asket oftmals brennender Fernsehsportler. Vielleicht durch den guten Glauben, man könne dadurch manch andere Versäumnisse kompensieren. Wenn Du jedoch den Zusammenhang Geist-Körper annimmst, ihn erlebst und damit auch richtig verstehst, dann geht es nicht mehr um die Frage ob oder ob nicht man sich um seinen Körper aktiv kümmern sollte, sondern nur wie.

Gesundheit – Extrem wichtig

Dein Körper ist ein Geschenk für Dich. Vielleicht ist er ein Geschenk des Himmels oder der Natur, auf jeden Fall kannst Du sehr dankbar dafür sein. Nach allem was ich bis jetzt gesehen habe und beurteilen kann, hat man es auch in dieser Hinsicht recht gut mit Dir gemeint.

»An aller erster Stelle steht Gesundheit«. Als Junge hörte ich diese Worte von den Älteren oft, ohne sie richtig zu verstehen. Mit ein paar Jahren mehr und vor allen Dingen in Phasen der Krankheit oder der körperlichen Eingeschränktheit, machte dieser Ausspruch für mich dann aber ganz mächtig Sinn. Wenn Du einmal etwas hast, und ein Unwohlsein kann schon genügen, leuchtet es Dir ein: Selbst alles Geld der Welt, viel Zuneigung von den Nächsten und was Dir sonst noch einfallen mag, kann keine direkte Abhilfe schaffen, wenn Du gesundheitliche Probleme hast. Allen Buh-Rufen zum Trotz, ist das Gesundheitssystem in unserem Land (noch) hervorragend, so dass auch die, die sich finanziell viel leisten können, nur bedingt auch eine bessere Versorgung bekommen, als die weniger Wohlhabenden. Vergoldete Pillen gegen Unwohlsein helfen nämlich auch nur so gut, wie die nicht-vergoldeten.

Nach allem was ich mitbekomme durch Erzählungen, Informationen, aber auch durch bedrückende Erlebnisse im Bekanntenumfeld, ist Gesundheit auch ein bisschen Glücksspiel. Bei einem Freund von mir, den Du auch schon kennst, ist aus heiterem Himmel eine schwere Krankheit ausgebrochen, die dann aber Gott sei Dank geheilt werden konnte. Dennoch lebt er wohl sein Leben lang mit der ständigen Ungewissheit, dass diese Krankheit ihn eines Tages erneut heimsuchen könnte. Bei einer Freundin kam es zu einem ähnlichen Vorfall, beide kaum älter als ich und Deine Mutter. Manchmal ist ein gesundheitliches Problem zwar mehr oder weniger selbstverschuldet, z.B. durch einen Unfall. Das ändert aber nichts an der Tragik des Schicksals. Auch scheint einigen, die etwa fortan im Rollstuhl sitzen müssen, dieser Einschnitt eine Wendung im Leben zu geben. Sie sind ehrgeiziger denn je zuvor und schaffen es, vielleicht sogar ihrem Leben mehr Sinn und Erfüllung zu geben als sie zuvor hatten – aber deswegen sind sie sicherlich nicht zu beneiden. Derartige Fälle zeigen eigentlich, wie sehr ein neues Körperbewusstsein (auch wenn er dann nicht mehr richtig funktioniert) dem Menschen Auftrieb gibt. Es scheint seinen Geist für die wichtigen Dinge im Leben zu schärfen.

Verlassen wir jedoch die dunklen Episoden des Körpers. Sie sind niemandem zu wünschen und ich würde alles dafür geben, wenn Dir derartiges Schicksal erspart bliebe.

Medizin

Und hierfür gibt es eine sehr gute Nachricht, wie wir von einigen Abschnitten schon erahnen konnten: Die Medizin und ihre Weiterentwicklung tut alles dafür, dass es uns Menschen (gesundheitlich) immer besser geht. Die Zahlen der Lebenserwartung sprechen für sich. Ein berühmter deutscher Arzt und Wissenschaftler hat mal beschrieben, wie es ihm und seinen Kollegen als Lazarett-Arzt im 2. Weltkrieg erging. Bei einer einfachen Schusswunde war kaum daran zu glauben eine Blutvergiftung abwenden zu können. Im besten Fall (!) musste nur das betroffene Gliedmaß amputiert werden. Die Zeiten sind immerhin in unserer westlichen Welt vorbei. Und in der Regel kann man sich darauf verlassen, dass die meisten »Schäden« wieder »repariert« werden können. Ich finde, das ist ein sehr beruhigendes Gefühl. Die medizinische Versorgung ist hierzulande so dicht, dass niemand kaum mehr als ein paar Minuten vom nächsten Arzt entfernt ist (trotzdem fand ich es sehr beruhigend, als ich mal direkt in der Nachbarschaft eines großen Krankenhauses wohnte). Wieder einmal sind die Grundlagen, in die Du hineinwächst, hervorragend. Für Dein ‚äußeres' körperliches Wohlergehen stehen die Ampeln sozusagen auf grün. Der Rest liegt an Dir.

Körper erhalten und pflegen – Pflege Dich in guten Zeiten, dann hast Du in der Not

Du hältst den Schatz nicht nur in den Händen – Du bist der Schatz. Nun, auch bei dem schönsten Schatz und der Truhe, in der er sich befindet, muss man regelmäßig die Verschläge putzen, schauen, ob das Schloss nicht rostet und hin und wieder den Inhalt auf Schönheit und Vollständigkeit überprüfen. So verhält sich das auch bei Dir. Das schöne beim Körper ist, dass es eigentlich keine »Kehrseite der Medaille« gibt. Die Aussage »Ohne Fleiß keinen Preis« trifft weitestgehend nicht zu. Vielmehr müsste es wohl heißen, der »Preis ist bereits der Fleiß« oder auch der »Weg ist das Ziel«. Die Kunst liegt nur darin, dieses auch zu erfahren und zu leben. So ca. in zehn Jahren, oder vielleicht früher, wirst Du Dich bestimmt fragen, warum Frauen (in dem Fall dann wohl Mami) immer so lange im Bad bleiben. Die Antwort ist einfach wie einleuchtend: Weil es ihr Spaß macht sich ihrem Körper zu widmen und ihn zu pflegen. Warum glaubst Du wohl, geben die Leute nur soviel Geld für Kosmetika, Pflegemittel, Wellness-Reisen und Sport aus? Auch hier die Antwort, weil es ihnen Freude und Glück gibt (abgesehen von den Typen natürlich, die zwar immer die beste Ausrüstung für eine Sportart haben, über die Theorie aber selten hinaus kommen). Es macht Spaß und es zahlt sich aus. Anders als bei einer Geldanlage, wo Du zwar Deine Zinsen nach einer Zeit bekommst, dafür das Geld aber auch während dieser Zeit nicht ausgeben kannst.

Es zahlt sich nämlich *sofort und* auch *langfristig* in Wohlbefinden aus. Darüber hinaus auch noch in barer Münze. Vorsorge ist die beste Ersparnis, propagieren nicht nur die Krankenkassen seit geraumer Zeit. Ich kann Dir Schauergeschichten erzählen, wie die Leute oftmals ihre Zähne vernachlässigen. Insbesondere die Generation Deiner Großeltern waren Meister darin. Mit der Argumentation »Unsere Familie hat halt schlechte Zähne, da kann man nichts machen« entzog man sich jeglicher Verantwortung. Ein regelrechter Raubbau an gesundem Zahnschmelz, ästhetischer Schönheit und Wohlbefinden wurde betrieben. Unwissenheit (man könnte es wohl auch Dummheit oder Ignoranz nennen) und Müßiggang (anders: Faulheit) taten ihren großen Teil dazu, dass der Beruf des Zahnarztes, wenigstens wegen der guten Geschäftsaussichten, sich zu einem Traumberuf entwickelte. Das Schlimmste daran ist jedoch, dass diese Einstellung z.T. auch in die nächste Generation (also in Mamis und meine) getragen wurde. Glücklicherweise hat auch hier die medizinische Aufklärung (die Einführung eines Controllings bei Krankenkassen hat es wohl seinerseits forciert) dieses Treiben verlangsamt, und wir gehen jetzt hoffentlich schon sehr viel verantwortungsbewusster mit unseren Zähnen um. Es würde mich dennoch freuen, wenn Eure Generation uns wiederum unsere Defizite (nicht nur in diesem Punkt) vorhält. Ehrlich gesagt mache ich mir sogar ein wenig Sorgen über den Eifer Deiner Mutter, die sich geschworen hat, dass Du die gesündesten Zähne der Welt bekommen sollst. Was für die Zähne gilt, gilt auch für das Übrige Deines Körpers.

Ernährung

In der letzten Zeit bringen die Mineralölgesellschaften an ihren Tankstellen mal wieder neue Kraftstoffe auf den Markt. Aufgrund einer verbesserten Zusammensetzung können die Autos angeblich mehr Kraft entwickeln, weniger verbrauchen und somit auch weiter fahren. So ähnlich musst Du Dir auch den Einfluss Deiner Ernähung auf Dein Auto – Deinen Körper – vorstellen. Wenn die Industrie glaubhaft versichern könnte, dass die Autos durch den neuen Sprit auch immer gut aussehen oder vielleicht jünger als sie sind, wäre die Analogie komplett. Überlege einmal: Alles was Du bist und was Dein Körper kann, beruht auf seiner Energiezufuhr. Das feine Gehör, das Sehen, Tasten, aber auch das Laufen, Springen und Klavierspielen. Alles ist von der Energiequelle und den darin enthaltenen Nährstoffen, Vitalstoffen und Vitaminen abhängig.

Es kann sehr spannend sein, den Leuten beim Einkaufen in den Einkaufswagen zu schauen. »Der Mensch ist was er isst« nimmt dabei geradezu sarkastische Wirklichkeit an. Die Wagen in denen viel Süßigkeiten, Chips, süße Getränke und dazu billige Fertiglebensmittel liegen, werden überdurchschnittlich viel von vollleibigen und wenig vitalaussehenden Menschen geschoben. Umgekehrt werden die Wagen mit Frischwaren, Milchprodukten und Mineralwässern eher von schlanken, eher (körper-) verantwortlicheren Menschen geschoben. Diese Darstellung ist vielleicht ein wenig überspitzt, aber nach meiner Erfahrung trifft sie den Kern der Sache. Auf den ersten Biss gut schmeckende Lebensmittel, die zudem sehr ‚convenient' verpackt und aufgemacht sind, sind schnelle Verführer. Sie verführen zum schnellen Konsum zwischendurch, ohne darüber nachzudenken, was eigentlich genau in der Packung steckt. Bedenke: Eigentlich braucht man so etwas wie Snacks und Süßigkeiten für eine normale Ernährung nicht. Dass sie allerdings ein Genuss sind und somit Spaß machen, steht außer Frage. Dafür macht die Konsequenz oftmals keinen Spaß. Die übermäßige Zufuhr von zumeist den falschen Nähstoffen lässt den Körper unmittelbar Fett ansetzten und kann langfristig weitere negative Nebenwirkungen haben. So erinnere ich mich an meinen Freund Stefan, der bereits in der Grundschule zu Migräne neigte. Es stellte sich heraus, dass er mit vorliebe kleine Mini-Salamis aß, die in Verdacht stehen, aufgrund ihrer Zusatzstoffe Kopfschmerzen auszulösen. Die im wahrsten Sinne des Wortes schwerwiegendere Konsequenz übermäßiger und schlechter Nahrungszufuhr, ist das langsame Auseinandergehen des Körpers.

Natürlich bestätigen wie immer die Ausnahmen die Regel: Menschen, die dünn sind wie Bohnenstangen regelrecht essen können was und wie viel sie wollen, und nicht zunehmen. Umgekehrt die Fülligeren, die peinlichst genau auf ihre Ernährung achten und buchstäblich beim Anblick von Essen bereits zunehmen. Mit ein wenig Glück solltest Du nach Deinen genetischen Veranlagungen jedoch nicht dazu gehören.

Mami und ich sind jedenfalls guten Vorsatzes, Dir es nicht an gutem Essen fehlen zu lassen. Zum einen ist es gut für Dich und Deine Entwicklung. Zum anderen sollst Du so ein Bewusstsein dafür entwickeln, worin eine gute Ernährung besteht und was sie langfristig bedeutet. Schließlich können wir nicht immer darauf achten, und eines Tages wirst Du selbst die Verantwortung für Deine Ernährung übernehmen müssen. Natürlich erinnern wir uns auch wie wir waren. Deine Großmutter erzählt heute noch mit einer Miene des Erstaunens die Geschichte, wie ich meine mit Schokoladeneiern gefüllte Osterkörbe um mich herum aufbaute, um sie dann der Reihe nach aufzufuttern. Auch erinnere ich mich daran, welche magische Anziehungskraft gerade die Neuerungen der Snack- und Süßigkeitenindustrie auf mich ausübten. Sie wurden dann auch in großem Ausmaß getestet. Zwar sind dies Auswüchse kindlichen Genusses, die man als Eltern noch direkt beeinflussen kann. Was aber ist mit Kindergeburtstagen, in der Schule oder bei sonstigen Gelegenheiten, wenn der soziale Druck hinzukommt? Auch hierzu kann ich Dir eine kleine Geschichte meines Freundes Stefan erzählen. Er ließ als Kind keine Gelegenheit aus, um sich mit einer Tüte Erdnuss-Flipps oder Ähnlichem aus dem Staub zu machen. In einem konkreten Fall beteiligte er sich an seinem eigenen Geburtstag nicht an den Spielen, da er die Gesellschaft einer solchen Tüte bevorzugte, mit der er sich in eine lauschige Ecke verdrückte. In seinem Elternhaus wurden derartige Genüsse so rationiert (und sanktioniert), dass solche Gelegenheiten energischst genutzt wurden. Ehrlich gesagt, weiß ich noch nicht, wie wir den berühmt-berüchtigten goldenen Mittelweg für Dich finden. Es bleibt uns das Vertrauen auf unseren Verstand, gepaart mit Erfahrungen aus unserer eigenen Kindheit und dem, was man sich bei anderen jungen Eltern abschaut. Wenn man nur vernünftige Ernährung vorlebt, werden es die Kinder dann auch so übernehmen, soll die Devise lauten. Wohlwissend, dass wir es aufgrund der beschriebenen Versuchungen bei unseren Eltern auch nicht getan haben.

So im Alter von zwanzig ist mein Interesse für Gesundheit und ein fittes Aussehen gestiegen, und ich habe mich schon fast pedantisch in das Thema Ernährung hineingearbeitet. Deiner Großmutter habe ich mehr als einmal vorgeschrieben, welche Zutaten für das Essen zu verwenden seien und ich bestimmte darüber, wann ein Lebensmittel zu fett war oder wann es das richtige Kohlenhydrate-Eiweiß-Verhältnis hatte. Das war eine schwierige Zeit für alle Beteiligten, da meine Akribie schon fast an Essstörungen heranreichte. Auf der anderen Seite war sie mit ihren positiven und negativen Aspekten sehr lehrreich und von dem angeeigneten Wissen profitiere ich heute noch. Ähnlich wie beim Thema Geld, musst Du Dich mit besonders wichtigen Themen im Leben selbst beschäftigen. Diese solltest Du niemanden anderen überlassen und schon gar nicht der Werbung, auch wenn sie eine sinnvolle Informationsquelle sein kann. Zu leicht verlierst Du sonst den Überblick oder bekommst ihn gar nicht erst. Aus meiner Sicht gehört auch das Thema Ernährung dazu. Trotz gestiegener Aufklärung und zunehmender Auszeichnungspflicht, gibt es hierzulande immer mehr fettleibige Menschen. Vor allem bei den Kindern ist ein zunehmender Anstieg dieses Trends zu erkennen. Für heute und die nächsten Jahre liegt es in unserer Verantwortung, dem entgegenzuwirken. Später geht jedoch diese Verantwortung auf Dich selbst über, und wir werden die Kontrolle verlieren. Dann wird Dir ein solides Grundwissen über Ernährung weiterhelfen, Deinen Körper bestmöglichst von außen zu unterstützen.

Älter werden – Das große Mysterium (für junge Menschen)

Wohin führt eine gesunde, bewusste Lebensweise? Eine Lebensweise, die den Körper achtet, auf ihn hört und ihn pflegt. Sie soll Dich in ein ‚hohes Alter‘ führen! Es fällt mir ein wenig schwer über das Thema jetzt zu sprechen, da Du doch gerade erst angefangen hast zu leben. Wenn man es biologisch betrachtet, ist jedoch schon im Augenblick Deiner Zeugung ein Startknopf auf Deiner Uhr gedrückt worden, die auf Count-down-Funktion steht. Welche Zeit darauf eingestellt wurde, kann niemand sagen (was für ein Glück! Wenn man das wüsste, würde wohl die gesamte Menschheit in Depression verfallen oder noch was Haarsträubenderes anstellen). Die Wissenschaft streitet sich darüber, welche Maßnahmen genau dazu beitragen können, die Lebenszeit so lang wie möglich zu machen. Weitaus besser informiert ist man jedoch darüber, wie man die Zeit möglichst gut mit Wohlbehagen und Gesundheit füllt. Dennoch ist das Schicksal unabwendbar, und wir alle werden einmal aufhören zu existieren. Ich will mich jetzt nicht zu lange darüber auslassen, weil dies nicht gerade ein fröhlicher Abschnitt ist.

Aber keine Bange. Mit einem vernünftigen Köperbewusstsein, dementsprechend Sport, angemessener Ernährung und vor allem wenig oder gutabgebautem Stress, lässt es sich buchstäblich gut leben. Es gibt verschiedene Arten älter zu werden. Jene, die ständig über ihren gesundheitlichen Verfall herumjammern und deren Lieblingsgespräche sich aus einem riesigen Repertoire von Arztbesuchen erschließen. Und solche, die nehmen was kommt und sich nicht aus der Ruhe bringen lassen. Für den letzteren Typ lässt sich der klassische Bierbauchträgertyp als Beispiel nennen, nach dem Motto »keine Bewegung, und dazu ein Nackensteak mit Bier bitte!«. Er weiß, dass sein Lebensstil nicht der gesündeste ist. Er bevorzugt es, jetzt sehr gut zu leben (wenn man dieses »Gut« mit Genuss gleichsetzt) und sich später über den Preis dafür Gedanken zu machen. Aber es gibt auch jene, bei denen man dreimal hinschauen muss, um ihr Alter richtig zu erraten, weil sie eben jünger wirken. Das muss aber nicht vom Äußeren kommen. Bei manchen Jugendlichen erstaunt es einen, wie regelrecht ‚verstaubt‘ sie daherreden. Manch älteren Herrschaften sprüht auch im hohen Alter noch der jugendliche Scharm aus den Augen und der Schalk hat sich fest in ihrem Nacken eingenistet und will da auch nicht weg. Ich kann und möchte Dir nicht eine Richtung weisen und mir damit ein Urteil erlauben, welche die richtige ist. Letztendlich wird auch so etwas wie Veranlagung dabei sein. Du solltest Dich nur nicht in irgendwelche Muster pressen lassen, wie Du Dich in welchem Alter zu verhalten bzw. wie alt Du Dich zu fühlen hast. Deine Mutter kann mir jedenfalls noch jeden Tag aufs Neue mit ihrer Mädchenhaftigkeit den Kopf verdrehen.

Mein Kleiner – schieben wir erst einmal diese weit entfernten Kapitel Deines kommenden Lebens bei Seite, und lass uns weiterhin betrachten, was vergleichsweise schon recht bald auf Dich warten könnte.

Sport – Deinen Körper erleben

Bis jetzt haben wir uns nur angeschaut, was Du für Deinen Körper tun solltest, damit er seine Funktionen bestmöglich aufrecht erhält und Dir darüber hinaus Freude bringt. In gewisser Weise musstest Du bis jetzt in Erwartung eines Gewinns investieren, den Du in der Zukunft einstreichen möchtest. Im Folgenden ist ‚payback-time'. Jetzt fahren wir die Gewinne ein. Wie wir festgestellt haben, ist Dein Körper bereits für sich ein wahres Wunder. Aber er kann noch mehr als einfach ‚nur' Dein lebender Organismus sein. Er kann für Dich Wunder vollbringen, die Du sogar selbst beeinflussen kannst.

Rufe Dir folgende Situation in den Kopf. Es ist morgens so um 7:45 Uhr, im Februar. An diesem Morgen hast Du Dir ganz fest vorgenommen, endlich mal in der Früh laufen zu gehen. Zwar kannst Du Dich schon als recht erfahrenen Läufer bezeichnen. Denn längere Strecken von mehr als acht Kilometern können Dich nicht aus der Ruhe bringen. Aber beim Sport in dieser Herrgottsfrühe bist Du ein wahrer Anfänger. Mehr als einmal wälzt Du Dich im Bett herum und zauderst, ob Du denn nun wirklich aufstehen solltest, um Dich auf den Weg zu machen. Es sieht wirklich ausladend kalt aus da draußen, und wenn Du Dich recht erinnerst waren ca. $-5\,°C$ angesagt. Es hilft nichts, Dein Schweinehund ist heute nicht stark genug. Du raffst Dich auf und läufst los. Nach ca. 10 Minuten des Dahintrabens, Du verlässt gerade die vielbefahrene Straße, bist Du schon recht gut durchgewärmt und auch die letzten Anzeichen der Müdigkeit haben sich erstaunlich schnell davongemacht. Gut so. Langsam erreichst Du den Zustand, bei dem Du die körperliche Belastung nicht mehr spürst und Dir alle möglichen Dinge durch den Kopf gehen. Dir ist schon oft aufgefallen, wie die zusätzliche Sauerstoffaufnahme, oder was auch immer es sein mag, Dir irgendwie zusätzliche Denkkapazitäten gibt, geradezu so, als wenn jemand Dein Bewusstsein auseinanderzieht und mehr Platz für Eindrücke und Überlegungen schafft. Das kennst Du also – aber morgens, von Dunkelheit umgeben, so scheint Dir, wird es noch weiter aufgezogen. Du spürst die Wärme unter der Kleidung und wie der Schweiß unter der Mütze am Kopf herunterläuft. Deine Lunge drückt ein wenig von der sehr kalten Luft die Du einatmest, aber es stört Dich nicht – eher im Gegenteil. Du magst es, wenn Du die Funktionen Deines Körpers intensiver unter Belastung spüren kannst. Schließlich, Du läufst schon eine ganze Weile am Wasser entlang, geht die Sonne richtig auf, und der Himmel wird türkis mit rosafarbenen Ausläufern. Diese Farben, fast schon wie eine Kinderzimmer-Dekoration, sieht man nur im Winter früh morgens. Dein Körper läuft wie ein Uhrwerk, Deine Gedanken sind voll da, und Du möchtest diesen Moment von Kraft und Glück so weit aufnehmen, wie es nur geht.

Das sind Gefühle und Eindrücke, wie sie einem nur der eigene Körper vermitteln kann. Wie eine Maschine bei der richtigen Betriebstemperatur funktioniert er dann. Das Blut pumpt in jeden Winkel hinein, die Lungen arbeiten wie kraftvolle Gebläse, die den Sauerstoff aus der Luft in den Körper drücken. Die Muskeln spannen und entlasten rhythmisch, wie das Antriebsgestänge einer Lokomotive. Nirgendwo sonst kannst Du Deine Körperfunktionen so gut ineinander arbeiten spüren, wie unter physischer Belastung. Es ist einfach gut zu wissen, dass man sich auf seinen Körper verlassen kann. Wenn er unter Belastung so fabelhaft läuft, dann auch in normalen Alltagssituationen. Die körperliche Leistungsfähigkeit, die man sich durch sportliche Betätigung erarbeitet, trägt sich in alle Lebensbereiche hinein. Ob es die lange Nacht in den Bars ist, der Ausfall des Aufzugs, der Dich nicht aus der Ruhe bringt oder das Herumtragen Deiner Kinder (und ich versichere Dir, sie werden mit der Zeit sehr schwer), überall wird er Dir zur Seite stehen.

Vielmehr aber darf man die sprichwörtliche Symbiose zwischen Körper und Geist nicht vergessen. Es sind nun mal nicht zwei parallele Systeme, sondern nur eines. Nicht umsonst kann man an Stress sterben, weil Körperfunktionen aussetzen. Und dass, obwohl Stress nicht direkt auf den Körper einwirkt, sondern auf das Gehirn, also den Geist. Schau Dir mal die Menschen an, von denen Du weißt, dass sie körperlich aktiv und mit ihrem Körper im Reinen sind. Sie wirken nicht nur äußerlich vitaler und gesünder, von ihrem Körperbau ganz abgesehen. Sie wirken auch als Charakter ausgeglichener und belastbarer. Nicht umsonst sind viele erfolgreiche Menschen, die täglich ein hohes Stresspensum haben, auch aktive Sportler. Ich kann Dir nicht sagen, ob nun der Sport und das Verhältnis zum Körper den Erfolg auf anderen Feldern bedingt, oder umgekehrt. Es ist ein Geben und Nehmen zwischen Geist und Körper. Das, was Du tagsüber in einer anspruchsvollen Tätigkeit an geistiger Energie aufbringen musst, kannst Du Dir mit einem angemessenen Sportprogramm wieder zurückholen. Der Schlüssel in einer dauerhaften ganzheitlichen Ausgeglichenheit liegt in einer Balance zwischen körperlicher und geistiger Tätigkeit. Nicht umsonst kommen einem oft unter körperlicher Belastung die besten Ideen für die geistigen Tätigkeiten.

Es ist sehr interessant festzustellen, welche Typen von Sportlern es gibt. Gemeint sind jene, die zwar gern und regelmäßig irgendetwas sportliches machen. Welche Sportart sie dabei ausüben ist jedoch für sie verständlicherweise sehr entscheidend. Ich möchte jetzt nicht dozieren über die Vor- und Nachteile der verschiedenen Sportarten, was ich mir auch nicht zutrauen würde. Jedoch kann ich mit ziemlicher Sicherheit sagen, dass es zuweilen riesige (charakterliche) Unterschiede zwischen Einzel- und Mannschaftssportlern gibt. Einzelsportler betreiben den Sport gern für sich alleine und genießen es, mit ihrem Körper und ihren freien Gedanken allein zu sein. Von ihnen wirst Du nicht solche Aussagen hören, wie »Laufen finde ich langweilig« oder »Beim Schwimmen fehlt mir die Ablenkung«. Eher kommen von ihnen solche Aussagen, wie »Sport in der Mannschaft ist mir zu gefährlich und zu unflexibel. Auf diese Vereinsmeierei oder die regelmäßigen Verpflichtungen habe ich ohnehin keine Lust«. Die zweite Sportlerspezies braucht dann auch zumeist einen Ball, um beim Sport richtig abschalten zu können. Bei ihnen stehen die Aktion, der Teamgedanke und die Jagd nach dem Sieg im Vordergrund (und natürlich die gesellige Bierrunde nach dem Spiel). Bei den Individualsportlern verhält sich das geradezu umgekehrt. Sie lieben es möglichst wenig äußere Ablenkungsfaktoren zu haben und unabhängig von anderen ihr Programm zu planen. Für gesellige Ablenkung treiben sie zusammen mit einem Trainingspartner Sport.

Beide Seiten haben ihre Vorteile. Du kannst aber sagen, dass die unabhängigeren Einzelsportler in der Regel die sind, die, im Sinne von körperlicher Aktivität, intensiver Sport treiben. Ihr Training hat einen Selbstzweck, und sie können es auch oftmals in enge Zeitfenster hineinpressen. Bei den Ballsportlern steht der Spaß am Spiel an erster Stelle und nicht die körperliche Leistung. Die Effizienz der eingesetzten Zeit für den Sport ist nicht so wichtig. So wird manchmal gleich zum geselligen Teil übergegangen, ohne sich vorher bewegt zu haben.

Ich persönliche finde, Du wirst keinen effektiveren Sport finden, als das *Laufen*. Bei keiner anderen Sportart stehen Aufwand und Ergebnis in einem so guten Verhältnis zueinander. Du kannst sie quasi überall betreiben. Alles was Du brauchst, ist ein einigermaßen begehbarer Untergrund. An Ausrüstung sind das Wichtigste ein Paar gute Laufschuhe und vernünftige Socken. Und Du kannst immer sofort anfangen. Sobald Du aus der Tür trittst, beginnt die sportliche Betätigung. Du brauchst nicht erst zu einer Sportstätte fahren, um Dich dann vor Ort umzuziehen etc. Da Du es überall machen kannst, eignet es sich auch hervorragend, um fremden Orten kennen zu lernen. Auf Reisen hilft es Dir schnell ein Bild von der Umgebung zu bekommen, und Du kannst Dich schneller einleben und zurecht finden. Auch die Menschen, die am Laufen nichts finden, würden nie diese Vorteile in Abrede stellen.

Unter den Einzelsportlern findest Du auch die Extremisten. Menschen, die Ihr Leben einem bestimmten Sport verschreiben und kaum Zeit und keinen freien Gedanken für andere Sachen haben. Manchmal geht dies soweit, dass sie nur sehr beschränkte Chancen haben, sich in anderen Fähigkeiten zu entwickeln. Selbst bei Spitzensportlern, die internationale Erfolge verzeichnen können, geht die Rechnung des Erfolgs nur bedingt auf. Wenn der Sport nämlich nicht ausgesprochen publikumsträchtig ist und dementsprechend hohe Preise, Sponsorengelder und Werbeverträge winken, kann man zur Zeit in Deutschland davon noch nicht mal seinen Lebensunterhalt bestreiten. Es gibt regelrecht Sportsüchtige, die ohne das Ziel Spitzensportler zu sein, sehr viel Zeit und Kraft für den Sport aufbringen. Sie treibt die Angst vor dem Versagen, vor Disziplinlosigkeit oder vor körperlichem Verfall, bzw. sie versuchen so vielleicht Defizite auf anderen Gebieten zu kompensieren. Sowohl solche Übertreibung im Ausmaß als auch in der Motivation, kann sich wiederum kontraproduktiv auf die Seele auswirken. Diese Menschen werden nicht fitter und fröhlicher, sondern kränker und deprimierter. Es macht sie krank, sich jeden Tag eine bestimmte (sportliche) Leistung abfordern zu müssen.

Noch einen anderen Gedanken am Schluss dieses Abschnitts, der weniger ernst ist: Aus meiner Erfahrung gibt es so was wie sozialisierungsfördernde Sportarten. Diese werden ausgeübt, wenn Menschen zusammenkommen, die sich oftmals vorher nicht kannten. Das Können dieser Sportarten ist somit fast eine Art Eintrittskarte, um andere kennen zu lernen.

Erstens, *Volleyball*: Volleyball scheint eine sehr gesellige Sportart zu sein. Sie vereint den Spiel-und-Sieg-Gedanken mit einer Mannschaftssportart, und ist ‚sanft‘ genug, dass Männer (Jungen) wie Frauen (Mädchen) teilnehmen können. Sei es im neuen Semester, auf Studienreisen, im Urlaub oder beim Firmenfest. Oft wirst Du ein Volleyballnetz finden, an dem sich die Leute näher kommen.

Zweitens, *Fußball*: Ähnlich wie Volleyball findest Du Fußball bei vielen Gelegenheiten, wenn Menschen aufeinander treffen. Allerdings ist auffallend, dass oftmals viele Männer anwesend sind, wenn es gespielt wird. Wann immer bei uns im Sportunterricht die Jungs entscheiden durften welches Spiel gespielt werden sollte, war es Fußball. Zu meinem Leidwesen, weil ich es nie besonders mochte. Das Interesse für Fußball (zumindest im passiven Sinne) zieht sich durch alle sozialen Klassen. Es kann also wirklich als sozial-integrierend bezeichnet werden. Auch im beruflichen Leben ist ein Interesse für Fußball – praktisch als auch theoretisch – nicht zu unterschätzen. Viele einflussreiche Entscheider in Unternehmen verhalten sich bei diesem Thema wie Kinder. Wenn man diese ‚Sprache‘ spricht, kann er ein wahrer Türöffner sein.

Drittens, *Skifahren*: Anders als die beiden vorherigen Disziplinen, ist Skifahren kein Mannschaftssport. Eigentlich ist es sehr individuell, weil man sich während des Sports nicht unterhalten kann, wie beispielsweise beim Laufen. Dennoch ist Skifahren, aufgrund des Rahmenprogramms drum herum, sehr gesellig (von Hüttengaudi bis Aprés Ski). Zudem kann man sehr schnell Leute im Lift oder in der Skischule kennen lernen.

Skifahrten werden immer dann angeboten, wenn Leute längerfristig zusammen kommen: In der Schule oder im Studium, in Sportstudios und Vereinen, in Stadtverbänden usw. Man mag meinen, es treffen sich nur die, die bereits schon wahre Könner auf den Brettern sind. Dies habe ich zumindest noch nicht erlebt. Habe also keine Angst, wenn Du selbst als Anfänger zu einer Gruppe hinzustößt. Der große Vorteil beim Skifahren ist, dass sich eine Gruppe für eine bestimmte Zeit zusammen findet, während derer man auch ein gemeinsames Thema (Skifahren) hat. Beste Voraussetzungen also für intensive Beziehungspflege.

Sexualität – Die wichtigste (Neben-)Sache der Welt

N eben den beschriebenen Zusammenhängen, Funktionen und Erlebnissen, die mit Deinem Körper in Zusammenhang stehen, dürfen wir natürlich einen wesentlichen, aus der Sichtweise der Natur *den wesentlichsten* Punkt, nicht außer Acht lassen – die *Sexualität*. Einfach gesprochen, ist sie ein von der Natur ersonnenes Mittel, damit sich die Art reproduzieren und somit fortbestehen kann. Zwei Lebewesen müssen sich zusammenfinden, *vereinigen* und dabei gibt das männliche Lebewesen seinen *Samen* an das weibliche ab. Mit dieser Zutat kann das weibliche Lebewesen in seinem Körper, weil es die *Gebär-Organe* dafür hat, ein neues Lebewesen (natürlich der gleichen Art) heranwachsen lassen. Von sich aus aktiv, tut das weibliche Lebewesen nichts dafür. Es ist eher eine Art Programm, was in ihrem Körper abläuft, welches die Natur in jedem weiblichen Wesen anlegt. Je nach Tragzeit, also die Zeit, die das neue Lebewesen braucht, um vollständig heranzureifen, wird nach einer bestimmten Zeit ein neues Wesen aus dem Körper des weiblichen Lebewesens – der Mutter – entbunden.

Soweit die Theorie. Bei allem Aufsehen, was um das Thema *Sexualität* oder kurz *Sex* gemacht wird, ist es genau dieser beschriebene Zusammenhang, der für alles verantwortlich ist. Du hast Recht, theoretisch könnte doch jedes weibliche oder auch männliche (oh Graus!) Wesen automatisch in einem bestimmten Lebensstadium Nachwuchs produzieren. Das ist aber nicht so. Aufgrund einer gewollten Diversifizierung der Nachkommenschaft wird der umständlichere Weg bevorzugt, bei dem sich die Erbanlagen vermischen. Und der hat es in sich. Die Natur hat wohl gewusst, dass sie ihren ‚Pappenheimern‘, ihren Lebewesen, nicht über den Weg trauen kann, einen guten Job in Sachen Reproduktion zu machen. Sie bedient sich deshalb sozusagen eines Kunstgriffs, der die Fortpflanzung sicherstellen soll. Es gibt den Lebewesen einen Trieb mit. Wie der Hunger oder der Durst, soll auch der Sexualtrieb sicherstellen, dass der Mensch, wie auch die anderen Lebewesen ihrerseits, das Nötige tun, um ihre Art am Leben zu halten. Ist beim Hunger Essen das nötige Mittel, so bezieht es sich jeweils auf das Überleben des einzelnen Individuums. Beim Sexualtrieb geht es hingegen um das Fortbestehen der Spezies.

Lass uns ein wenig ausholen: Aufgrund dieser Zusammenhänge gibt es knappe Bikinis, eine riesige und sehr profitable Porno- und Kosmetikindustrie, Modemagazine, Fitnessstudios und teure Friseure. Wenn Du so willst, kannst Du sehr große Bereiche des täglichen Lebens, wenn auch über Umwege, mit diesem Fortpflanzungstrieb (des Menschen) begründen. Warum wohl zeigen die Mode- und Lifestylemagazine den Frauen, wie seit zwei Dekaden auch den Männern, wie man sich möglichst attraktiv für das andere Geschlecht macht? Warum geben viele Männer einen Haufen Geld für teure Autos aus? Und warum reagiert Mann wie Frau beim jeweils anderen Geschlecht auf bestimmte Proportionen des menschlichen Körpers? Genau aus den Gründen, die ihnen ihr eingebautes Programm vorgibt! Das ist beim letzten Beispiel noch leicht nachvollziehbar. Wenn Du im richtigen Alter bist wirst Du feststellen, wie willkürlich ein bestimmtes Programm automatisch hochfährt, wenn Du optischen Reizen ausgesetzt wirst, die mit dem weiblichen Geschlecht zu tun haben. Die bei Dir im Erbgut abgelegten Vorstellungen der Proportionen eines weiblichen Körpers gehören dazu. Nicht umsonst gibt es die sogenannten Traummaße bei Frauen (übrigens auch bei Männern), die genau diese hinterlegten Proportionen widerspiegeln. Sie signalisieren Deinem Unterbewusstsein, dass Du ein reproduktionsfähiges, weibliches Wesen der Spezies Mensch vor Dir hast und es die Aktivierung des üblichen Programms, das zur Fortpflanzung führen soll, veranlasst. Wie aber hängen die teuren Autos oder die Klamottenmagazine damit zusammen? Alles was in die beschriebene Richtung »Triebgesteuerte Fortpflanzung« geht, soll dazu beitragen, den- oder diejenige schöner, attraktiver und begehrenswerter erscheinen zu lassen. Auch das (dicke)Auto macht seinen Inhaber für Außenstehende (Frauen) attraktiver. »Wenn der Mann im Auto sitzt, kann man seinen Körper doch gar nicht sehen, Papi?!« wirst Du sagen. Das stimmt, deswegen habe ich ja auch vorhin gesagt, wie manche Dinge auch nur über Umwege den Zusammenhang zum Fortpflanzungstrieb aufzeigen. Dieses teure Auto aber soll zeigen, der Mann ist reich und erfolgreich und kann sich im Leben behaupten. Dies soll wiederum der Damenwelt anzeigen, wie sehr er ein potenter Ernährer für den zukünftigen Nachwuchs sein könnte. Und schwups haben wir schon wieder das Motiv der Fortpflanzung erreicht (seit der Erfindung des Leasings wird dieser Zusammenhang ein wenig pervertiert, und das hat sicherlich schon zu mancher (fatalen) Fehleinschätzung geführt). Dies ist (sicherlich) den Frauen oftmals nicht klar. Das ändert aber an der wissenschaftlichen Bewiesenheit nichts. Und es funktioniert auch umgekehrt, wenn es hier auch zumeist direkter abläuft. Die reizvoll angezogenen Mädchen werden früh genug Deine Blicke auf sich ziehen und in Dir Phantasien hervorrufen, die mich schier erröten lassen. Interessanterweise wird das auch dann der Fall sein, wenn Du vorher noch keine Erfahrungen in diese Richtung gemacht hast. Ganz einfach, weil die Natur ihren Fortbestand sichern will und auch bei Dir jenes Programm installiert hat, das auch ohne das Selbsterlebte funktioniert. Wenn jedoch die Erfahrung steigt, dann werden es zunehmend mehr Attribute sein, die Dich auf Trab bringen, weil Du sie mit eindeutigen weiblichen Reizen in Verbindung bringen kannst.

Zurück zum Körper. Die Sexualität hält, ähnlich wie der Sport, ganz tolle körperliche Empfindungen für Dich bereit. Durch kaum eine andere Sache kannst Du Dich der Natur so sehr nahe fühlen, oder besser, ein Teil von ihr sein. Du merkst *instinktiv,* wie sehr in Dir etwas abläuft, über das Du nur wenig Kontrolle hast. Auch wenn Du eigentlich andere Probleme hast oder Deine Energie wirklich für anderes einsetzen möchtest, räumt sich Deine Sexualität ein gewisses Vorrecht ein, zum Einsatz zu kommen. Sie kann Dir sehr schöne und auch recht frustrierende Momente bescheren. Gerade während Deiner Pubertät wird sie einen Großteil Deines Gehirns in Anspruch nehmen – Deine Aufnahmefähigkeit für die Anweisungen Deiner Eltern wird, so hoffe ich, nicht darunter leiden. In dieser Zeit wird Dein Körper von dem Modus *Kind* auf den Modus *Mann* umgestellt und Deine Hormone, eine Art Zünder für Deine Sexualitätsbombe, spielen sich mächtig auf. Zu dieser Zeit wirst Du aufgrund Deiner Freunde, Bekannte und anderer Informationsmedien, bereits bestens über das Thema Sex informiert sein. Alles was ich Dir dann erzählen könnte, ist dann gewiss ein alter Hut. Die berüchtigte *Aufklärung* hatte eigentlich schon in meiner Jugend keine Existenzberechtigung mehr. Ich erinnere mich noch ziemlich genau, wie mein Vater versucht hatte mich aufzuklären. Ich weiß nicht mehr so genau was seine Botschaft war, aber umso besser erinnere ich mich noch daran, dass er mir nichts Neues erzählen konnte. Meine großen erstaunten Augen, die ich wohl hatte, kamen dann auch eher von meiner Ungläubigkeit (wie er glauben konnte, ich sei noch nicht im Bilde) als von den Neuigkeiten, die er mir verkündete. Auch wurde zu unserer Zeit noch ein richtiggehendes Aufsehen (heute würde man es wohl als »Hype« bezeichnen) um alles Sexuelle gemacht. Die Seiten, die Du heute in jedem Jugendmagazin zum Thema Sex findest, hätten damals locker zumindest für einen kleinen Skandal gesorgt.

Ich hoffe, ich werde mit Dir sehr unbefangen an die ganze Sache herangehen. Ich glaube fest daran, dass auch schon kleine Kinder eine Art natürliches Gefühl für Sexualität haben. So wie ich es selber erlebt habe, entwickeln sie keine Ängste oder Perversionen, wenn Sie früh mit Sexualität,
auch in korrekter pornografischer Form, konfrontiert werden. Überdies ist
es bei der heutigen Informationsflut sowieso unmöglich, sie von allem fern
zu halten.

Natürlich wird mir auch ein wenig mulmig, wenn ich lese, wann Jugendliche durchschnittlich miteinander ersten Sex haben. Und wenn ich ihre
Altergenossen auf der Straße oder sonst wo sehe und beobachte, wie sie
sich geben, finde ich diese Angaben bestätigt. Man wird sehen. Ich wünsche
Dir auf jeden Fall viel Spaß dabei.

TEIL II

MENSCHEN – DU BIST NICHT ALLEIN

Wir sind nicht allein auf dieser Welt. Außer Dir gibt es von Deiner Spezies über 6 Milliarden weitere Vertreter. Als ich klein war hatte ich, wie wohl jeder einmal im Leben, den Traum, ich sei allein auf unserem Planeten. Ich malte mir aus, wie ich auf nichts und niemanden Rücksicht nehmen brauchte. Ich könnte alles tun und lassen, wie ich es bestimmte. Auch könnte ich mir alle erdenklichen Gegenstände nehmen, ohne jemanden dafür fragen zu müssen oder gar dafür zu bezahlen. Du wirst mir Recht geben, dass auf den zweiten Blick bereits diese Vorstellung nicht mehr so verlockend erscheint und sich regelrecht in einen Alptraum verwandelt. Mit wem sollte man seine ganzen schönen Erlebnisse teilen. Sind Dinge oder die Art seine Zeit zu verbringen überhaupt noch erstrebenswert, wenn es keine natürlichen oder durch die Gesellschaft gesetzte Grenzen gibt? Und wer soll überhaupt die ganzen Sachen herstellen, die ich gerne benutzen, essen oder auch nur missachten würde. Gäbe es mich dann überhaupt, wenn es keine Eltern gäbe, die mich in diese leere Welt gesetzt hätten? Es offenbart sich ein sehr düsteres und apokalyptisches Bild.

Aber so ist es nicht. Alle diese unzähligen Menschen stehen, wenn auch über einige Umwege, in Beziehung zueinander. Es gibt die Familie, Freunde, Bekannte, Partner oder einfach nur Menschen, die irgendwo, irgendwann einmal Deinen Weg kreuzen und die Du dann niemals wieder siehst. Menschen brauchen einander. Allein schon per biologischer Definition ist das so, einfach für den bloßen Erhalt unserer Art. Aber dieses gegenseitige Brauchen ist sehr viel vielfältiger und tiefer verzweigt, als es Dir zunächst in jungen Jahren erscheinen wird.

1. Ich – Dein Vater

Ich lese und höre in den letzten Monaten viel über Kinder, Eltern-Kind-Beziehungen und Erziehung. In allen Büchern und Abhandlungen steht zu lesen, dass ich, der *Vater*, sehr wichtig bin für Deine Entwicklung. Ich glaube herauslesen zu können, nicht ganz so wichtig wie die Mami zu sein, aber ich komme wohl an zweiter Stelle (immerhin). Meiner Erfahrung nach, und so ähnlich steht es auch in den Büchern, unterscheiden sich die

Verhaltensweisen der Mütter und Väter gegenüber ihrem Kind gravierend. Dies sei auch gut so. Deine Mutter, wie auch Mütter im Allgemeinen, sind danach ganz klar die »Weicheren«. Sie umhegt Dich, achtet auf Deinen Schutz vor allen möglichen äußeren Einflüssen und kuschelt und spielt eher sanft mit Dir. Du bist halt ihr Baby, und es ist primär ihre Aufgabe, auf Dich aufzupassen.

Ich hingegen sehe Dich bereits als einen (wenn auch noch sehr kleinen) Partner. Wenn ich mit Dir spiele, sieht das völlig anders aus als bei Deiner Mutter. Außenstehende könnten wohl meinen es handelt sich um einen Ringkampf unter ungleichen Gegnern. Auch bin ich vielleicht, ich gebe es ja zu, etwas nachlässiger, wenn es gilt Dich anzuziehen, wenn es nach draußen geht. Oft ziehe ich Deine Mutter damit auf, wenn sie Dich für mein Verständnis viel zu warm anzieht. »Oh, ich glaube der Schneesturm draußen muss mir wohl entgangen sein«, sage ich dann. Ich stelle mir einfach vor, was ich wohl anziehen würde, damit es mir angenehm ist. Diesen Denkansatz finde ich echte Gleichberechtigung zwischen Vater und Sohn. In der Regel vertaue ich dann aber Deiner Mutter und ihrer Einschätzung (wohl auch, weil ich ohnehin den Kürzeren ziehen würde), weil ich weiß, sie hat am meisten Erfahrung mit Dir. Dennoch können wir uns manchmal richtig in die Haare kriegen, weil sie aus meiner Sicht fast schon die Logik der Physik außer Acht lässt. Wie soll ein Kind einen kalten Wind abbekommen, wenn es im schützenden Kinderwagen liegt? Es hilft nichts, wir machen es so, wie sie es will. Ich vertraue auf meine Logik die besagt, Frauen haben eine Art Schutz-Gen, das aktiviert wird, wenn sie ein Kind gebären. Ich stelle mir dann immer die Löwenmami vor, wie sie ihre kleinen Knäule bewacht. Und mit Löwen lege ich mich bestimmt nicht an! In der Tat habe ich auch schon einige Male ihre ‚Krallen‘ zu sehen bekommen, wenn ich versucht habe, meine Methoden, z. B. beim Zubettgehen, für Dich anzuwenden. Der Erfolg gibt ihr Recht (Dank ihr hast Du z.B. Schlafzeiten pünktlich wie beim Militär, die zugegebenermaßen für uns sehr angenehm sind). Tatsache ist aber auch, dass wir im Vergleich zu anderen Eltern wohl eher zu den Verfechtern leichter Bekleidung für Dich gehören – um diesen Punkt abzuschließen. Dennoch bin ich sicher, in vielerlei Hinsicht der passendere Partner für Dich sein zu können. Ich kann warten. Wie ein weiser Wolf in der Savanne...

Auch hätten viele Männer oft Probleme, eine Beziehung zu ihrem Kind aufzubauen, so lange es noch sehr klein ist. Erst im Alter von zwei, drei Jahren würde das Interesse stärker werden, weil sie dann mit ihnen mehr anfangen können. Wenn man zynisch wäre, könnte man auch sagen, ab dem Alter, wenn sie einen Fußball treten können. Ich konnte in jedem Fall von Anfang an eine Beziehung zu Dir aufbauen. Ich werde wohl nie die Bilder vergessen, die ich mit dem Tag Deiner Geburt verbinde. An diesem Tag abends, so um 20 Uhr (Du bist morgens um 8:15 Uhr geboren), habe ich mit Dir noch »eine Runde« auf der Station gedreht, was für die nächste Woche unser regelmäßiges Ritual werden sollte. Du konntest noch nicht richtig die Augen aufmachen, hast aber Dein Köpfchen bereits ständig nach dem Licht gedreht. Dich fest im Arm haltend ging ich mit Dir überglücklich über die Gänge und habe Dir alles mögliche erzählt, was ich später mit Dir erleben will. Ehrlich gesagt, habe ich keinen Gedanken daran verschwendet, ob Dir vielleicht zu kalt ist oder ob ich Dich in der richtigen Position halte (es war die falsche, und eine Schwester ließ es mich auch gleich wissen). Ich wollte Dich einfach bei mir haben. Es schien Dir zu gefallen, warum sollte ich mir Gedanken machen. Vater und Sohn am ersten Tag ihres gemeinsamen Lebens.

Ich bin überzeugt, diese ersten gemeinsamen Momente waren immens wichtig für uns. Als Vater werde ich für Dich eine Rolle spielen, die sonst keiner übernehmen kann. Wer sonst sollte Dir zeigen wie man mit Werkzeug umgeht, eine Nacht nur in einem Schlafsack verbringt oder wie Du ein Auto fährst, bevor Du achtzehn bist? Neben den praktischen und spannenden Seiten, so steht weiterhin in den Büchern zu lesen, sollst Du Dir bei mir männliches Rollenverhalten abgucken. Wie löse ich Konflikte, wie gehe ich zärtlich mit Deiner Mutter um, wie beiße ich mich im Beruf durch und vieles mehr? Wenn ich so darüber nachdenke, macht es viel Sinn. Wo sonst könntest Du jemanden in meinem Alter finden, der Dir das vorleben kann und sich Zeit für Dich nimmt? Gleichzeitig wird mir etwas beklommen zumute. Ich allein bin also hauptsächlich dafür verantwortlich, dass Du Dich zumindest in wichtigen »männlichen Belangen« gut entwickelst!?

Ich kann Dir an dieser Stelle leider nicht sagen, wie und worin ich das machen werde. Ich hoffe nur immer in der Lage zu sein, das Gebot der Stunde zu erkennen, wenn es darauf ankommt, Dir ein gutes Vorbild zu sein. Ich weiß nicht, wie gut ich auf diese Aufgaben vorbereitet bin. Nicht umsonst spricht man vom »Abenteuer Kind«. Besonders in unserer zivilisierten Gesellschaft soll es doch gerade für Männer angeblich die letzte *richtige* Herausforderung sein. Mit Sicherheit wird es Höhen und Tiefen geben. Solche Gelegenheiten, bei denen ich hart durchgreifen muss, auch, wenn es gegen mein Herz ist.

Bestimmt muss ich Dir auch viel verbieten. Das fällt mir besonders dann schwer, wenn ich auch das gerne machen würde, was ich Dir verbieten soll. Man soll nicht durch fremde Gärten der Nachbarschaft robben – obwohl aber gerade das unheimlich spannend ist und es eine Menge zu entdecken gibt. Man spielt auch nicht mit Feuer – es macht aber irre viel Spaß. Wenn ich so recht darüber nachdenke, hätte es auch einen pädagogischen Hintergrund – es schult den Umgang mit den Elementen. Dein Onkel und ich haben übrigens mehr als einmal den elterlichen Garten recht spektakulär in Brand gesteckt. In trockenen Sommern konnte dies allzu leicht passieren. Das aber nur nebenbei. All das weiß ich, nur bin ich mir nicht sicher, in der jeweiligen Situation genau das Richtige zu tun. Auch werden vielleicht die Fetzen fliegen, wenn Du in die Flegel-Jahre kommst. Ich erinnere mich noch gut an einen Vorfall zwischen meinem Vater und Deinem Onkel. Dieser wollte sich sein Zimmer mit Aluminiumfolie auskleiden und Matratzen auf dem Fußboden sollten die einzigen Möbel darstellen. Dieses Anliegen konnte auch nach heftigstem Streit nicht geklärt werden, so dass die Auseinandersetzung darin gipfelte, dass mein Vater meinen Bruder vor die Tür setzen wollte. »Der kann auch ausziehen, wenn's ihm nicht passt« waren seine letzten Worte zu meiner Mutter. Damals war mein Bruder vierzehn. Dieses Beispiel kann Dir und mir verdeutlichen, wie sehr doch die Situation aus den Fugen geraten kann. (Männliche) Emotionen, positive wie auch negative, sind wohl ein fester Bestandteil in einer Vater-Sohn-Beziehung.

Natürlich mache ich mir viele Sorgen, Dir alles geben und zeigen zu können was Du brauchst, um ein großer, selbstbewusster und zufriedener Mensch zu werden. Wie heißt es so schön:»Man wächst mit seinen Aufgaben«. Hoffentlich gehen im Verlauf der Zeit mir all die Lichter auf, die es bis jetzt noch nicht getan haben, und hoffentlich wachsen die Aufgaben nicht so schnell, dass ich auch hinterher komme. Du wirst mir sicherlich dabei helfen.

2. Deine Mutter – Der wichtigste Mensch in Deinem Leben

Wundere Dich nicht, wenn Deine Mutter erst als Zweite in der Aufzählung der für Dich wichtigsten Menschen folgt. Um es gleich auf den Punkt zu bringen: Sie ist jetzt mit Abstand der allerwichtigste Mensch in Deinem Leben. Und sie wird immer eine ganz besondere Rolle für Dich spielen. Verdeutliche es Dir mal! In ihrem Körper bist Du langsam zu dem herangewachsen, was Du heute bist. Sie kennt Dich also schon 40 Wochen länger als sonst irgendjemand. Und umgekehrt, kennst Du sie sogar noch viel besser. Du kennst seit jeher ihren Tagesablauf, ihre Stimmungen und ihre Gespräche. Eigentlich hast Du damit einen fast uneinholbaren Vorsprung, denn Du kennst sie viel genauer als sie Dich. Ihr Wissen bezog sich bis zum Zeitpunkt Deiner Geburt auf Deinen Bewegungsdrang, Deinen Herzrhythmus und Deine Vorliebe für Schluckauf. Ab und zu konnten wir auf dem Ultraschall erahnen, dass Du wirklich ein Mensch bist, der da in ihrem Bauch heranwächst.

Ab dem Tag Deiner Geburt wussten wir dann endlich, mit wem wir es zu tun haben. Da Du die ersten Tage noch ein wenig verschlafen warst und nicht viel mitbekommen hast, konnte Deine Mutter Deinen Vorsprung noch ein bisschen wieder ausgleichen. Seit Deiner Zeugung seid Ihr also ein unzertrennliches Team. Manchmal komme ich mir fast wie ein Außenstehender vor, weil Ihr so gut zusammen arbeitet und mich augenscheinlich gar nicht braucht. Ich habe mit eigenen Augen und Ohren und auch mit meinem Verstand erleben dürfen, wie die »Muttierung« ihren Lauf nahm. Irgendjemand hat bei Deiner Mutter das Programm »Baby ist da!« gestartet. Rate mal, wer seitdem die absolute Priorität in ihrem Leben hat? Spätestens wenn man so etwas miterlebt dämmert es einem, dass (eigene) Mütter nicht ersetzbar sind. Sie hat es wohl selbst nicht für möglich gehalten. Aber ihre buchstäbliche Aufopferungsbereitschaft kennt quasi keine Grenzen. Mit Engelsgeduld trägt sie Dich umher, wenn Du schmusebedürftig bist. Sie füttert Dich zum Teil sieben Mal am Tag an ihrer Brust und bringt Dich oft stundenlang zum Einschlafen, wenn sie sich selbst schon nicht mehr vor Müdigkeit auf den Beinen halten kann. Ich vermute, dass das wohl erst einmal so weitergehen wird. Geht es jetzt noch um die Grundvoraussetzungen Deines Wohlergehens, wird sich dies mehr und mehr auf andere Aspekte Deiner Entwicklung ausdehnen. Da sie Deine erste Bezugsperson ist, wirst Du Dich mit etlichen Problemchen und Wehwehchen an sie wenden. Später werden daraus größere Probleme und Schmerzen (ich frage mich, wann Du wohl Deinen ersten Liebeskummer haben wirst?). Und ich zweifle nicht im Geringsten daran, dass sie dann noch mit gleicher Hingabe und Geduld für Dich da sein wird.

Jedoch kann dies auch ins »Kontraproduktive« umschlagen. Irgendwann wirst Du »flügge« werden. Wenn Du auch dann das heimische Nest noch nicht verlässt, so werden die Runden, die Du drehst, immer größere Kreise annehmen. Deine Abhängigkeit von Deiner Familie wird zurückgehen und sich gleichzeitig auf andere Bedürfnisse verlagern. Und Du wirst Dich mit Sicherheit nicht mehr mit Anliegen jedweder Art zuerst an Deine Eltern (Deine Mutter) wenden. Ich unterstelle, allen Müttern (Eltern) ist am Wohl ihrer Kinder gelegen und sie würden fast alles dafür geben, dass es ihnen so gut wie möglich geht. Es gibt eine Zeile in einem Lied, die diesen Wunsch sehr gut weitergibt. Sie lautet:» ...I hope the Russians love there Children, too«. Es handelt von der Hoffnung, dass die Macht liebender Eltern größer ist, als die Abgründe politischer Verstrickungen. Der Kalte Krieg solle nicht aufgrund der Tatsache in einem atomaren Holocaust eskalieren, dass Amerikaner wie Russen nie das Leben ihrer Kinder in Gefahr bringen würden.

Aber die Liebe einer Mutter zu ihrem Kind kann dann »zu viel« werden, wenn sie es nicht wahrhaben will, dass ihr Kind auch ohne sie im Leben zurecht kommt. Oder noch deutlicher: In bestimmten Angelegenheiten ist ihre Präsenz und ihr Einmischen, sei sie nun direkt oder indirekt, dann richtiggehend unerwünscht. Ich bin mir nicht sicher, ob dies nur für Mütter schwer zu verdauen ist.

Interessanterweise kann Deine Mutter ganze Abende mit Geschichten um Deine Oma füllen. Ständig hat diese sie nach ihrer Aussage kontrolliert. Nicht eine Bewegung blieb unregistriert. Ich bin sicher, dieses Verhalten entsprang zu starker mütterlicher Fürsorge. Aber gerade weil Deiner Mutter diese Zeit noch in lebhafter Erinnerung ist, stehen Deine Chancen für eine freiere Entwicklung ziemlich gut. Und dann bin ich ja auch noch da. Väter sind eher in der Lage einzuschätzen, wann ihre Kinder keine Hilfe brauchen, sie sogar schlecht wäre für sie. Bei Töchtern mag sich das anders verhalten als bei Söhnen. Jeder kennt wohl die Filme oder Erzählungen von Bekannten, in denen der Vater ganz besonders gut auf die Tochter aufpasst. Wenn sie im Gebüsch liegend ihre Tochter beim Austausch erster Zärtlichkeiten mit einem Jungen (diesem Bastard!) kontrollieren, dann sollten auch sie darüber nachdenken ihre Fürsorge in vernünftige Bahnen zu lenken.

Wenn Du so willst, sind Mütter die Versicherung ihrer Kinder und sichern somit im zweiten Schritt das Fortbestehen ihrer Art. Wenn Sie nicht mit ihrer Selbstlosigkeit ständig präsent wären, wäre die Menschheit vielleicht schon ausgestorben. Du siehst, mit einer Mutter ausgestattet, hast Du ganz tolle Voraussetzungen für Deinen Start in das Leben.

3. Die Familie – Das Nest Deiner Nächsten

Eine Familie ist eine Gruppe von Menschen. Sie besteht aus einem Mann (genannt »der Vater«), einer Frau (genannt »die Mutter«) und ein paar kleinen Menschen (genannt »die Kinder«), einem Tier (genannt »der Hund«). Sie alle wohnen zusammen in einem Behältnis mit verschiedenen Räumen (genannt »das Haus«). Ab und zu kommen ein bis vier ältere Menschen in »das Haus« und besuchen die Familie. Dabei handelt es sich um »die Großeltern«. In den meisten Fällen sind der Vater und Mutter eine Art offizielles Bündnis eingegangen, sie haben sich »verheiratet«.

So oder so ähnlich sieht der Idealfall einer typischen Familie in unserem Land aus. Ich hoffe, Du bist ein ziemlich intelligenter kleiner Mensch. Dann wird Dir nämlich bald auffallen, wie sehr diese Beschreibung eben nicht immer der Wirklichkeit entspricht. Familien können auch nur aus einer Frau einem Mann einem Kind und keinem Hund bestehen oder nur aus einer Frau und einem Kind. Vielleicht auch aus Mann und einem Kind (ehrlich gesagt kann ich Dir gar nicht so genau sagen, ob man das dann noch als Familie bezeichnen kann).

Auf jeden Fall hat sich die Familie entschlossen, in irgendeiner der denkbaren Konstellationen zusammenzuleben. Sie gehen ein Bündnis ein und entscheiden sich sozusagen füreinander einzustehen. Darin liegt eigentlich der Kern der Sache: Die Mitglieder einer Familie fühlen sich sehr stark miteinander verbunden und übernehmen Verantwortung füreinander. Mutter und Vater, also die Eltern, übernehmen die Verantwortung für die Kinder. Die Kinder wiederum könnten die Verantwortung für den Hund übernehmen. (Das machen sie nur eine Weile, nachdem sie die Eltern überredet haben einen anzuschaffen. Danach fällt die Verantwortung für Hunde und sonstiges Getier auf die Eltern zurück). Später einmal, wenn die Kinder groß sind, kümmern sie sich vielleicht um die Eltern, wenn diese dann Hilfe benötigen.

Eine Familie gehört auch in biologischer Hinsicht zusammen. Heutzutage kann man eindeutig nachweisen, welcher Vater oder welche Mutter zu welchem Kind gehört. Diese biologische Zusammengehörigkeit ist übrigens der Grund dafür, warum Du so aussiehst wie die Mami. Eigentlich könntest Du auch so aussehen wie ich. Die Natur hat aber wohl gedacht, Mami ist hübscher und hat es gut mit Dir gemeint (?). Immerhin hast Du ja angeblich meinen überheblichen Blick geerbt.

Diese Mischung aus Verantwortung füreinander und biologischer Zusammengehörigkeit ist es, die Familien zur stärksten Einheit in unserer Gesellschaft machen. Mal angenommen ganz schlimme Dinge passieren in unserem Land, wie ein Krieg z. B., wie er in anderen Ländern manchmal ausbricht. Dann wäre es am wichtigsten für mich, Mami und Dich irgendwie in Sicherheit zu bringen, damit Euch nichts passieren kann. Dann erst würde ich versuchen andere in Sicherheit zu bringen oder ihnen zu helfen. Nicht weil mir die anderen nicht wichtig wären, sondern weil Ihr mir eben noch wichtiger seid.

Die allermeisten Menschen haben eine Familie oder zumindest Eltern, die sie sehr lieb haben. Das heißt, eigentlich sollte jeder jemanden haben, der ihm sehr wichtig ist und sich deswegen um ihn kümmert und ihn – bezogen auf das Beispiel – in Sicherheit bringt.

Nun gehen wir aber mal davon aus, alles verläuft normal und die Menschen in unserem Land sind mehr oder weniger zufrieden. Es gibt also keine schlimmen Umstände, die Menschen dazu veranlasst, um ihr eigenes Leben und um das ihrer Familie zu kämpfen. Selbst unter diesen normalen Umständen ist die Familie die stärkste Einheit in der Gesellschaft.

Nach unserem Beispiel hieße das wiederum: Ich kümmere mich darum, dass Mami und Du und meinetwegen ein Haustier, ein Dach über dem Kopf haben. Mami kümmert sich darum, dass Du etwas vernünftiges zu essen bekommst, so lange Du noch nicht weißt, wie die Mikrowelle funktioniert! Das war ein Witz, Mami hasst Mikrowellen. Auch um Deinen Kindergarten, später einmal um die Schule und um Deinen Schwimmunterricht wird sich Mami wahrscheinlich kümmern (hauptsächlich zumindest, denn schließlich will ich auch ein Mitspracherecht haben). Ich wiederum werde mein Bestes geben, damit wir immer genug Geld haben, um all das bezahlen zu können. Zudem bin ich für die gröberen Aufgaben zuständig. Ich repariere kaputtgegangene Sachen in der Wohnung, und vielleicht baue ich mal einen Hasenstall. Später einmal, wenn Du größer bist, wirst Du mir dabei helfen. Bei der Gelegenheit könnte ich Dir auch handwerkliche Dinge beibringen. Du könntest z. B. auch den Rasen mähen. Deine Mami hat bestimmt eine ganze Latte von Ideen, was Du machen könntest. Wir würden das natürlich nicht für jeden machen, sondern in erster Linie nur für uns gegenseitig, eben innerhalb der Familie.

Darüber hinaus, und das ist der viel wichtigere Teil, helfen wir uns, wenn wir Probleme haben. Wenn Du zum Beispiel Schwierigkeiten in der Schule hast oder ich schlecht drauf bin, weil mich alles in der Firma nervt und Mami, wenn sie sich so unproduktiv vorkommt, weil sie nicht mehr arbeitet. Dir soll es sehr gut gehen, darum werden wir uns kümmern und darum, dass Du viel lernst, damit Du eines Tages unsere Hilfe nicht mehr benötigst. Dafür wirst Du Dich vielleicht eines Tages, wenn Mami und ich schon zu alt sind um alles selber zu machen, um uns kümmern.

Du siehst, die Möglichkeiten, um füreinander da zu sein, sind schier unendlich. Wie in unserem Kulturkreis üblich, verlassen die Kinder einer Familie relativ früh das elterliche Heim, um sich selbständig(er) dem Leben zu stellen. De facto sieht es dann in vielen Familien so aus, dass der Sohn oder die Tochter nun nicht mehr jeden Tag mit am Tisch sitzt, sondern nur jeden zweiten, wenn nämlich der Kühlschrank in der ersten eigenen Bude oder WG leer ist! Auch sonst, wie in finanzieller Hinsicht oder bei anderen Problemchen, sind die gerade erst Ausgezogenen vielleicht jetzt öfter zu sehen als vorher. Deine Großeltern haben mir und Deinem Onkel jedenfalls oft gesagt, sie hätten den Eindruck, sie würden ihre Kinder nie »loswerden«. In anderen Ländern hingegen bleiben die Kinder so lange im Hause der Eltern, bis sie den Partner fürs Leben gefunden haben, um mit ihm ein eigenes Heim zu beziehen. Oder man bleibt gleich mit allen Generationen unter einem Dach leben, wie dies in einigen Kulturen durchaus üblich ist. Ob ich und Deine Mami das so wollten (in dem Punkt Schwiegermütter dürften Deine Mutter und ich nicht besonders scharf auf eine derartige Lösung sein), lassen wir hier einmal beiseite. Aber diese Tatsachen können Dir noch einmal verdeutlichen, wie stark das Band der Familie eigentlich ist. Viele Menschen entscheiden sich kompromisslos dafür, ein Leben lang im »Kreis ihrer Lieben« zu bleiben.

Wie gesagt, ist es uns sehr wichtig, dass es Dir gut geht bei uns. Wir kriegen das bis jetzt auch gut hin, zumindest lachst Du viel. Das war leider nicht immer so. In Deinen ersten Monaten, als Dich diese schlimmen Bauchschmerzen plagten, habe ich oftmals gedacht, Dir würde es nicht gefallen bei uns. Mir war rational natürlich klar, was für ein Unsinn mir durch den Kopf ging. Dennoch waren diese Gedanken gut dafür, um zu sehen, wie wichtig mir Dein Wohlergehen ist.

Ich wünsche mir, wir können Dir immer den Nährboden für Deine Entwicklung liefern. Es soll Dir möglich sein, Dinge auszuprobieren, so wie Du sie machen willst. Mit antiautoritärer Erziehung wird das allerdings nichts zu tun haben, da hast Du Pech. Zu Deiner Information: Ich habe bereits Autorität und Auf-den-Tisch-Hauen- geübt, als es Dich noch gar nicht gab. Einmal sogar im Restaurant, was Deiner Mami recht unangenehm war. Glücklicherweise wurden unsere Bekannten, die dabei waren, auch Eltern, und so konnte ich mit dem anderen Vater um die Wette hauen.

Wir wollen Dir immer einen Ort geben können, an den Du Dich zurückziehen und erholen kannst von Deinen Ausflügen (in näherer Zukunft führen die Dich wohl in nahegelegene Felder oder zu Freunden in der Nachbarschaft, später einmal womöglich in die Diskothek oder gar in andere Länder).

Diesem Verständnis folgend, welches ich versucht habe Dir zu skizzieren, möchten wir Dir eine gute Familie sein.

Ehrlich gesagt und ich weiß, Deine Mutter denkt genauso, macht es uns jetzt bereits traurig wenn wir uns vorstellen, dass Du uns eines Tages verlassen wirst, um Deine eigenen Wege zu suchen. Ich werde es dann wohl mit den Worten eines bekannten Liedermachers halten: » ... Kinder sind uns ja nur eine Zeit lang gelieh'n, und sie sind ja gekommen um weiter zu zieh'n«.

Aber bis dahin ist ja noch ein wenig Zeit, und ich bin mir sicher, wir werden noch unendlich viele Gelegenheiten haben unseren Familienzusammenhalt zu genießen.

4. Geschwister – Die mitunter nervigsten Menschen in Deinem Leben

Worüber ich Dir noch nichts gesagt habe, sind die anderen Kinder in der Familie. Das liegt daran, dass Sie für uns noch so fern sind. Immerhin bist Du unser Erstgeborener. Aber wer weiß, vielleicht wirst Du ja schon in gar nicht allzu ferner Zukunft der große Bruder für Dein kleines Brüder- oder Schwesterchen sein. »Leider« hast Du nun mal den Vor- bzw. Nachteil unser Erster zu sein. Ich persönlich kann Dir nicht sagen wie das ist, da ich ja, wie Du weißt, jünger als mein Bruder bin. Sicherlich gab es eine Menge Streit zwischen uns. Mehr als einmal musste ich ausbaden, was er sich in seinem Kopf ausgebrütet hatte. Mehr als einmal war ich das Versuchskaninchen oder der Schmiere-Steher. Auch in Bezug auf seine Fußballliebe, eine Vorliebe, die ich nicht teilte, war ich gutes Mittel zum Zweck. So stand ich eins ums andere Mal im Tor, wenn Elfmeterschießen geübt werden sollte. Bei dem gewaltigen Schuss, den Dein Onkel hatte, hat sich meine Liebe zum Fußball dadurch natürlich nicht verbessert. Die unserer Mutter übrigens auch nicht. Ziemlich viele ihrer Blumen mussten dran glauben, wenn ich den Ball mal wieder nicht halten konnte.

Dennoch, besonders wenn ich heute darüber nachdenke, fand ich es gut, einen großen Bruder zu haben. Dein Onkel war oft da für mich, hat mit mir gespielt (es waren natürlich meistens nicht die Spiele, die ich spielen wollte) oder weihte mich in die Geheimnisse des Fußballs ein, der eine große Rolle in seinem Leben spielte. Vor allem aber hatte er, wenn wohl ihm und mir auch nicht immer bewusst, die berühmte Vorbildsrolle eines großen Bruders. Es liegt einfach auf der Hand. Wenn man jemanden in seiner Nähe hat, der von seinen Umständen her ganz ähnlich ist (wir sind ja beide die Kinder unserer Eltern), dann ist es gut, sich an ihm zu orientieren. Man braucht nun mal nicht manche Fehler zweimal machen.

Dies gilt natürlich auch umso mehr für die Eltern. Sind sie bei dem ersten Nachwuchs noch oftmals übervorsichtig und unentspannt, so wird vieles bei den nachfolgenden Sprösslingen schon sehr viel lockerer ablaufen. In dem Fall hast Du, wie schon angedeutet, das Los der frühen Geburt gezogen. Auch Mami und ich werden mit großer Wahrscheinlichkeit mit Dir strenger sein als mit denen, die dann noch kommen mögen. Auch zeigt sich, dass im Laufe der Zeit Familien sich finanziell besser stellen. Davon würden Deine kleinen Geschwister natürlich auch mehr profitieren (wenn Du allerdings ein Einzelkind bliebest, hättest Du den ganzen Jackpot plus die ganze Aufmerksamkeit auf Deiner Seite).

Elementar sind also in einer Geschwisterbeziehung die Möglichkeiten der Erfahrungsübernahme im Fall des Jüngeren und der Verantwortungsübernahme im Fall des Älteren. So hat Dein Onkel sich z. B. rührend um mich gekümmert, als es darum ging, mich vor stärkeren Jungen zu behaupten, in der Schule mitzukommen oder später bei der Wahl von Studienfach und -ort (vielleicht hatte er auch ein bisschen ein schlechtes Gewissen für die ganzen Bälle, die er mir um die Ohren geschossen hat). Ich hoffe, ich kann ihm heute in mancherlei Hinsicht auch ein Vorbild oder zumindest die Fehler-Verhinderungs-Vorlage sein. Jetzt, wo sich der Altersunterschied faktisch ausgeglichen hat, sollte das gut möglich sein. Ich würde mich freuen, wenn Dein Onkel Dir eines Tages ein paar schöne Geschichten dazu erzählen kann.

5. Deine Großeltern – Die Boten (Deiner) Geschichte

Im weiteren Sinne gehören auch noch Deine Großeltern zur Familie und auch Deine Urgroßeltern. Auch diese sind für Dich wichtig, damit Du lernen kannst, wie sich Menschen verhalten und denken, die (viel) älter sind als Du. Sie haben ganz andere Erfahrungen gemacht und mussten sich zeitweise durch schwierige Umstände kämpfen. Kein Vergleich zu dem, was ich und Mami kennen gelernt haben. Deswegen sind sie für Dich und auch für uns so wichtig. Sie sind die Zeugen der Vergangenheit. So wie Du und ich es auch einmal sein werden. Deine Urgroßmutter kann Dir sicherlich erzählen, wie es zu der Zeit war, als in unserem Land Krieg herrschte.

Und natürlich wissen sie dementsprechend viel, was wir von ihnen lernen können. Viele Fehler, die wir heute noch machen, sind von ihnen vielleicht schon einmal gemacht worden. Die Umstände sind sicherlich nicht miteinander vergleichbar, dazu ändern sich die Zeiten zu sehr. Wenn Du jedoch die ‚alten Weisheiten‘ auf die heutigen Verhältnisse anpasst, dann stellt dieses Wissen einen ungeheuren Fundus dar. Übrigens, nicht nur das, was Du von Deinen Großeltern erfahren kannst. Das gleiche gilt für Deine Eltern (man höre und staune): Mit deren, aus Deiner Sicht manchmal verschrobenen Ansichten, wirst Du noch oft genug Deine liebe Not haben. Wie ich bereits bei den Gedanken zum Thema *Geschichte* gesagt habe, helfen Dir Deine Großeltern über Dich selbst und über Deine Herkunft zu lernen. Je nach dem, wie stark der Einfluss und die Bindung Deiner Großeltern zu Deinen Eltern war oder ist, wirst Du bestimmte Verhaltensweisen, Ansichten und Macken Deiner Eltern daraus ableiten können. Wer als nächstes in diese Kette kommt, brauche ich Dir nicht zu sagen – Du lernst also über Dich selbst.

Unheimlich spannend finde ich es persönlich wenn ich sehe, wie Deine Großmutter, also meine Mutter, mit Dir umgeht. Dann kann ich mir bildlich vorstellen, wie es vor dreiunddreißig Jahren war, als ich so alt war wie Du jetzt bist. Ich bin mir sicher, fast genauso. Und manchmal glaube ich mich erinnern zu können.

6. Menschliche Kontakte – Das Große Netz der Menschen

Freunde – Menschen die Du Dir aussuchen kannst

Alle Dinge, mein Söhnchen, die ich Dir hier mit auf Deinen Weg durchs Leben geben möchte, sind von Bedeutung. Das jetzt Folgende ist es in Bezug auf das menschliche Miteinander. Es dreht sich um menschliche Beziehungen. Und zwar um die, die Du selbst beeinflussen kannst und die Dir nicht von Anfang an gegeben sind, wie Mami und ich, Deine Großeltern und vielleicht eines Tages Deine Geschwister.

Es sind die Beziehungen, die man *Freundschaften* nennt. Du wirst eine Menge Bekanntschaften in Deinem Leben machen. Ein paar hast Du bereits schon gemacht. Das ist Dir noch nicht bewusst, weil Du erst ein paar Monate auf der Welt bist. Aber wer weiß, ob etwa der kleine Leo oder die kleine Mieke nicht zu guten Freunden von Dir werden. Du musst Dir das nur einmal vergegenwärtigen. Du kommst völlig allein auf die Welt. Dann lernst Du Deine Eltern und danach den Rest der Familie kennen. Und dann kommt lange Zeit nichts. Wenn ich so recht darüber nachdenke, bist Du es dann fortan selber, der sich die Menschen aussucht, die Dich auf Deinem weiteren Lebensweg begleiten sollen. Deine Mutter und ich können Dir vielleicht noch die ersten zwei Jahre irgendeinen Spielkameraden buchstäblich in die Sandkiste setzen. Ob Du dann jedoch mit ihm oder ihr auch weiterhin zusammen spielen willst, entscheidest Du und natürlich auch der oder die andere. Deswegen heißt es ja (freundschaftliche) *Beziehung*, weil nun einmal zwei dazu gehören. Man bezieht sich gegenseitig aufeinander. Freundschaften werden Dich vor Einsamkeit schützen. Und Einsamkeit kann etwas sehr schlimmes sein, Menschen können krank davon werden. Irgendwo ist jeder Mensch ein »Herdentier«. Er ist bis zu einem gewissen Grad von den Menschen in seinem Umfeld abhängig, und sie vermitteln ihm das Gefühl der Zugehörigkeit. Menschen brauchen dieses Gefühl, seien sie auch noch so große Individualisten.

Freunde sind dazu da, Dir zu helfen. Mit Dir viele schöne Dinge zu erleben, aber auch weniger schöne. Mit einem Freund – ich meine weibliche wie auch männliche Freunde – kann man sozusagen an einer gemeinsamen Zukunft bauen und diese kann ein Leben lang andauern. Sie werden da sein, wenn Dein Lieblingsspielzeug zerbrochen ist und Dir ihres anbieten. Sie werden mit Dir ihr letztes Schulbrot teilen. Sie werden sich Dein Leid anhören, wenn Du Dich von Deiner ersten Freundin getrennt hast und mit Dir auf Deinen ersten Job anstoßen.

Von Freunden bekommt man aber nicht nur etwas. Für die Freundschaft, die sie einem geben, gibt man auch viel. Manchmal gibt man bereitwillig mehr, als man bekommt. Freundschaft muss in jedem Fall etwas wechselseitiges sein, sonst verkümmert sie auf Dauer.

Ich kann Dir nicht sagen, wie Du die besten Freunde für Dich finden kannst. Ich kenne Dich dafür noch zu wenig und es kommt auf Dich an, wer zu Dir passt. Ich hoffe, wir können Dir als Eltern stets einen Rahmen bieten, in dem Du tiefe und dauerhafte Freundschaften aufbauen kannst. Ich habe schon einige Menschen kennen gelernt, die in einem weniger stabilen Umfeld aufgewachsen sind. Deren Kindheit beispielsweise durch viele Umzüge geprägt wurde, bedingt durch den Beruf des Vaters oder gar beider Elternteile. Zwar haben sich diese Kinder auch zu gebildeten, erfolgreichen und sehr weltgewandten Menschen entwickelt. Irgendwie hatte ich aber trotzdem den Eindruck, ihnen sei einiges verlorengegangen auf dem Weg dorthin. Im Gespräch stellte sich dann heraus, dass sie nie Zeit hatten richtige Freunde zu finden oder noch schlimmer, sie dann zu behalten.

Ich bin jedenfalls schon sehr gespannt wie es sein wird, wenn Du das erste Mal Spielkameraden bei uns zu Hause hast. Wie wird wohl das Chaos aussehen in unserer Wohnung? Wie viele Streits um ein Spielzeug wird Deine Mutter wohl zwischen Euch schlichten müssen und welche Spiele werden wir an Deinem ersten gefeierten Geburtstag wohl spielen? Aber vor allem: Wer werden wohl die von Dir ausgesuchten kleinen Menschen sein, mit denen Du an Deiner Zukunft bauen willst.

Bekannte – Menschen die Dir über den Weg laufen

Eine andere Form der menschlichen Beziehung, sozusagen als eine schwächere Form der Freundschaft, ist die *Bekanntschaft*. Dies sind Menschen, die Du aufgrund irgendeines Umstandes kennen lernst, die Dir also quasi über den Weg laufen. Bekannte kann man sich nur bedingt aussuchen, weil man viele Bekanntschaften zufällig oder getrieben durch andere macht. Wohl aber kannst Du bestimmen, ob Du die Bekanntschaft pflegst oder sogar vertiefst, so dass sich daraus eine richtige Freundschaft entwickeln kann. Ich glaube es macht Sinn, die Bekanntschaften in bestimmte Qualitäten einzustufen. So gibt es flüchtige, bessere und sehr gute Bekannte. Bekannte können sehr nützlich sein im Leben. Im Gegensatz zu Freundschaften müssen sie nicht immer auf Gegenseitigkeit beruhen. Verstehe mich bitte nicht falsch; Du sollst auch Bekannte nicht ausnutzen, sie also nur für Deinen persönlichen Nutzen haben. Vielmehr bist Du Teil eines Gesamtnetzes, in dem auch Du wiederum nur einseitig etwas geben kannst. Stell Dir mal vor, wie viele Menschen Dir in Deinem Leben über den Weg laufen werden. Das müssen Hunderttausende sein. Einen Ausschnitt davon, und das sind bestimmt weit über tausend Personen, werden möglicherweise zu Deinen Bekannten, weil Du mal ein paar Worte mit ihnen gewechselt hast und Dich an ihren Namen oder ihr Aussehen erinnerst. Jeder von Deinen Bekannten hat für sich gesehen auch mindestens einige hundert Bekannte etc. Theoretisch und etwas überzogen sind wir somit alle eine große Familie. Bekannte sind daher wichtig, um sich gut in die Gesellschaft zu integrieren und sich mit ihr zu vernetzen. Auch ein Baum muss, nachdem man ihn gepflanzt hat, zunächst einmal Wurzeln schlagen. Er ist zwar auch vorher gesund und munter. Er wird aber erst mit seinem Wurzelschlagen fester Bestandteil des Gartens. So ist es auch bei uns Menschen, wenn wir ein Teil der Gesellschaft werden. Nur in den Erinnerungen unserer Mitmenschen (unserer Freunde, Bekannten und Familie) entwickeln wir uns zu einem Menschen in der Gesellschaft.

Etwas pragmatischer gesehen bringen Bekannte eine Vielzahl von handfesten Vorteilen für Dich und umgekehrt Du für sie. Ein einfaches Beispiel. Stell Dir einmal vor, Du sammelst Einklebebilder. Möglicherweise ist das gar nicht mehr »en vogue«, wenn Du in dem Alter bist wann man so etwas macht. Das macht aber nichts, ich erkläre es Dir, wenn die Zeit gekommen ist. Du hast also Deine Sammlung von Einklebebildern in einem Heft fast komplett. Lediglich zwei Bilder fehlen Dir noch. Du hast schon in der Klasse gehört, dass diese Dir fehlenden Bilder besonders selten sind. Mit einem Schulfreund unterhältst Du Dich fast täglich über das Fortschreiten Eurer

Sammlung. Als Du ihm sagst, welche zwei fehlende Bilder Dir zu schaffen machen, fällt ihm ein, dass der Bruder eines Freundes sogar jeweils zwei davon hat. Am nächsten Tag kommt Dein Schulkamerad mit einer guten Nachricht zu Dir. Der Bruder seines Freundes hat tatsächlich die fehlenden Bilder und Du kannst Sie gern haben. Allerdings fehlen ihm sogar noch vier Bilder zu seiner Sammlung. Er lässt Dich fragen, ob Du sie ihm nicht besorgen könntest. Das kannst Du, weil Du alle vier z. T. sogar doppelt hast.

Du siehst, so einfach ist das. Über Bekannte, in diesem Fall der Schulkamerad und dann wieder über dessen Bekannte, bist Du an die fehlenden Bilder gekommen. Du konntest sogar dem nun fernen Bekannten helfen. So geht das theoretisch immer weiter im Leben. Ob Du einen Experten für ein Schulfach suchst, in dem Du nicht so gut bist und etwas Hilfe gebrauchen kannst oder ob Du zu Partys mitgenommen wirst, bei denen Du gar nicht den Gastgeber kennst. Vielleicht helfen sie Dir in einer Verkupplungsaktion die Bekanntschaft eines netten Mädchens zu machen. Später einmal im Job kann es aufgrund solcher Netzwerke um ‚Leben und Tod' gehen, wenn nämlich die Frage zu klären ist, wer einen begehrten Job bekommt und wer nicht. Das ist dann oft der, der die »besseren« Bekannten hat, die, die also mehr Einfluss auf die Entscheidungsfindung für die zu besetzende Stelle haben.

Menschliche Beziehungen, seien es Freunde, Familie oder Bekannte sind absolut wichtig, mein Sohn. Vielleicht sind sie das Wichtigste überhaupt. Sie sind es, die Dich in Phasen tiefster Verzweiflung ein Stück wieder aufbauen, um neue Kraft zu finden. Sie sind es, mit denen Du gute Phasen im Leben teilen kannst, die dadurch noch schöner werden. Mit etwas Menschenkenntnis, offenen Augen und Ohren und mit Deinem Herzen wirst Du herausfinden wer zu Dir passt und wen Du einlädst, an Deinem Leben teilzuhaben.

Instinktiv dürfte Dir dabei klar sein, dass Du Beziehungen, insbesondere Deine Freunde, pflegen musst. Wie eine Pflanze, die Dir tagtäglich Freude schenkt, wenn Du sie gießt und Dich darum kümmerst, dass sie genug Licht hat. Manchmal geht es der Pflanze nicht gut und Du musst ihr vielleicht einen speziellen Dünger geben oder sie behutsam zurückschneiden. So ist es auch mit Freunden, Deiner Familie und im geringeren Maße mit Bekannten. Sie müssen wissen, wie wichtig sie Dir sind und dass Du für sie da bist. Dann werden sie es Dir erwidern.

So wirst Du auch lernen wer es gut mit Dir meint, oder wer Dich doch vielleicht nur ausnutzen will bzw. wem Deine Freund- oder Bekanntschaft nicht die Mühe wert ist. Du wirst sehen, für wen Du wichtig bist oder wem Du helfen kannst. Auch wenn derjenige vielleicht nicht zu Deinen bevorzugten Beziehungen gehört, tut es demjenigen gut, wenn Du ihm hilfst und das tut auch Dir gut.

7. *Partner – Die große Herausforderung*

Wir kommen jetzt zu einem Thema unserer Zivilisation, das soviel Beachtung in der Geschichte der Menschheit gefunden hat wie kaum ein anderes. Es geht um die *Beziehung und Partnerschaft von Mann und Frau.*

Überall begegnet Dir dieses Thema. Ob in der Musik, der Literatur, der Werbung oder im Film. Keines dieser Vehikel der menschlichen Kultur käme wohl lange ohne Liebe und Partnerschaft aus, ohne uninteressant zu werden. Wird »die doofe Knutscherei« in jungen Jahren, z. B. im Fernsehen, noch mit einem »sind die immer noch nicht fertig« begleitet, so wird sie Dich doch zunehmend mehr interessieren. Das wird sogar dramatische Auswüchse annehmen. Und es wird eine Zeit in Deinem Leben kommen (so in 12 bis 14 Jahren fängt sie an), wenn Du für nichts anderes Platz in Deinem Kopf zu haben scheinst, als für das andere Geschlecht. In dieser Zeit wirst Du vieles, was Dich vorher ziemlich genervt hat, mit anderen Augen sehen. Vieles wird zu Deinem Verständnis auf einmal viel mehr Sinn ergeben. Auch werden Mami und ich in manchen Situationen vielleicht auf mehr Verständnis von Dir stoßen, wenn Du verstehst, dass ein Mann und eine Frau gern mal allein sein möchten.

Du solltest niemals unterschätzen, welche Macht die Zuneigung und die Sexualität zwischen Mann und Frau auf dieser Welt haben. Ein internationaler Popsänger hat einmal gesagt, »Sex« (sozusagen der Gipfel der Zuneigung zwischen Mann und Frau, wenn auch biologisch veranlasst) »...sei der Motor unserer menschlichen Zivilisation«. Dies würde bedeuten, ohne Sex zwischen Mann und Frau käme vielleicht alles zum Erliegen. Im Großen und Ganzen kann man anhand dieser Aussage zumindest erahnen, welche überragende Rolle diese Art der Bindung zwischen Mann und Frau spielt.

Ich erkläre Dir dieses übrigens bewusst nicht mit dem Phänomen der »Liebe«. Liebe, wie wir gesehen haben, entsteht nach meinem Verständnis nicht nur zwischen Mann und Frau, sondern ist in jedem Menschen zu finden, auch wenn er keinen Partner hat. Sicher wirst Du schon bald meine Worte richtig wahrnehmen und deuten, wenn ich sage »Papi hat Dich lieb« obwohl wir doch Vater und Sohn sind.

Lass mich Dir veranschaulichen, welche große Macht die Zuneigung zwischen Mann und Frau hat. Es ist ein recht einfaches Beispiel und doch so überragend: Du!, mein Kleiner, wurdest dadurch erschaffen, dass Mami und ich füreinander empfinden. Erst als wir das wussten und uns entschieden hatten viel Zeit miteinander zu verbringen, uns einfach einander vertrauten, konnten wir auch die Verantwortung eingehen, Dich zu bekommen. Und welche Verantwortung das bedeutet, das wird mir immer stärker bewusst.

Bis Du dies alles nachvollziehen kannst, dauert es wohl noch so lange, bis Du mir schließlich über den Kopf gewachsen bist.

Nicht mehr so lange wird es dauern, bis Du vielleicht das erste Mal anfängst Dich für die kleinen Mädchen in der Schule oder in Deinem Freundeskreis zu interessieren.

Ich erinnere mich gut. Es war in der zweiten Klasse, also ca. im Alter von acht Jahren, als ich das erste mal Arm in Arm mit einem Mädchen die berühmten ‚Runden über den Schulhof‘ drehte. Wenn ich so recht darüber nachdenke, muss es einen ziemlichen Eindruck bei mir hinterlassen haben, sonst könnte ich mich nicht mehr daran erinnern. Die anderen in meiner Klasse fanden das ziemlich doof und machten sich lustig. Bestimmt wird auch heute noch der Hänsel-Spruch »Ei, Ei, Ei, was seh’ ich da – ein verliebtes Ehepaar« durch Klassen und über Schulhöfe schallen. Mir war das fast gleichgültig. Irgendwie fühlte sich das nahe Zusammensein mit meiner Mitschülerin natürlich und gut an. Das Ganze hatte nicht sehr lange Bestand. Wenn ich mich recht besinne, kaum mehr als zwei oder drei Tage. Von da an beschränkten wir uns darauf, die Zeit spielend im Garten ihres Elternhauses zu verbringen. Die zweite »Beziehung« dieser Art ließ dann zwei Jahre auf sich warten. Auch mit dieser verbinde ich noch lebhafte Bilder. Es war beim Übergang von der Grundschule in die fünfte Klasse. Ich hatte schon lange ein Auge auf ein Mädchen in meiner Klasse geworfen, und auch von ihr wusste ich, dass sich mich »nett« fand. Wir feierten eine Art Abschied mit der gesamten Klasse im Haus eines Klassenkameraden. Nach einem Nachmittag mit Spielen und Herumtoben, saßen wir am frühen Abend noch zusammen und schauten einen Videofilm. Das war damals übrigens eine Sensation, da Video-Geräte gerade erst auf den Markt kamen und horrend teuer waren. Meine »Ausgesuchte« und ich saßen dabei eng nebeneinander auf einem Sessel zusammen. Im Laufe der Zeit rückten wir noch näher aneinander und schließlich schlossen wir uns fest in die Arme. Wenn es mit Worten zu beschreiben wäre, dann könnte ich Dir heute noch genau das Gefühl der Zuneigung erklären, welches ich dabei empfand. Das war eigentlich meine richtige erste Erfahrung mit dem Gefühl, was sich zwischen Mann und Frau entwickeln kann.

Vor einigen Jahren ist mir ein Foto von genau eben dieser Szene in die Hände gefallen. Es wirkte (aus dieser Außenansicht) schon befremdlich auf mich. Und doch waren diese lebhaften Erinnerungen sofort wieder präsent. Mit diesem Mädchen bin ich noch öfters in den folgenden Jahren »zusammengekommen«, wir »gingen-« also mehrmals »miteinander«. Das letzte mal im Alter von 13. Wir sahen uns 13 Jahre später auf einem Klassentreffen wieder. Sie hatte sich auch gleich neben mich gesetzt. Glaube es oder nicht, wir haben uns wieder so gut verstanden, wie diese beträchtliche Zeit vorher. Ich glaubte sogar wieder eine Art »Knistern« zwischen uns zu spüren. Es stellte sich damals heraus, dass wir aufgrund der verschiedenen Lebensvorstellungen niemals wieder gut zusammenpassen würden, was auch gar nicht in Frage gekommen wäre. Dennoch war es für uns beide interessant zu spüren, wie sich die Kraft unserer Beziehung aus Kindertagen erhalten hatte. Wir sprachen viel an jenem Abend des Klassentreffens, und ich erfuhr noch so manch kleines Geheimnis von meiner Freundin aus der Grundschule.

Ich habe hier für Dich etwas ausgeholt, um Dir zu zeigen, welche Zeit und Umstände das Gefühl zwischen zwei Menschen überdauern kann. Ich würde mir wünschen, dass Du Deinen Kindern eines Tages ähnliche Anekdoten erzählen kannst. So manch einer hat schon in diesem frühen Alter seine spätere »Liebe fürs Leben« kennen gelernt, die sich dann viele Jahre später auf Umwegen wiedergefunden hat.

Nach diesen ersten zarten Gehversuchen in die Welt des weiblichen Geschlechts, wird irgendwann die vorhin erwähnte »Wilde Zeit« beginnen. Solche Sprüche wie, »Mädchen sind doof«, werden aus Deinem Kopf verschwinden. Stattdessen wird alles für Dich was mit dem breiten Themenfeld ‚Mädchen' zu tun hat, zunehmend interessanter, ja regelrecht zum Mittelpunkt Deines Interesses, werden. Ich weiß noch genau, wie ich in der sechsten oder siebten Klasse fast täglich im Supermarkt stand, um einschlägige Mädchenzeitschriften zu verschlingen. Die Logik dahinter war einfach. Nur wenn Du informiert bist was Mädchen interessiert, ihre Probleme und Vorlieben kennst, kannst Du Pluspunkte machen, indem Du genau darauf eingehst. Ich kann Dir leider nicht sagen, ob sich dies in messbarem Erfolg niederschlug, aber es vermittelte ein gewisses Gefühl der Sicherheit. Zudem konnte ich so gegenüber den Kumpels auftrumpfen, da ich mich als wahrer Mädchenkenner positionieren konnte.

Nicht für wenige Jungen meines Alters dürfte das stark anwachsende Interesse für Mädchen in eine regelrechte Besessenheit geführt haben. Gedanken und Gespräche drehten sich fast ausschließlich darum. Wer hat schon welche »Erfahrungen« mit wem gemacht, oder wie »weit« die Susi aus der Klasse schon »gehen« würde, oder wer bei wem »unter'm Pulli« war, waren die alles bestimmenden Themen. Ich muss Dich enttäuschen Söhnchen, ich werde an dieser Stelle nicht in Details gehen.

Nach den Jahren des mühsamen Theorie-Sammelns und den ersten schüchternen Erfahrungen, (wobei man sagen muss, dass diese natürlich, je nach Person, variierten. Dein Vater würde sich im Nachhinein als ‚gutes Mittelfeld' bezeichnen) bahnten sich so im Alter von 15 Jahren die ersten richtigen Beziehungen an. Man sprach damals auch schon selbstbewusst von »der Beziehung«. Zwar mutete es einem noch ein wenig so an, als wenn man beim Psychologen auf der Couch läge, aber der Ausdruck »Ich gehe jetzt mit...« erschien uns immer kindischer.

Plötzlich konnte Dein Vater feststellen was es bedeutete, eine Beziehung zu haben oder besser ‚zu führen'. Es ging nicht mehr um flüchtige Erlebnisse und schöne Augenblicke mit dem anderen Geschlecht. Nach einer Phase von Schmetterlingen im Bauch stellst Du nämlich unweigerlich fest, wie sehr eine funktionierende Partnerschaft auch wirklich harte Arbeit ist.

Weißt Du, Mann und Frau passen eigentlich nicht besonders gut zusammen. Sie sehen nicht nur unterschiedlich aus und verhalten sich in bestimmten Situationen völlig anders. Sie denken und empfinden auch unterschiedlich. Gerade das macht ja zum großen Teil den Reiz an dem anderen Geschlecht aus – das seltsam Fremdartige (das hat allerdings nichts mit der alten Binsenweisheit »Gegensätze ziehen sich an« zu tun. Dies ist aus meiner Sicht ziemlicher Unsinn; zumindest auf lange Sicht). Dies kann Dir aber nur bewusst werden und Du kannst diese Verhaltens- und Denkmuster nur erlernen, wenn Du Dich längerfristig und intensiv mit einer Auserwählten beschäftigst. Daher sind (längerfristige) Beziehungen so wichtig. Lasse Dich nie täuschen. Möglicherweise bist Du einmal in der Situation, nicht so recht bei den Frauen ‚an-zu-kommen'. Du hast den Eindruck, in Deinem Umfeld gibt es ‚tolle Hechte', die alle zwei Wochen eine andere haben. Das muss nicht unweigerlich heißen, die »Hechte« kennen sich auch gut aus mit Frauen, zumindest in allen ihren Facetten. Oftmals ist gerade das Gegenteil der Fall, und ihr Wissen beschränkt sich halt nur auf die sexuelle Komponente. Aber selbst diese Erfahrungen werden dann von einer Oberflächlichkeit geprägt sein (das soll nicht heißen, das kurzfristige sexuelle Abenteuer grundsätzlich schlecht sind). Nimm Dir also die Zeit, Deine Partnerin gut kennen-, mögen- oder gar lieben zu *lernen*. Es ist nämlich tatsächlich ein Lernen, ein fortwährender Prozess des Besserwerdens, aber auch der Rückschläge.

In dieser Zeit (so ca. zwischen 15 und 25) wirst Du vielleicht in eine unglückliche Situation geraten. Vielleicht lernst Du ein wirklich nettes Mädchen kennen, in das Du Dich sogar ‚unsterblich' verliebst. Ihr seid glücklich und lasst Euch auf eine erste langfristige und intensive Beziehung ein. Allerdings hört das Leben da draußen, außerhalb Eurer kleinen schönen Welt, nicht auf. Aber auch diese Welt da draußen ist wichtig für die Entwicklung eines jeden Menschen und macht ungeheuer Spaß. Du fühlst Dich also hin und her gerissen und weißt nicht recht, wie Du Deine Prioritäten setzen sollst. Ich spreche aus Erfahrung, denn genauso habe ich es Anfang 20 erlebt. Ich und meine damalige Freundin hatten uns vielleicht zu sehr abgeschottet. Darüber hinaus war das letzte Jahr unserer zweieinhalbjährigen Zeit von Streit und Kampf geprägt, so dass es dann auch nicht mehr sehr schön, wenn auch lehrreich war. Ich kann Dir keinen pauschalen Rat geben, wie stark Du Dich bereits in frühen Jahren binden solltest. Viele Bekannte und Freunde bestätigten jedoch immer den gleichen Eindruck den ich habe: Wenn man zu jung zusammen kommt (ca. unter 25 Jahren) ist die Wahrscheinlichkeit recht hoch, dass die Beziehung nicht ein Leben hält. Zum einen hat man das subjektive Gefühl, noch nicht genug erlebt zu haben, sich noch nicht genug ‚die Hörner abgestoßen‘ zu haben. Und das gilt auch für Frauen! Zum anderen entwickelt man sich in dieser Zeit noch zu stark. Man kann zu einem frühen Zeitpunkt noch nicht genau wissen, welcher Typ Mann oder Frau zu einem passt und was einem wichtig ist an einem Partner.

Stell Dir vor, Du lernst ein tolles Mädchen, nennen wir sie Nina, im Alter von sagen wir 17 Jahren auf Deiner Schule kennen. Ihr versteht Euch sehr gut und verbringt viel Zeit miteinander. Nach der Schule macht sie eine Lehre und Du gehst studieren in der gleichen Stadt. Durch Dein neues Umfeld triffst Du eine Menge neuer Leute und bist viel auf Parties, zu denen Deine Freundin natürlich auch eingeladen wird, unterwegs. Sie hat jedoch oft keine Lust mitzukommen, da es immer sehr spät wird und sie früh am nächsten Tag für die Arbeit aufstehen muss. Es macht Dir nichts aus und Ihr einigt Euch darauf, dass Du allein ausgehst, wann immer Dir danach ist.

Zwei Jahre später, nach dem Grundstudium, möchtest Du auf eine für Deine Schwerpunkte bessere Uni, weg von Deiner Heimatstadt, wechseln. Nina ist bereits mit der Ausbildung fertig und hat einen guten Job in ihrem Ausbildungsbetrieb bekommen. Sie kann sich nicht vorstellen in eine andere Stadt zu gehen, und auch ihre Eltern raten ihr ab davon. Sie sagen, es sei zu unsicher, ob Nina auch einen ähnlich guten Job in der neuen Stadt finden würde. Du ahnst natürlich, dass sie ihre Tochter nicht weglassen und sie lieber um sich haben wollen. Nina versteht jedoch, dass es für Dich wichtig ist und Ihr entscheidet Euch, es mit einer Beziehung über Distanz zu versuchen. Nach ca. einem halben Jahr müsst Ihr jedoch feststellen, wir sehr Ihr Euch auseinandergelebt habt und wie teuer die Pendelei geworden ist. Nach einer schmerzlichen Aussprache entschließt Ihr Euch zur Trennung. Du gehst danach Deinen eigenen Weg und entscheidest nur noch für Dich allein. Deiner Laufbahn wird dies wahrscheinlich recht förderlich sein. Womöglich stellst Du aber später fest, dass Du den Partner des Lebens hast ziehen lassen....

Es ist faszinierend, wenn Du ein wenig über die Zufälle des Lebens nachdenkst. Kleinigkeiten, wie ein verpasster Bus, können dem Verlauf des Lebens eine völlig neue Wendung geben.

Die Geschichte kann aber auch ein anderes Ende haben: Nina macht Dir klar, sie habe überhaupt keine Lust Eure Heimatstadt zu verlassen. Sie kann auch nicht verstehen, was an der anderen Uni so viel besser sein soll und warum Du nicht einfach Dein Studium so fortführst wie bisher. Daraufhin entschließt Du Dich weiterhin die gleiche Uni zu besuchen, damit Ihr zusammenbleiben könnt. Es kommt wie Du befürchtet hattest: Du merkst wie ein Freund von Dir, der auf eben Deine Wunsch-Uni gewechselt ist, viel mehr Möglichkeiten im Studium hat und besser gefördert wird. Auch die Teilnahme an einem Auslandsprogramm ist kein Problem, was bei Dir nicht ohne weiteres möglich ist. Es frustriert Dich, aber Hauptsache Nina und Du bleibt zusammen, sagst Du Dir. Nach einigen Jahren, Du hast zwischenzeitlich angefangen zu arbeiten bei einer Firma in Eurer Stadt, heiratet Ihr. Nina arbeitet immer noch bei ihrer Firma. Sie ist zwar nicht sonderlich zufrieden, scheut sich aber eine neue Stelle zu suchen, weil sie Angst vor Veränderung hat. Das findest Du ziemlich langweilig. Aber eigentlich bist Du froh, wenn Du Deine Ruhe hast, da Du einen neuen Sport für Dich entdeckt hast, der viel Zeit in Anspruch nimmt. Nach weiteren zwei Jahren, Du bist mittlerweile 30, lernst Du eine hübsche Frau auf der Feier einer Kollegin kennen. Nina ist wieder nicht dabei. Du findest die Dame sehr interessant. Sie kommt aus einer anderen Stadt, ist sehr sportlich und recht erfolgreich im Beruf. Sie kann sich gut vorstellen auch mal einige Zeit im Ausland zu leben und möchte eines Tages unbedingt Kinder. Aus Interesse wird Faszination. Bei einem heimlichen Rendezvous verknallst Du Dich schließlich gehörig in die Dame. Zwei Wochen plagt Dich ein schlechtes Gewissen und Du hältst es nicht mehr aus. Du gestehst Nina die ganze Geschichte. Du erklärst ihr, wie Dir mittlerweile klargeworden ist, dass Ihr nicht (mehr) zusammen passt, und Du hättest Dir Dein Leben anders vorgestellt....

Ich hoffe, Dich macht meine Geschichte nicht traurig. Aber glaube mir, derartige Fälle sind nicht selten und ich habe schon einige solcher Geschichten gehört. Der eigentliche Kern ist simpel. Wie bei allem im Leben muss man es erst lernen, um gute Leistung bringen zu können. Übersetzt heißt das: Wie kann ich schon in jungen Jahren wissen, welcher Partner für mich der richtige ist, wenn ich mich und mein Umfeld sich ständig verändert? Hat mein Partner in 10 oder 20 Jahren noch die gleiche Anziehung auf mich, und haben wir noch die gleichen Interessen (wenn wir sie überhaupt haben)? Es gibt keine richtige und verlässliche Antwort. Es kann Dir niemand sagen. Wie erwähnt, kannst Du nur versuchen, aufgrund vieler Erfahrungen, angesammelter Eindrücke und Gefühle, Dir ein Bild zu machen. Du musst lernen Dich und Deinen Partner einzuschätzen, um dann die richtigen Schritte daraus abzuleiten. Das mag jetzt sehr unromantisch klingen. Zu oft sind Menschen jedoch beim Vertrauen auf die (hoffentlich immer anhaltende) Romantik enttäuscht worden. »Je später also desto besser« würde demzufolge die Devise heißen, um eine möglichst befriedigende und daher haltbare Beziehung einzugehen. Sicherlich könntest Du das daraus jetzt schlussfolgern. Nur, wer möchte sein ganzes Leben abwägen, welcher der richtige Partner ist? Das Leben ist wahrlich zu kurz dafür. Es bleibt immer ein Risiko. So ist das Leben und sonst wäre es langweilig.

Du wirst Dich womöglich eines Tages fragen, warum die Großeltern Deiner Freunde oder gar die Paare, die noch früher lebten, dann immer ein ganzes Leben lang zusammen sein konnten, obwohl sie doch oft sehr jung sogar gleich geheiratet haben? Auch sie wussten nicht worauf sie sich in einer Partnerschaft einließen; je früher desto weniger. Aber ich glaube man darf annehmen, dass die Menschen damals einfach ,leidensfähiger' und die Zeiten härter waren. Es ging nicht immer darum, ob man letztendlich die Erfüllung in seiner Partnerschaft fand. Vielmehr musste man zusehen ein Dach über dem Kopf und etwas auf dem Teller zu haben. Man musste sich buchstäblich auf den anderen verlassen können und sich mit ihm zusammenraufen. Später, als diese harten Zeiten vorüber waren, waren es die moralischen Grundvorstellungen, die sie zusammen hielten. Sie sorgten dafür, dass es sich nicht gehörte, sich von seinem Partner zu trennen bzw. Single zu sein. Für Frauen war es noch viel schwieriger als für Männer. Der Druck des sozialen Umfelds variierte zudem mit der Umgebung. Auf dem Dorf war er schlimmer als in der Stadt. Es gab Dörfer aus denen man besser wegzog, um sich nicht den Zorn der anderen Bewohner zuzuziehen. In der Stadt bekam man allerdings als Single (wobei man auch als Paar verheiratet sein musste) nicht so leicht eine Wohnung, weil man pauschal als unmoralisch abgestempelt wurde. Die Zeiten waren dementsprechend. Heute ist das nicht mehr so. Die Menschen sind weniger kompromissbereit und wahrscheinlich ehrlicher zu sich selbst und zu ihren Partnern wenn sie merken, dass ihre Beziehung in die falsche Richtung geht. Mit Sicherheit sind sie auch egoistischer. Letztendlich stehen oft das eigene Wohlergehen und der eigene Vorteil im Vordergrund der Beziehung. Das kann natürlich dazu führen, dass man sich gar nicht mehr festlegen mag auf eine Partnerschaft oder zu früh aus ihr aussteigt. Auch dann, wenn durchbeißen das Richtige gewesen wäre. So gibt es viele Menschen denen das Schicksal beschert ist, einfach nicht den passenden Partner zu finden. Ab einem gewissen Alter kann man feststellen, dass die Kompromissbereitschaft wieder ansteigt, weil einem bewusst wird, dass die eigene Zeit endlich ist. Mann und Frau sind auf einmal im größeren Maße bereit Abstriche zu machen. Dies muss nicht schlecht sein. Sie wissen mit den vielen Erfahrungen dann umso besser, mit welchen negativen Punkten an einem potentiellen Partner sie gut leben können.

Die Sache mit der Partnersuche hört sich mit Sicherheit recht schwierig für Dich an. Selbst wenn man ihn gefunden hat, ist es nicht leicht die Partnerschaft auf Dauer befriedigend für beide zu gestalten. Ich kann Dich in diesem Punkt leider nur teilweise beruhigen. Den Menschen zu finden, mit dem man auf unbestimmte Zeit sein Leben zusammen verbringen möchte, ist in der Tat sehr schwierig und oftmals mit Glück verbunden. Ein Freund von mir sagte einmal, für ihn sei es das Schwierigste überhaupt. Das lag nicht daran, wie Du vielleicht denken magst, dass er kein attraktiver und intelligenter Mensch ist. Es ist nun mal die große Suche unseres Lebens. Einen guten Rat, auch wenn er zunächst viel Überwindung kostet, möchte ich Dir an dieser Stelle geben: Menschen scheinen sich schon recht früh (also dann, wenn sie anfangen richtig auf die Suche nach einem Partner zu gehen) ein Idealbild von ihrem ‚Traumpartner' zu machen, was sie dann in ihrem Innern mit sich herumtragen. Ebenfalls werden wir vielleicht noch früher feststellen, dass wir eine Vorliebe für bestimmte Äußerlichkeiten oder Charakterzüge bei dem anderen haben. So geschieht es bewusst wie unbewusst, dass wir bei Menschen (möglicherweise potentiellen Partnern), die uns begegnen, einen Abgleich mit eben diesem Idealbild oder den Vorlieben machen. Es geschieht nicht oft, aber oft genug im Leben, dass einem aus heiterem Himmel jemand über den Weg läuft, der in der Kürze des Augenblicks recht gut auf dieses Abgleichsmuster passt. Man mag nun über Schicksal, Eingebung oder Ähnliches als Faktoren philosophieren, ob man den- oder diejenige dann auch näher kennen lernt. Tatsache aber ist: Wer nicht wagt der nicht gewinnt. Menschen oder in Deinem Fall Frauen, sind oft träge oder schüchtern (Du bist da keine Ausnahme, jedoch auf den Grad der Ausprägung kommt es an). Selten sind sie jedoch so desinteressiert, dass sie nicht zumindest ein paar nette Worte mit Dir wechseln würden. Ich möchte Dich ermuntern, diese Augenblicke der zufälligen Begegnung so gut für Dich zu nutzen, wie Du nur kannst oder wie es Dein Mut zulässt. Denn zum spontanen Auf-Jemanden-Zugehen gehört Mut. Nur wenn Du diesen Schritt wagst, gleichgültig zu welchem Ergebnis er führt, kannst Du Dir nicht vorwerfen, nicht wenigstens die Gelegenheit genutzt zu haben. Du hast versucht dem Schicksal auf die Sprünge zu helfen. Wenn es sich dann gegen Dich entscheidet, lag es nicht an Dir (womöglich war es zu Deinem Besten!?)

Auch wirst Du vielleicht an den Punkt in Deinem Leben kommen, wenn Du der Suche überdrüssig bist. Wenn Du vielleicht nach einigen Enttäuschungen zu dem Entschluss gelangst, es sei vielleicht nicht das schlechteste das Leben allein, ohne feste Bindung zu bestreiten. Es mag solche Menschen geben, die dieses Modell leben und damit gut zurecht kommen. Aber viele von ihnen wünschen sich insgeheim dann doch einen Partner, der einfach immer für sie da ist. Ich glaube es ist gut und richtig, längere Phasen im Leben allein zu sein. Nur sie können Dir unbeschwerte Freiheit geben mit dem Gefühl echter Unabhängigkeit. Auch nur durch sie wirst Du erfahren, wie sehr Dich die Magie der Zweisamkeit dann doch gefangen nimmt.

Du wirst mich natürlich jetzt fragen wollen, wie denn der Mann, oder zunächst einmal der Junge sein muss, den eine Frau oder ein Mädchen sich wünscht? Neben dem Geheimnis der Partnersuche, ist auch diese Frage wohl eine der schwierigsten, die Man(n) sich heute beantworten muss. Die gute Nachricht ist, es gibt keinen Idealtyp, den die Frauen suchen. Wie wir gesehen hatten, funktionieren alle Frauen mehr oder weniger nach dem gleichen Grundmuster. Sie suchen (biologisch betrachtet) den potentiell besten Ernährer ihrer Nachkommen. Nur anhand welcher Attribute sie diesen ausmachen, ist sehr unterschiedlich. Auch solche Aussagen wie gutes, gesundes Aussehen, sportliche Körper, Ausstrahlung von Erfolg und Intelligenz, werden Dir nicht großartig weiterhelfen. Zu groß ist die Bandbreite des Geschmacks der weiblichen Zielgruppe. Aber ich rate Dir zu einem Trick. Überlege einmal, welcher Typ Frau Dich anspricht und wo Du ihn findest? Wahrscheinlich findest Du eine relative Verdichtung derartiger Kandidatinnen in Zeitschriften, im Fernsehen, Kino und anderen Medien, also in Filmen und Werbung. Warum? Weil diese Medien ein bestmögliches Idealbild unserer Welt wiedergeben wollen. Das gilt nicht nur für die Protagonisten, sondern auch für die Umstände und Szenen, in welchen diese auftreten. Es dürfte wohl jedem klar sein, dass eine Frau nicht so aussehen kann wie ein Modell, einen anspruchsvollen Job hat, Kinder und Mann glücklich macht und dabei noch die ganze Zeit lächelt. Völlig absurd. Das ändert aber nichts an der Tatsache, dass uns die Vorstellung gut gefällt. Also bekommst Du hier zu sehen, welcher Typ Mensch in welchem Kontext attraktiv ist. Du wirst aber feststellen, dass Dir persönlich bei weitem nicht alle Frauen in Film und Werbung ohne weiteres zusagen, auch wenn sie gemeinhin als sehr attraktiv gelten. So, jetzt drehe die Betrachtung um, und schaue Dir nur die Männer in Film und Werbung an. Dann hast Du eine Auswahl an Ideal-Männern, wie Frauen sie sich wünschen. Natürlich auch inklusive des mangelnden Realismus, wie wir ihn eben bei den Frauen festgestellt haben.

Hüte Dich jedoch davor, diesem Idealbild in allen Ausprägungen hinterher zu laufen. Ein berühmtes Supermodel sagte einmal, nicht einmal sie persönlich sehe so aus wie das Model, welches sie verkörpert. Das soll heißen, es gibt diese Idealtypen in ihren Idealwelten nicht. Die Technik bietet niederschmetternd viele Tricks, selbst die runzeligste Haut wieder glatt und die Zähne strahlend weiß zu bekommen. Mache Dir vielmehr ein Bild von diesem Ideal und entscheide für Dich, ob Du bestimmte Aspekte davon nicht schon hast und welche Du haben könntest. Und sei sicher, viele weitere wirst Du mit der Zeit entwickeln, ohne dass es Dir bewusst wird. Verbiege aber ihretwegen nicht Deine Persönlichkeit und gebe etwas vor, was Du nicht bist. Das funktioniert nicht. Du wirst aber auch feststellen, dass manchmal sehr attraktive Frauen eher mittelmäßige Partner haben, die nun so gar nicht dem Bild der Männer entsprechen, das man ihr zutrauen würde. Wenn jene Frau nicht von ihrem Partner regelrecht ausgehalten wird (finanzielle Potenz muss nichts mit Attraktivität zu tun haben), dann wird er irgendetwas anderes an sich haben, was ihn begehrenswert macht. Vielleicht erinnert er sie an ihren Vater, oder andere tiefsitzende Motive kommen zum Einsatz. Merke Dir einfach: Frauen finden oft etwas anderes anziehend als das, was wir erwarten würden.

Renne umgekehrt nicht der vollendeten Schönheit einer Partnerin hinterher. Es gibt sie nicht. Und wenn Du eine Annäherung davon findest, heißt das bei weitem nicht, dass der Mensch dahinter auch schön ist. Der Ausspruch »Schönheit ist nicht alles« ist sehr ausgetreten und scheint denen, bei denen es die Natur nicht so gut gemeint hat, als Ausrede zu dienen. Tatsächlich ist sie bei weitem nicht alles. Im Laufe des Lebens ist sie sogar vergänglich. Lass Dich bei der Partnersuche also nicht zu sehr von ihr gefangen nehmen, um alles andere dahinter zurückzustellen. Stelle aber andersherum für Dich klar, mit welchen Defiziten in der Schönheit eines Partner Du nicht leben könntest. Das kann sowohl ihr gegebenes Aussehen, als auch die Art wie sich die Dame zurecht macht sein. Ich bin sicher, Du wirst Deine Vorlieben bereits früh entdecken. Wenn Du für vollbrüstige Frauen schwärmst, die gern Rock tragen, wirst Du vielleicht nie mit einer Partnerin glücklich werden, die diesem nicht entspricht. Überlege Dir daher sehr gut, ob Du damit auf unbestimmte Zeit leben könntest. Und vergesse bei all dem vor allem nicht die Schönheitsfehler hinter den Äußerlichkeiten. Sie sind bei weitem schwerwiegender.

Nun aber genug mit den komplizierten Seiten einer Partnerschaft. Wichtig sind doch die schönen Seiten. Es gibt eine Aussage, die besagt, »Das Ganze ist mehr als die Summe seiner Teile«. Das trifft für eine erfüllte Partnerschaft zu. So ist beispielsweise der weibliche Teil einer Partnerschaft oft gut darin, ein Zuhause schön herzurichten. Männer hingegen können oft besser das Organisatorische, wie etwa den Papierkram erledigen. Wenn beide nicht zusammenarbeiten würden, müsste die Frau den gehassten Papierkram übernehmen, und die Männer würden vielleicht in einem wenig schöneren Zuhause wohnen. Das Beispiel mag ein wenig überzeichnet sein, aber ich bin mir sicher, Du weißt worauf ich hinaus will. Viel wichtiger ist bei dieser gegenseitigen Unterstützung jedoch die Gefühlsebene. Männer und Frauen leben, wie ich es Dir ja bereits beschrieben habe, in unterschiedlichen Gefühlswelten. Sie könnten auch ohne die jeweils andere bestehen. Nur würde das Leben beider irgendwie unvollständig sein.

Man kann sich gegenseitig unterstützen und sich durch den anderen aufbauen lassen, wenn man mal richtig am Boden ist. Umgekehrt teilt man die schönen gemeinsamen Augenblicke, die dadurch noch schöner werden, da zwei Menschen miteinander an ihnen teilhaben können. Bewahre Dir die Vorstellung, dass eine Partnerschaft etwas wunderschönes, wenn nicht das Erfüllendste auf der ganzen Welt, ist. Sie ist es jedoch nur, wenn Du Du selbst bleiben kannst und Dich dafür nicht aufgeben musst.

Ein paar Worte noch zur *Männlichkeit*, zum Mannsein. Als kleiner Junge dachte ich immer, ein Mann zu sein bedeutet groß und stark zu sein, eben »ein Berg von einem Mann«. Darüber hinaus sollte Man(n) möglichst behaart sein, zu allem einen lockeren, emotionslosen Spruch parat haben und in jeder Lebenslage nur so strotzen vor Potenz. Nun wird seit vielen Jahren bereits dieses Mannesbild von der Gesellschaft renoviert. Man stellt dabei fest, dass dieses Idealbild weder ideal, noch realistisch war. Wie an allen Übertreibungen und Gerüchten ist aber auch an diesem Bildnis einiges richtig. Männer sind in vielen Lebenslagen das starke Geschlecht. Wenn es darum geht Emotionen im Zaum halten zu müssen, sind wir es. Wenn körperlicher Einsatz oder strenge Rationalität gefragt ist, sind wir es. Es geht nicht darum, dass wir hierin oder insgesamt stärker sind als Frauen. Wir sind anders. Denke bei Männern und Frauen nie in Kategorien von »besser oder schlechter«, sondern versuche in denen von »geeigneter für« zu denken. Deine Männlichkeit bedingt sich durch Deine Art die Dinge zu sehen und in Deine Hand zu nehmen. Du bist per Definition ein Mann – Dein Handeln ist männlich. Den Rest bedingt Deine Einstellung dazu. Wenn Du mich nach einer Schlüsseleigenschaft der Männlichkeit fragst, so möchte ich Dir jedoch eine nennen: Es ist die Art unbeirrbar Entscheidungen zu treffen und für diese einzustehen. Wenn sie auch manchmal blind und wenig durchdacht sind, so können wir Männer »wie ein Mann« hinter ihnen bis zum Ende stehen. Im Übrigen ist es auch das was Frauen von uns verlangen – klare, feste Entscheidungen zu treffen.

Bei allem was wir über die Beziehung von Mensch zu Mensch erfahren haben, möchte ich aber auch die Gegenseite nicht auslassen. Die der *Einsamkeit*. Einsamkeit ist sehr sehr schlimm. Sie kann einen richtig krank machen. Sie ist fast schon eine Krankheit für sich. Sie ist schwer zu erklären. Wenn Du Dich allein fühlst, dann lernst Du sie kennen. Es scheint so, als wärest Du der einzige Mensch auf der Welt der die Dinge so sieht wie Du. Keiner will sich Deine Meinung und Probleme anhören. Sie ist es, wenn Du niemanden hast, der mit Dir Zeit verbringen und Dir zuhören will. Sie kann lange andauern, für manche ein Leben lang. Sie kann aber auch nur stimmungsbedingt sein, um dann wieder so schnell vorüber zu gehen wie sie gekommen ist.

Ich verspreche Dir – Du bist nicht allein. Ich weiß wir, Deine Familie, können nur im bestimmten Maße Abhilfe gegen eine Einsamkeit sein, wenn sie Dich einfängt. Du wirst an den Punkt kommen, wenn Dir unser Zuhören und unsere Hilfe nicht mehr ausreichen wird oder Dir gar falsch vorkommt. Sei sicher, es gibt immer Menschen, die so denken wie Du und die gleichen Interessen haben. Und selbst wenn Dir alle Welt einmal fremd vorkommt, dann gehe tief in Dein Inneres. Dort wirst Du Dich selbst finden. Du wirst feststellen, dass es Punkte in Deinem Leben gegeben hat, an denen Du Dir selbst manchmal fremd vorgekommen bist. Also musst Du auch anderen zugestehen, manchmal fremd auf Dich zu wirken. Vielleicht bist Du auch der Fremde für sie. Ich glaube es muss Zeiten in unserem Leben geben, in denen wir uns einsam fühlen. Nur so lernen wir uns selbst richtig kennen. Für ein zufriedenes Leben ist es wichtig, mit sich selbst allein sein zu können. Letztendlich wirst Du Dich nämlich in vielen Situationen nur auf Dich selbst verlassen können.

Du kannst etwas gegen Einsamkeit tun. Und nur Du selbst kannst etwas dagegen tun. Da draußen laufen unzählige Menschen herum die darauf warten, Deine Bekanntschaft zu machen. Sie wissen es nur noch nicht oder sie wissen nicht, dass es Dir genauso ergeht. Gehe grundsätzlich davon aus, dass wir Menschen von Natur aus träge sind. Das heißt, wir werden nicht an Deine Tür klopfen, um Dich kennen zu lernen. Wir werden in unserem täglichen Trott ohne aufzuschauen weitermachen. Wir werden Dir dabei unnahbar vorkommen und trotzdem wirst Du auf uns zugehen müssen. Man kann es fast schon mit einem Angriff vergleichen. Du musst ‚angreifen‘, wenn Du die Bekanntschaft von jemandem machen willst.

Ein junger Mann war neu in einer Stadt und suchte eine Mitwohngelegenheit. Er fand recht schnell eine Wohnung, die von vier netten Mitbewohnern bewohnt wurde. Allerdings war das Zimmer nicht nach seinen Vorstellungen, es war zu dunkel und zu teuer. Nach einiger Überlegung rief er einen der Mitbewohner an und erklärte, er würde die Wohnung nicht nehmen. Dieser zeigte sich wenig enttäuscht, schlug aber sogleich vor, dass man sich trotzdem einmal verabreden könne. Wie Du mal wieder erraten hast, war

154

ich der junge Mann. Die Geschichte ist eigentlich recht belanglos. Sie zeigt Dir aber, wie eine kleine nette Aufforderung (der Angriff) das Schicksal schnell verändern kann. Wir stellten nämlich damals fest, dass wir die Leidenschaft des Laufens teilten. Von da ab wurden wir zu Freunden, und Du kennst ihn sogar. Bei einer weiteren Wohnungsbesichtigung war ich übrigens derjenige der angriff. Und wiederum resultierte daraus eine Freundschaft, die seit Jahren Bestand hat. Die Erfolgsaussichten eines Angriffs sind demnach recht vielversprechend.

Habe also bitte keine Angst vor der Einsamkeit. Du musst vorübergehend mit ihr leben können. Sie muss aber niemals von Dauer sein. Es liegt zum größten Teil an Dir.

TEIL III

DEIN UMFELD – MAN HAT DICH EINFACH AUSGESETZT

1. Dein Land – Deutschland

Wie auch in anderen Dingen, hast Du in diesem Punkt ziemlich gute Startvoraussetzungen erhalten. Aus meiner Sicht, aber natürlich basiert sie nur auf meinen Erfahrungen, könnte ich mir kein besseres Land vorstellen, in dem Du aufwachsen könntest.

Zur Zeit, während ich Dir dies schreibe, befindet sich unser Land in einer »Krise«. Es vergeht kein Tag, an dem nicht in den Medien vom »Niedergang des Standortes Deutschland« in wirtschaftlichen Belangen die Rede ist. Auch wird vom »Verfall des deutschen Bildungswesens« oder vom »Verschwinden der deutschen Moral und Tugenden« gesprochen. Wenn Du mich fragst, haben wir zwar Missstände in den genannten Punkten, das heißt aber wahrlich nicht, wir würden in einem maroden Land leben. Genau diesen Eindruck könntest Du aber bekommen. Überdies haben die Menschen in unserm Land nämlich einen Hang zur Dramatisierung und zu Schwarzmalerei. Dabei geben wir die Verantwortung für Dinge die uns stören gern aus der Hand.

Abgesehen von diesen Punkten, die sich noch ändern werden (schließlich wird Eure Generation ganz anders mit den vorherrschenden Problemen umgehen), darfst Du Dich freuen: Zunächst einmal ist Dein Land von einer unheimlich abwechslungsreichen Landschaft bestimmt. Es gibt Berge und Seen, manche so groß, Du könntest sie mit einem Meer verwechseln. Es gibt riesige Wälder und Gegenden, die von sanften Hügeln durchzogen sind. Malerische Städte und Dörfer, die in ihrer Art nicht unterschiedlicher sein könnten, sind über das ganze Land verteilt. Dazu findest Du ein paar riesige Städte die pulsieren vor Leben und den großen Metropolen dieser Welt in vielerlei Hinsicht in nichts nachstehen.

Das ganze liegt sehr zentral von vielen Ländern umgeben auf einem Kontinent, der wiederum in sich selbst nicht vielfältiger sein könnte. Das Klima ist angenehm mild, wobei man sich wünschen könnte, die Winter würden in manchen Regionen etwas kälter, die Sommer etwas heißer sein. Dennoch ist es viel besser, als es von seiner Bevölkerung oft wahrgenom-

156

men wird. Wie gesagt, sie haben eine Neigung dazu Dinge negativer zu sehen, als sie sind.

Die Menschen in diesem Land sind, ähnlich wie die Landschaft, vielfältig. In manchen Regionen wird ihnen nachgesagt, sie seinen herzlicher als anderswo. Manchen wird zugeschrieben, sie hätten zurückhaltende, wortkargere Bewohner. Kurzum, Du findest alle möglichen Charaktere, am besten Du machst Dir selbst ein Bild. Ich habe die Unterschiede nie so wahrgenommen. Ich glaube, man sollte sich ein Bild eines Menschen nicht aufgrund seiner regionalen Herkunft machen. Und scheinbar wird auch oft übersehen, wie sehr sich die Einwohner dieses Landes auch in vielem gleichen.

In ihrer Gesamtheit, also als Einwohner unseres Landes, werden ihnen bestimmte Eigenschaften wie z. B. Ordentlichkeit, Pünktlichkeit und Zielstrebigkeit nachgesagt. Diese findest Du interessanterweise bei den meisten Einwohnern dieses Landes auch wirklich wieder. Dabei ist es egal, aus welcher Region Deutschlands sie kommen. Aber sie haben natürlich auch negative Eigenschaften. Obwohl sie recht fröhlich sind, haben sie eben diesen Hang zum Negativen. Oft reden sie sich selbst schlecht. Ich bin aber ziemlich zuversichtlich, dass Du das mit Deiner Fröhlichkeit ganz locker wettmachen kannst.

Worin wir in unserem Land stark sind, ist unser starkes Gemeinschaftssystem. Man profitiert sehr stark von ihm. Vorausgesetzt Du bist bereit, Dich in diese Gemeinschaft einzufügen und Leistung dafür zu erbringen. Dann gibt sie Dir auch viel zurück. Das hat z. B. Vorteile wenn Du mal krank wirst, wenn Du schnell von hier nach da kommen musst oder wenn Dir jemand anders etwas Böses antun will. Auch wenn Du längere Zeit in Not gerätst, lässt Dich die Gemeinschaft nicht allein. Stell Dir vor, sie gibt uns sogar etwas dafür, dass es Dich gibt, damit es Dir gut geht. Das ist nur ein kleiner Ausschnitt aus den riesigen Vorteilen, die Du haben wirst, nur weil Du hier geboren bist.

Andere kleine Menschen haben nicht soviel Glück. Sie kommen in anderen Ländern auf die Welt. Einige von ihnen haben ähnlich viel Gutes wie Dein eigenes Land. Ganz viele haben das jedoch nicht und den Menschen geht es schlecht. Trotzdem sind viele von den Menschen in diesen Ländern glücklich. Vielleicht kannst Du es mir eines Tages erklären, warum es in den schlechtgestellten Ländern vielleicht sogar mehr glückliche Menschen gibt, als in Deinem Land, wo es den meisten doch gut geht.

Das beste aber in diesem Land, das ist die Freiheit. Du kannst fast alles machen, wozu Du Lust hast. Zwar gibt es bestimmte Regeln die festlegen, was Du nicht machen darfst. Diese dienen aber dazu andere Menschen oder die Gemeinschaft als Ganzes zu schützen. Das heißt, Du hast selber auch viele Vorteile von diesen Regeln. Ähnlich wie ich es Dir bereits bei dem Thema *Respekt für andere* erklärt habe. Abgesehen davon, bestimmst Du aber was Du machst und wie Du Dich entwickeln willst. Glaube mir, in der Geschichte der Menschheit, und das ist schon ziemlich lange, war das nicht immer so. Und in vielen Ländern, meistens sind es die, die eben nicht die vielen Vorteile haben, ist gar nicht daran zu denken.

Hier kannst Du verreisen wohin Du willst, lernen was Du willst, kaufen was Du willst, andere Menschen kennen lernen wie Du willst und eine Meinung haben wie Du willst und so weiter. Was meinst Du, auf wie viele Ideen Du kommst, wenn Du all diese Freiheiten nutzen kannst und wie viel Spaß das macht?

Ich möchte Dir aber ebenfalls ein Bild über die Nachteile unseres Landes geben: In der Vergangenheit gab es auch sehr schlimme Zeiten in Deutschland. Die letzte schlimme Zeit endete zwar schon vor sechzig Jahren (Dir muss es wie eine Ewigkeit vorkommen), das ist im Verhältnis aber noch nicht so lange her, als dass wir sie schon vergessen hätten. Ganz viele Menschen, wie Deine Ur-Oma z.B., haben diese Zeit noch bewusst erlebt. Sie kann Dir bestimmt bald viele Geschichten davon erzählen.

Jedenfalls hat sich diese Zeit so in das Bewusstsein der Menschen Deines Landes gebrannt, dass sich viele noch heute dafür schämen, obwohl sie zu der Zeit noch gar nicht lebten. Schon in einigen Jahren wird Dir dies vielleicht auch auffallen. Auch bis dahin wird der Nachhall dieser Zeit noch nicht aus allen Köpfen gewichen sein. Aber auch in diesem Fall hast Du wieder unverschämtes Glück mein Sohn. Diese dunkle Zeit musstest Du nicht erleben. Du musstest noch nicht einmal die Zeit danach erleben, wie Deine Großeltern. Die war zwar recht schön, doch schämten sich die Menschen noch viel mehr als heute für ihre Vergangenheit. Die Generation, der Mami und ich angehören, hat sich weitestgehend frei machen können von dieser Scham. Dennoch haben wir gelernt, dass man nicht zu gut über unser Land in der Öffentlichkeit reden sollte. Das hätte zu sehr an die alte schlechte Zeit erinnert, als die Politiker sich und unser Land in einem irrsinnigen Größenwahn über alle andere Länder und ihre Menschen stellten. Die Gräueltaten die unser Land verübt hatte, könnten dann in einem zu positiven Licht erscheinen, so fürchtete man. Stell Dir das mal vor, obwohl das Land so schön ist, wie ich es Dir beschrieben habe, wird es einem hin und wieder immer noch negativ ausgelegt, wenn man sich darüber (öffentlich) freut.

Wir werden so gut wir können dafür sorgen, dass Du nicht auf die Idee kommst Dich für irgend etwas zu schämen schon gar nicht für das Land, in dem Du zufällig geboren wurdest. Ich weiß, Du wirst stolz auf Dein Land sein können. Ich wünsche Dir, Du kannst alle sich Dir bietenden Vorteile so nutzen, wie es Dir am besten erscheint.

Wenn Du willst, kannst Du dieses Land auch eines Tages verlassen. Dazu musst Du aber noch ein bisschen größer werden. So schnell wollen wir Dich auch nicht wieder hergeben. Aber vielleicht findest Du es ja in einem anderen Land besser, oder es passt besser zu Deinen Bedürfnissen. Nachdem ich einige Zeit in anderen Ländern verbracht hatte, stellte ich umso mehr fest, wie gut es uns geht. Natürlich haben andere Länder auch Vorteile gegenüber unserem. Zum Beispiel kann man in Frankreich viel leichter einen Hort für Kinder wie Dich finden, wenn die Eltern arbeiten müssen und deswegen weniger Zeit haben. Auch mag es woanders weniger Kriminelle oder besseres Wetter geben. In der Summe aber, und davon bin ich überzeugt, wirst Du wohl kaum ein Land finden, was so viele Vorteile und einen so hohen Lebensstandard bietet wie unser Land.

Reisen – Wer reist versteht

Um dieses herauszufinden und es wirklich zu erleben, gibt es fast keine bessere Möglichkeit als zu *reisen*. Selbst nur in Deinem eigenen Land kannst Du eine ungeheure Vielfalt von Menschen und anderen regionalen Besonderheiten finden. Darüber hinausgehend relativieren jedoch Erfahrungen aus anderen Ländern oftmals ganz schnell die eigene gewohnte Art zu leben. Wenn wir uns unsere freie westliche Welt betrachten, kannst Du überall Vor- und Nachteile der Lebensstile, der Gesellschaftsordnung und der Wertvorstellungen der Menschen finden. Du musst selbst entscheiden, was Dir davon zusagt und was Du ablehnst. Richtig erfahren, um dann mitreden zu können, kannst Du jedoch nur, wenn Du Dir die Mühe machst, andere Menschen und Kulturen vor Ort kennen zu lernen. Selbst dann wirst Du nur einen Ausschnitt bekommen, der die Realität vielleicht nur verzerrt wiedergibt. Reisen kannst Du wie gesagt (fast) überall. Du kannst es aktiv oder passiv. Letzteres würde bedeuten, Du lässt Dich auf einer Pauschalreise berieseln. Selbst dann wirst Du ein Bild des Landes und der Menschen bekommen, aber eben halt eingefärbt durch Deine touristische Brille. Aktiv reisen bedeutet, Du versuchst tiefer in das Land und die Menschen vorzudringen. Du schlägst Dich auf eigene Faust durch und versuchst wie die Einheimischen zu leben. Ein bekannter Spruch der Weltenbummler lautet dann auch: »Do it as the locals do! – mach' es wie die Einheimischen«. Für jene Art des Reisens braucht man Zeit und ein wenig Geld. Aus meiner Erfahrung heraus ist es daher am besten, soviel wie möglich in jungen Jahren zu reisen. Dein Onkel hat beispielsweise im Alter von 16 mit seiner damaligen Freundin per Inter-Rail-Ticket (ein Zugticket, mit dem man für einmal zahlen vier Wochen lang den ganzen Kontinent bereisen konnte) halb Europa bereist. Das war günstig und hat ihnen eine Menge Eigenständigkeit und Anpassung abverlangt. Später einmal, wenn die Freiheiten der Jugend zurückgegangen sind, sind die Verpflichtungen zu groß, um sich solche Auszeiten zu nehmen bzw. die Ansprüche an den Komfort steigen, was die Sache wiederum teurer macht. Du kannst aber auch auf der besagten Pauschalreise ,richtige' Erfahrungen machen und das selbst mitten in den Orten, die von Bettenburgen gesäumt sind. Nach meiner Ansicht sagen nur Unwissende, dass man in den Touristenzentren nichts authentisches des jeweiligen Gastlandes findet. Scheinbar wird dabei vergessen, dass auch das ganze Personal (was zumeist einheimisch ist), was sie tagtäglich bedient, irgendwo wohnt und seine Kultur lebt. In den meisten Touristenorten brauchst Du Dich nur zwei Blocks vom Strand zu entfernen und Du bist mitten drin im Land. Vergiss bei all dem jedoch nie: Fast nichts ist schlimmer als Menschen die meinen, sie können mitreden und etwas beurteilen, ohne sich selbst ein Bild (vor Ort) gemacht zu haben. Diese Art der ,Stammtisch-Argumentation' ist eher peinlich, als dass sie ernst genommen werden könnte. Auch jene, die zwar viel gereist sind, aber ihre Zeit nur in Ferienanlagen oder internationalen Hotels verbracht haben, sind eigentlich nicht gewichtiger in ihren Aussagen.

2. Natur – Du bist ein Teil von ihr

Wie wir schon mehrfach festgestellt haben, bist Du in ein bestimmtes Umfeld hineingeboren. Wie Du auch weißt, und diesem Zufall kannst Du sehr dankbar sein, hast Du es dabei ziemlich gut getroffen. Nur auf verhältnismäßig wenigen Flecken der Erde findest Du so gute Bedingungen, ein derartig lebenswertes Leben führen zu können. Zum einen ist unsere Gesellschaft frei und entwicklungsfähig, zum anderen bieten unser Klima und unsere Natur sehr angenehme Lebensbedingungen. Wenn Du Dir nur die täglichen Nachrichten anschaust, wird Dir das sehr schnell klar. Kaum ein Tag vergeht, an dem nicht irgendwo eine Dürre ganze Landstriche bedroht, ein Hurrikane Tausende von Häusern weggefegt hat oder Sintfluten eine ganze Stadt unter Wasser gesetzt haben. Das wird Dir hierzulande recht selten passieren. Außer den Sintfluten und ein paar Stürmen (die im Vergleich zu Hurrikanen eher laue Lüftchen sind), ist es hier *natürlich* friedlich. Auch die Erdbeben, die hier selten vorkommen, zumindest aber gemessen werden können, sind eher eine Attraktion, als dass sie eine Bedrohung darstellen.

Dabei ist auch die Landschaft hier in Deutschland ungeheuer vielfältig. Auf vergleichsweise engstem Raum wechselt das Erscheinungsbild der Landschaft. Sie bietet damit ihren Bewohnern ein riesiges Erfahrungsspektrum der Natur. Ohne weit reisen zu müssen, kann man in kurzer Reisezeit riesige Berge bestaunen oder sich ans Meer legen. Zugegeben, die Versuchung dann eher das fremdländische, maritime Flair des Mittelmeers zu suchen, ist gegeben. Allerdings spricht das dann wiederum ebenfalls für die Vielfalt unseres Landes, nämlich bezogen auf seine nicht weit entfernten Nachbarländer. Die Vielfalt der Agrarprodukte aus unserem Land verdeutlichen recht gut, wie unterschiedlich Natur und Landschaft hierzulande sind. So, wie wir von denen profitieren können, können wir es auch von all den anderen ‚Angeboten‘ die es uns bereitstellt. Erst wenn man extra ins Ausland reist, um z.B. Ski zu fahren oder mit dem Kanu Flusslandschaften zu erkunden, weil man davon ausgeht, dort ideale Bedingungen für diese Aktivitäten vorzufinden, wird es einem klar: Wenn man sich nämlich bei uns richtig umschaut, kann man eben diese Möglichkeit auch hier – oftmals sogar in unmittelbarer Umgebung zum Wohnort – finden.

Natur erleben – Ein echtes Erlebnis

W ie Dir bei der Erzählung über die *Biologie* deutlich geworden sein sollte, sind wir Menschen genauso ein Teil der Natur wie alles andere, was wir unter dem Begriff *Natur* zusammenfassen. In unserem technisierten Umfeld ist es leicht das zu vergessen. Für Menschen, die in der Stadt aufwachsen und diese nicht verlassen, wird ein Naturerlebnis auf städtische Grünanlagen oder einen Besuch im Zoo dezimiert. Dabei brauchen wir die Natur, um gut zu leben. Gut zu leben heißt in diesem Sinne, dass wir uns gut oder wenigstens besser fühlen in unserem Inneren. Ein jeder Tag wird lebenswerter, wenn wir Natur um uns herum haben. Nicht umsonst sind Wohnungen mit Balkon oder in Parknähe viel teurer als die, die das nicht bieten. Unbewusst zieht es uns raus aus unseren vier Wänden, um wenigstens den Himmel sehen zu können. Er ist Teil der Natur, den wir instinktiv fühlen wollen, wie die Bäume, die Vögel und alles andere. Dieser Zusammenhang wird mir immer sehr deutlich, wenn mir unverhofft Tageslicht begegnet: Wenn Du zum Beispiel in einem Einkaufszentrum bist, dessen Decken mit Oberlichtern durchzogen sind, die das natürliche Licht hinein lassen. Wie viel angenehmer ist die Atmosphäre als in einem Kaufhaus?! Auch wenn an einem trüben Tag die Sonne unverhofft ein paar Strahlen durchs Fenster in die Wohnung hinein wirft, kannst Du dieses Phänomen feststellen.

Es wäre also dumm zu sagen, der Mensch von heute braucht das Naturerlebnis nicht mehr. Freizeitanlagen, wie Erlebnisbäder, die versuchen die Natur (wenn auch in einer kitschigen Ausgestaltung) nachzuahmen, zeigen, wie sehr auch eine Spaßgesellschaft in der Du aufwächst ein Naturerlebnis sucht.

Dein Onkel und ich hatten das Glück, in einem Haus mit Garten aufzuwachsen. An unser Grundstück schloss sich ein unbebautes Grundstück an, was bis heute sich selbst überlassen ist. Die Natur hat also ‚freie Hand‘, sich dort jenseits aller Rasenmäher und Heckenscheren zu entwickeln. Wie schnell sich selbst die norddeutsche Flora ihren Weg sucht, wurde uns jedes Jahr erneut gezeigt: Nach einem regionalen Brauch machten wir lange Jahre immer zu Ostern ein sogenanntes Osterfeuer auf diesem Grundstück, bei dem die Gartenabfälle der Nachbarn des letzten Jahres verbrannt wurden. Wie Du Dir vorstellen kannst, war jedes Mal nach diesem Feuer der Platz buchstäblich verkohlt und jegliche Spur von Leben schien fort zu sein. Im Hochsommer aber waren die Spuren des Feuers wieder der Natur gewichen. Großblättrige Gewächse mit mehr als einem halben Meter Spannweite, höher als man selbst, hatten sich wie Zeugen aus der Urzeitvegetation ausgebreitet. Das Gras stand kniehoch, Holunderbüsche trugen Früchte, und die Vögel zwitscherten fröhlich dazu in der Abendsonne. Ich will Dir damit sagen, die Natur lässt sich so leicht nicht von unseren Eingriffen unterkriegen. Weder im Kleinen noch im Großen.

Selbst im heimischen Garten, was die Umsatz-Zuwächse der Gartencenter verdeutlichen, lässt sich ein Naturerlebnis schaffen, was uns jeden Tag Freude und Frieden bringt, um es romantisch auszudrücken. Mein Kopf ist voll von lebhaften Erinnerungen an unseren Garten. Vor allem an die Sommer mit ihren heißen Tagen und ihren lauen Nächte erinnere ich mich. Wie wir Kinder oft tagelang Zelte aufgeschlagen hatten, um dort zu übernachten. Sämtliche gemeinsame Essen wurden nach draußen verlegt. Eigentlich lebten wir in diesen Monaten mehr im Garten als im Haus. An einen Sommer, ich war schon so ca. siebzehn Jahren alt, erinnere ich mich besonders: Ich schlief fast jede Nacht unter freiem Himmel in meinem Schlafsack. Es war ein herrliches Gefühl in den Nachthimmel zu sehen und dabei die Geräusche der Natur wahrzunehmen. Sicherlich ist solch ein Erlebnis vielleicht in der Wüste von Australien noch eindrucksvoller. Dennoch fühlte ich mich der Natur sehr nahe. Du wirst Dir in solchen Momenten bewusst, dass Dich von der Natur eigentlich nur ein paar Wände, ein wenig Glas und eine Heizung trennen. Auch heute habe ich diesen Eindruck oft, wenn ich von unserem Küchenfenster den Eichhörnchen im Garten zuschaue. Wir leben zwar mitten in der Stadt, aber mit offenen Augen und offenem Verstand findest Du überall die Boten der Natur, auch ohne dafür in den Stadtpark gehen zu müssen.

Sie trägt zu einem erstaunlichen Teil zu unserem Wohlbefinden bei, auch wenn wir es nicht direkt wahrnehmen. Warum fühlen wir uns unter Tageslicht wohler, als unter elektrischer Beleuchtung? Warum müssen wir das Fenster aufmachen, um frische Luft hereinzulassen, auch wenn die Lüftungsanlage perfekt funktioniert? Warum ruft das Geräusch von Wind, Regen oder Vögeln wohlige Gefühle bei uns hervor?

Nicht umsonst ist Wandern oder zumindest Spazierengehen die beliebteste Freizeitaktivität. Kaum einen mittelgroßen Ort gibt es hierzulande, wo es nicht auch wenigstens einen Outdoor-Laden gibt. Den Menschen zieht es in die Natur. In den Großstädten des Südens wirst Du feststellen, wie viel Zeit des Tages die Leute auf offener Straße unter freiem Himmel verbringen. Man trifft und unterhält sich, liest oder macht Geschäfte. Die Häuser dienen oft nur zum Schlafen oder zum Schutz vor der Sonne. Aber auch hier bei uns kann wahres Südflair entstehen, wenn die Sonne scheint. Nicht umsonst gibt es bei uns mehr Straßencafés als in vielen anderen Ländern, wo sie eigentlich besser aufgehoben wären.

Wie ich Dir bald erzählen kann, und wie schon zuvor am Rande erwähnt, habe ich eine Zeit in einem Land verbracht, wo die Natur allgegenwärtig ist und wo man sich regelrecht mit ihr identifiziert – in Kanada. Im Verhältnis Landfläche zu Einwohner ist es fast 80mal weniger dicht besiedelt als Deutschland. Dabei wohnt der allergrößte Teil von ihnen in einem Gürtel, der sich nur 300 km von der südlichen Landesgrenze nach Norden erstreckt. Es gibt also eine Menge Gegend und nur wenige Menschen. Und die Gegend ist wild. Riesige Wälder, reißende Ströme, massive Berglandschaften. Das alles wird beherrscht von einem Klima, wogegen unseres eher als kuschelig bezeichnet werden kann. Die Temperaturen haben eine Bandbreite von −40°C bis +40°C, und die Menschen haben sich weiß Gott auf diese klimatischen Extreme eingerichtet.

Die Städte sind durchzogen mit Tunnel- und Gangwaysystemen, damit man möglichst wenig nach draußen muss, wenn es sehr kalt ist. Im Radio wird Dir im Winter die Zeitdauer angesagt, die Du ohne Deine Haut zu bedecken draußen bleiben kannst, damit Dir nicht ein Körperteil erfriert. Zur grimmigsten Jahreszeit sind das kaum mehr als ein paar Minuten! Wenn man den berühmten Windchill-Factor hinzurechnet, d. h. um wie viel sich die Temperatur noch kälter anfühlt als sie ist, weil ein Wind weht – kannst Du leicht auf Temperaturen von −70°C (!) kommen. Das erzähle ich Dir, weil ich den Eindruck hatte, dass die Menschen dort eher geneigt sind sich als einen Teil der Natur zu verstehen als hier. Obwohl das Klima viel unwirtlicher als bei uns ist, empfinden die Menschen eine Art Stolz dort zu leben und für ihre wilde Natur. Und stolz, wenn man so will, können sie sein: Neben der beschriebenen eindrucksvollen Landschaft findet man fast alle Kinderträume des Tierreichs, die ebenfalls auch in bilderbuchähnlichen Verhältnissen leben. Wenn Du Dir Internetseiten aus Kanada oder Dir Bücher von dort anschaust, wirst Du die Allgegenwärtigkeit dieser Einstellung sehen können. Egal ob es einen direkten Bezug gibt oder nicht. Überall wirst Du Verbindungen zur Natur mit den typischen Attributen wie Tiere, Bäume, Berge oder Flüsse finden. Viele Unternehmen haben sie in ihren festen Markenauftritt aufgenommen.

Diese Erzählung verdeutlicht Dir, wie andere Länder oder Kulturen vielleicht ein anderes Verhältnis zur Natur haben als wir hier. Das soll nicht verurteilend wirken, aber jene Einstellung und Lebensart macht die Sache einfacher, sich als einen Teil von ihr zu verstehen und sie zu genießen.

Die Entwicklung der Natur – Woher kommen wir, und wohin geht es?

W as ist nun mit ihr geschehen, mit ‚Mutter Natur'? Meine Empfindung ist, die Art und die Einstellung in unserem Land, wie wir mit ihr umgehen, hat sich seit vielen Jahren zum Besseren gewandt. Der Schein könnte aber auch trügerisch sein. Als ich aufgewachsen bin und bereits Thematiken des Naturschutzes auch wirklich begreifen konnte, sah dies anders aus als heute. Vielleicht hatte man sich auch schon an die schlechten Neuigkeiten um Mutter Natur gewöhnt. Es verging wohl kein Tag, an dem es nicht eine Horror-Nachricht über langfristiges Natursterben gab. Wald-, Fluss-, und Tiersterben schien überall unaufhaltsam. Die Luftverschmutzung nahm stetig zu, das Ozonloch war ohnehin schon irreparabel groß, und man traute sich schon nicht mehr irgendetwas zu essen, weil quasi per Definition in allen Lebensmitteln Gifte steckten. Soweit die Erinnerung. Ich kann Dir nicht sagen, was davon wirklich bedrohlich für Mensch und Natur war bzw. welches realistische Ausmaß erreicht war. Du solltest dazu wissen, dass Dein Onkel und ich unter der eher linksliberalen Einstellung Deiner Großeltern aufgewachsen sind. Es spricht für sie, sich damals offen für diese entschieden zu haben und für die damit verbundenen Werte einzutreten. Damals war ein Bekenntnis zum Umweltschutz gleichzusetzen mit einem Eingeständnis Kommunist zu sein.

Jedoch drehte sich die Stimmung langsam aber stetig im ganzen Land. Und im Laufe der Jahre hatte ein Umweltschützer keinen negativen Makel mehr. Fast schon im Gegenteil; es zeichnete ihn als einen weitblickenden und fast schon privilegierten Menschen aus. Wirtschaft und Politik setzten sich ihrerseits für ein umweltschonenderes Verhalten ein. Und dieses trug Früchte: die Luftqualität ist vielerorts besser geworden (vor allem im Osten des Landes, da hier völlig veraltete Industrieanlagen standen). Schon seit Jahren kann man wieder unbedenklich Fisch aus den Flüssen essen oder in ihnen baden, was früher undenkbar war.

Du siehst, die Menschen sind lernfähig und können ihre Prioritäten sehr wohl umorientieren. Mami und ich sind sehr froh darüber, dass Du in diese Zeit der Besserung – zumindest in dieser Hinsicht – geboren wurdest. Leider können die positiven Entwicklungen nicht über die Probleme der Umwelt in globaler Hinsicht hinwegtäuschen. Ein reiches Land wie unseres kann es sich viel eher leisten, auf Umweltbelange Rücksicht zu nehmen. Dort aber, wo es um einen täglichen Überlebenskampf geht, sind die Menschen verständlicherweise eher besorgt, sich und ihre Familien über Wasser zu halten. Dann können die Menschen keine Rücksicht darauf nehmen, ob eine bestimmte Baumart vom Aussterben bedroht ist, wenn sie nun mal die einzige ist, die sie verfeuern können, um nicht zu erfrieren. Auch gibt es dort viele Fabriken, die nicht zuletzt aufgrund des Preisdrucks aus den wohlhabenden westlichen Nationen versuchen müssen, unter günstigsten Bedingungen zu produzieren. Was für die Arbeiter in solchen Fabriken gilt, nämlich unter haarsträubenden, gesundheitsschädigenden Bedingungen zu arbeiten, gilt dann erst recht für die Umwelt.

Über die Gesetzmäßigkeiten der Umweltverschmutzung und -bedrohung sollten wir uns im Klaren sein: Nahezu alles, was wir in unserer zivilisierten Welt machen oder benutzen, benötigt Energie. Diese Energie muss produziert werden. Zum gegenwärtigen Zeitpunkt gibt es noch keine Art der Energiegewinnung, die absolut umweltneutral wäre. Das Auto braucht Energie in Form von Benzin und in anderer Form bei dessen Herstellung. Das Aufbewahren von Lebensmitteln im Kühlschrank, Licht, Unterhaltung, Sauberkeit − alles benötigt Energie, zumeist in elektrischer Form. Diese elektrische Energie treibt die Geräte an, die uns den jeweiligen Nutzen bringen. Wie gesagt, nahezu alles ‚kostet' Energie. Selbst die Aktivitäten, die zunächst absolut umweltfreundlich scheinen, sind es nicht − zumindest nicht, wenn sie in unseren heutigen Lebensstil eingebunden sind.

Stell Dir vor, Du gehst auf eine Mountainbike Tour. Viele, so auch Du in diesem Beispiel, würden zunächst einmal in ein Gebiet fahren, welches ihren sportlichen Ambitionen entspricht, wo es auch richtig Spaß macht. Diese Anfahrt macht Ihr mit dem Auto, was Benzin oder Diesel verbraucht. Vielleicht gibt es zu ‚Deiner' Zeit dann schon andere Antriebsformen, die müssten dann aber auch eine Art von Energie verwenden. Während Eurer Fahrt mit dem Fahrrad, fahrt Ihr absolut umweltneutral. Dies aber auch nur, wenn wir alle vorherigen Stufen der »Spaß-Erschaffung« außer Acht lassen. Also den Bau des Fahrrads und der Reifen, die Lacke, die Öle, die zur Schmierung notwendig sind usw. Nicht zu vergessen Eure technisch aufwendige Funktionskleidung aus der letzten Kollektion. Unterwegs bekommt Ihr Hunger, den Ihr mit Energieriegeln stillt. Auch diese Riegel sind in irgendeiner Fabrik produziert worden, wo die Maschinen mit elektrischer Energie laufen. Später, auf dem Nachhauseweg, wird es schon dunkel und Ihr schaltet Eure Dioden-Lampen an. Auch diese werden aus Batterien gespeist, die bei der Produktion mit Energie aufgeladen wurden. Hier kann man übrigens den technischen Fortschritt einer energie- und umweltschonenden Entwicklung sehen: Die neueren Lampen mit Diodentechnik brauchen nur noch einen Bruchteil des Stroms, den die alten Halogenleuchten benötigten. Das spart Kosten, Ärger und Energie. Ihr fahrt wieder in Eurem Auto nach Hause. Dort angekommen, kommt die Kleidung in die Waschmaschine, die ihrerseits Energie verbraucht. Genauso wie die anschließende heiße Dusche und die Zubereitung des extra großen Essens, was den zusätz-lichen Kalorienverbrauch wieder einfahren muss.

Ich habe dies einmal so akribisch geschildert, weil man im täglichen Ab-lauf allzu leicht vergisst, wie die Dinge (energietechnisch) zusammenhän-gen. Auch die noch so radikalsten Umweltschützer können diesem Zusam-menhang nicht entkommen. Durch das Festhalten am Gestrigen – und wir haben ja vorhin gesehen, dass das nicht immer das Bessere war – würde man sogar eher das Gegenteil bewirken. Klassisch ist das Beispiel der Ente (als Fahrzeug eines Öko-Alternativen), das mehr Benzin als ein neues Fahr-zeug der Luxusklasse verbraucht. Vom Schadstoffausstoß im Verhältnis zur Leistung ganz zu schweigen. Letztendlich kannst Du fast alle Umweltprob-leme auf die Lösung des Energieproblems dezimieren. Wenn man genug umweltneutrale und wirtschaftliche Energie hätte (und ein öffentliches Inte-resse daran), könnte man mit entsprechenden Gerätschaften wahrscheinlich jeden Fluss reinfiltern oder jeden verseuchten Boden aufforsten.

Ein derartiges Energie-Schlaraffenland ist leider noch nicht in Sicht. Wissenschaftler aller Nationen arbeiten daran, und man wird sich zuneh-mend der Lage bewusst. Immer mehr Menschen einer ohnehin schon stei-genden Weltbevölkerung, wollen in den Genuss des Wohlstandes der west-lichen Industrienationen kommen. Und dazu braucht es Unmengen von Energie. Wenn man allein an die Klimaanlagen (als extreme Energiefresser) denkt, die man in den warmen Ländern benötigt, wird einem schummrig. Ich kann Dir leider nicht versprechen, dass diese Problematik gelöst werden wird.

Ich erinnere mich noch gut, wie ich mir im Alter von nur 10 Jahren mei-ne Sorgen aufgezählt habe. An erster Stelle stand die Angst meine Eltern könnten sich trennen, ihnen oder meinem Bruder könnte etwas zustoßen. Dann kam die Angst vor dem Atomkrieg, aufgrund des Kalten Krieges (eine Geschichte, die ich Dir mal in Ruhe erzählen muss). Und dann kam auch schon die Angst vor Umweltkatastrophen. Du siehst, die Angst vor dieser Problematik, auch wenn ich sie damals noch nicht auf ein Energieproblem dezimieren konnte, saß bereits tief. Ich hoffe, die Energieproblematik spitzt sich nicht so zu, dass auch Du sie schon in jungen Jahren zu Deinen Haupt-sorgen zählst. Hoffentlich findet die Wissenschaft einen Weg, dieses Prob-lem für die Menschheit und für Dich, meinen kleinen Sohn, zu lösen. Bis dahin wird es mit Sicherheit eine ganze Weile dauern. Ich glaube dennoch, die Chancen stehen gut. Wenn Du mein jetziges Alter erreicht hast, mag das Problem kleiner geworden sein, und Du wirst hoffentlich mit Deinen Kin-dern darüber schmunzeln können, worüber wir uns Gedanken gemacht hatten. Dennoch kann jeder von uns etwas dazu tun, die ‚Fackel vom ande-ren Ende anzuzünden‘. Anstatt besser und verträglicher Energie produzieren zu müssen, kann man auf der anderen Seite bemüht sein, welche einzusparen. Bevor dieser Rat in endlose Ermahnungseskapaden ausufert, möchte ich Dich einfach ermuntern, schlichtweg Ressourcen zu schonen. Denke einfach bei *allem* was Du tust kurz darüber nach, ob es nicht einen einsparenderen Weg gibt etwas zu tun. Ich möchte Dir nur eine (haarsträubende) Begebenheit mit auf den Weg geben, die ich mal gehört habe: Im Sonnenstaat Kalifornien, der sonst für seine strikten Umweltauflagen bekannt ist, scheint es wohl manchmal üblich zu sein, die Garagen mit einer Klimaanlage zu kühlen, damit man kalten Fußes ins Auto steigen kann! Ich denke dies ist ein gutes Beispiel, wie man mit ein wenig Einbuße von Komfort Unmengen von Energie sparen kann.

Die Einsparerei hat übrigens den unmittelbaren Nutzen für Dich auch Geld zu sparen. Frei nach dem beim Thema *Geld* beschriebenen Zusammenhang, dass alles, wenn auch über Umwege, (Dein) Geld kostet, sparst Du jedes Mal in barer Münze, wenn Du Dich resourcenschonend verhältst.

3. Unsere Gegenwart – Wie leben wir heute?

W ir sind jetzt auf unserer Reise dessen, was ich glaube was für Dich wichtig ist, im Hier und Jetzt – im *Heute* angekommen. Ich habe versucht, Dir die Vergangenheit zu erklären und hier und da einen Ausblick in die Zukunft gewagt. Im Folgenden will ich Dir erzählen, wie die Welt heute ist. Interessanterweise wirst Du wahrscheinlich z.t. ganz verschiedene Bilder skizziert bekommen, wenn Du unterschiedliche Menschen befragst. Wie wir gesehen haben, hängt dieses ganz stark davon ab, wie die Menschen aufgewachsen sind. Es hängt davon ab, wie sie von ihren Eltern geprägt worden sind und was sie erlebt haben. Je nach dem, wie viel Schlechtes oder Gutes ihnen passiert ist, werden sie vielleicht eine positive oder negative Einstellung zur Gegenwart haben. Deshalb kann ich sie Dir nur aus meiner Sichtweise versuchen näher zu bringen. Um Dich also nicht allzu sehr zu beeinflussen, werde ich versuchen, so weit es mir persönlich möglich ist, neutral zu bleiben. Auch möchte ich Dir von Dingen ein Bild vermitteln, von denen ich glaube, sie haben einen nachhaltigen Einfluss auf unser gegenwärtiges Leben. So mag der Aufstieg eines Pop-Stars eher unwichtig sein, das Aufkommen einer bestimmten Musikrichtung dafür eher interessant.

Die technische Entwicklung – Ein riesiger Einfluss auf uns

T rotzdem der Mensch das Wichtigste ist, möchte ich mit einem anderen Punkt anfangen, um Dir die Gegenwart zu beschreiben: mit der Technik. Sie beeinflusst unser heutiges Leben derart, dass man nicht umhin kann, sie zu betrachten und ihre Entwicklungen zu verstehen. Um unsere Gegenwart im Ganzen zu verstehen musst Du also wissen, was eine der großen bestimmenden Grundlagen ist.

Stell Dir folgende Geschichte vor: Du stehst morgens auf. Es ist ganz genau zehn vor sieben. Der genauen Zeit kannst Du Dir sicher sein, da Dein *Wecker per Funk* von einer Atomuhr gesteuert wird, obwohl sich diese ein paar hundert Kilometer weiter weg befindet. In früheren Zeiten wäre derartige Pünktlichkeit der Uhren unmöglich gewesen, das weiß jeder, der einmal eine mechanische Uhr hatte. Während Du Wasser für Deinen Kaffee im *Schnellkocher* erhitzt, schaltest Du die Morgennachrichten im *Fernsehen* an, welches über *Satellit* zu Dir kommt. Im Morgenmagazin wird gerade live vom anderen Ende der Welt eine Rede *übertragen,* während die aktuellen *Real-Time-Kurse* der Börse über den Bildschirm laufen. Dein *Handy* piept. Dein Freund hat Dir eine Nachricht geschrieben. Er wird es heute Abend erst eine halbe Stunde später zu Eurer Verabredung schaffen. Während Du Dir noch Dein Frühstück in der *Mikrowelle* warm machst, stellst Du fest, dass Du vergessen hast Deinen *Laptop* aufzuladen. Das ist sehr ärgerlich, da Du in der U-Bahn zur Uni noch schnell die Vorlesung von gestern bearbeiten wolltest. Als Du aus der Haustür stolperst, steht der neue Wagen Deines Nachbarn mitten auf dem Bürgersteig. Er hatte ihn Dir gestern voller Stolz gezeigt. Endlich hat er ein Auto mit *Satelliten-Navigations-System.* Da er das Auto beruflich braucht, spart er somit viel Zeit und Ärger, wenn er sich nicht mehr so oft verfährt. Dabei braucht das Auto noch weniger Sprit als das Vorgängermodell. Wenn es geht, fährt er allerdings ohnehin lieber Zug. Man könne dabei besser arbeiten, hat er Dir noch erklärt – ein Umstand, der Dir ja wohl bekannt ist. In der U-Bahn kannst Du noch mal die Neuigkeiten vom Tage sehen, weil die Bahnhöfe und auch die Wagons über die letzten Monate mit *Infoscreens* ausgestattet worden sind. An der Uni angekommen, hast Du noch ein wenig Zeit bis zur Vorlesung. Du gehst also noch kurz im *Computer*saal vorbei, um Deine *E-Mails* zu checken. Während Du feststellst, dass ein Freund aus einer anderen Stadt die *Digitalfotos* von der Party vom Wochenende *gemailt* hat, Deine Bekannte aus Amerika zum dritten Mal geheiratet hat und Dir eine Firma Bewerbungsformblätter *als Datei schickt,* lässt Du Deinen Blick über die anderen Arbeitsplätze schweifen. Obwohl es noch recht früh ist, herrscht hektisches Treiben. Kommilitonen prüfen wie Du ihre *Nachrichten, kopieren* sich *Musik, Filme* oder sonstige *Daten,* oder *scannen* sich Bewerbungsunterlagen ein, um sie dann auf ihren *Laptop herunterzuladen.* Manche *telefonieren* auch *über den Computer per Internet.* Während Du so zuschaust, grübelst Du, wie das früher wohl alles so funktioniert hat, ohne diese technischen Möglichkeiten...?

Auch ich habe mir die Frage oft gestellt, wenn ich mir ausgemalt habe, wie die Menschen ohne Fernseher, Telefon oder Auto ausgekommen sind (von Internet ganz zu schweigen, das gab es nämlich noch nicht). Und Deine Großeltern haben diese Zeiten noch sehr bewusst durchlebt. Wie hoffentlich dadurch deutlich wird, gibt es zu jeder Zeit eine Art Verwunderung über die Vergangenheit. Ich vermute nur die Veränderungen, die ich und Du aufgrund der technischen Entwicklungen mitmachen, sind gravierender als die, die unsere Vorgängergenerationen mitmachten, zumindest, wenn man den gleichen Zeitraum betrachtet. Das Beispiel zeigt, glaube ich, ganz gut, wie sehr unser Leben von den technischen Errungenschaften beeinflusst wird. Durch die Mikroelektronik ist der Austausch von Daten und das Umwandeln von Informationen in Daten ohne Zeitverlust (sieht man mal von den üblichen Computerpoblemen ab) praktisch kein Problem mehr. Über Datenverbindungen kann man jederzeit wenigstens virtuell auf der Welt vertreten sein. Deutsche Ärzte nehmen so an Operationen teil, die in Japan stattfinden. Menschen schreiben sich Liebes-Emails von einem Kontinent zum anderen, wofür die Post irgendwann einmal zwei Wochen brauchte. Um ein seltenes Produkt zu kaufen, brauchst Du nicht mehr durch die Läden zu hasten oder Dir die Finger wund telefonieren. Du schaust einfach im Internet nach. Und das nicht nur hier, sondern weltweit, wenn Du magst. Bezahlen und Geld einnehmen muss nur noch in Ausnahmefällen in bar passieren.

Theoretisch kannst Du alle Bücher, Unterlagen oder sonstige Schriftstücke, die Du in einem beliebigen Haushalt findest, auf einen einzigen Laptop packen und überall hin mitnehmen. Dazu noch eine riesige Musik- und Filmsammlung. Wenn Du Dir diese Sachen in Papier- oder Plastikform auf einem Haufen in das größte Zimmer dieses Hauses vorstellst, bekommst Du eine Ahnung davon, was das bedeutet. Und wir reden hier nur von einem Haushalt. Ehrlich gesagt vermute ich, dass das bereits mit Bibliotheken (!) möglich ist. Im Grunde genommen spielt es demnach auch keine Rolle mehr wo Du arbeitest. Vorausgesetzt Du hast einen Schreibtisch-Job, der zum großen Teil schriftlich mit Dokumenten oder telefonisch bestritten werden kann, kannst Du überall arbeiten. Alles was Du dazu brauchst ist ein potenter tragbarer Computer, ein Mobiltelefon und eine Internetverbindung. Das war's.

Und diese Entwicklungen verändern unser Leben auch weit über die virtuelle Welt hinaus. Sie erlaubt in fast allem uns schneller zu sein. Wo immer Informationen benötigt werden, können wir schneller sein als früher. Sei es bei Zugverbindungen, die wir zusammenstellen oder Staus, die zu umfahren sind – wir können bei allem viel Zeit sparen. Verabredungen können just-in-time-and-place stattfinden. Zu ,meiner Zeit' war es noch üblich, sich zu einer festen Zeit an einem festen Ort zu verabreden. Pünktlichkeit wurde damit sehr wichtig für beide Seiten. Heute spielt das keine Rolle mehr: Ein kurzes Telefonat mit dem Handy erlaubt das Ausbügeln von zeitlichen und örtlichen Differenzen. Die allgemeine Aufgeklärtheit unter den Menschen, aufgrund des riesigen Zugangs zu Informationen, nimmt sehr stark zu. Ganze politische Regime kamen schon in Bedrängnis, weil das Internet unter der Bevölkerung zur Aufklärung über die Missstände im Land führte, oder weil es kein Problem ist, in Minuten Filmbeiträge aus Krisenregionen in die ganze Welt zu schicken. Auf kleinerer Ebene kann z.B. jedermann die Aussage eines Doktors in unzähligen Gesundheitsportalen erst einmal gegenprüfen oder mit anderen Mitmenschen weltweit via Internet besprechen.

Der gezielte Einsatz dieser Möglichkeiten bringt uns mehr Zeit für andere Dinge. Mit etwas Übung kann man theoretisch viele Besorgungen virtuell erledigen, die dann nicht mehr persönlich gemacht werden müssen (das scheint allerdings zu manchen Behörden und sonstigen Institutionen nicht durchgedrungen zu sein). Auf der anderen Seite rauben diese technischen Errungenschaften auch Zeit. Systeme stürzen ab, man wird überladen mit Informationen die man nicht braucht, die Suche nach Informationen braucht Zeit und man muss sich in die Bedienung und Logik von Hard- und Software einarbeiten. Insgesamt gesehen erlaubt das Internet einem aber sehr viel mehr Dinge und Aufgaben in gleicher Zeit zu erledigen, als es früher möglich war. In dieser Verdichtung der Tätigkeiten oder anders, in der Erhöhung der Handlungsoptionen, steckt aber auch ein Problem, wenn nicht gar eine Gefahr: Früher ging man um eine Reise zu buchen in ein Reisebüro. Heute geht das immer noch. Darüber hinaus kann man sich aber über ein Reiseportal die Reise selber zusammenstellen. Man wählt sich aus einer Vielzahl von Anbietern einen aus. Dann wiederum baut man sich aus der Vielzahl der Möglichkeiten dieses Anbieters seine Reise zusammen. Dann kommt man ins zweifeln und vergleicht seine Erkundigungen mit anderen Anbietern. Ein irrer Aufwand. Uns so kann man es theoretisch mit allem machen. Nicht umsonst spricht man in diesem Zusammenhang von einem *Information-Overkill*. Frei nach dem Motto »Was ich nicht weiß, macht mich nicht heiß«, welches in unserer Zeit als Entschuldigung immer mehr an Bedeutung verliert, kannst Du leicht die Gelassenheit verlieren, da Du Dich theoretisch über alles informieren kannst. Eure Generation dürfte daher in die Situation kommen, für alles mehr Verantwortung zu übernehmen.

Ich kann keinen Schluss über die Auswirkung der Technisierung unserer Gesellschaft ziehen. Den gibt es wohl auch nicht. Ich hoffe aber, ich konnte Dir ein Bild über die Welt in die Du hineinwächst vermitteln. Aufgrund ihrer erhöhten Durchsichtigkeit ist sie im Ansatz schon zu einem *globalen Dorf* geworden. Eine Entwicklung, die Du noch viel intensiver wirst erleben können.

Die soziale Entwicklung – Wie leben wir als Menschen zusammen?

》 Wir werden immer mehr zu einer Ellenbogengesellschaft und der Mensch immer egoistischer«. Gerade wenn man ältere Menschen befragt, bekommst Du häufig diese Aussage. Wenn Du dies zum ersten Mal hörst, hast Du vielleicht noch keine Vergleichsmöglichkeiten, und Du kannst deswegen den Sinn nicht verstehen. Aus meiner Sicht hängt diese Aussage auch nicht mit einem Zeitpunkt oder einer Epoche zusammen. Vielmehr mit den Menschen und ihren Umständen. Mag es nach dem Krieg eine große Identifizierung einer breiten Masse mit den gegebenen Umständen gegeben haben, so haben die Menschen sicherlich füreinander mehr eingestanden. Aber auch in jener Zeit gab es Geschäftsleute, Politiker, Sportler und andere, die in einem Wettbewerb miteinander standen und allein deswegen ihre ‚Ellenbogen' einsetzten. Und das ist heute genau so. Ich glaube, dass in gewisser Weise eine stärkere Individualisierung gegeben ist als früher. Allein schon wegen der größeren Vielfalt, sich in privater und beruflicher Hinsicht zu entwickeln. Und auch deswegen, weil die Leute mutiger geworden sind aus der Masse heraus zu treten und sich als Individuum zu sehen. Auf der anderen Seite gibt es genauso Nachbarschaftsaktivitäten, Vereine und Interessensgemeinschaften, in denen sich Menschen finden, die füreinander einstehen. Ein Hang zum Einzelgängertum scheint in Deutschland überdies auch stärker verbreitet zu sein. In anderen, meist südlicheren Ländern, sind allein schon die Familienbanden viel größer und enger. In Amerika hingegen gibt es einen sehr starken Gemeinschaftsgedanken in den sog. Communities. Leute engagieren sich ehrenamtlich in einem Verein, der Kirche oder der Nachbarschaft. Dies ist bei uns nicht sehr stark ausgeprägt, aber in jedem Fall gibt es genug Möglichkeiten, die Du nutzen könntest.

Dir werden sich immer Möglichkeiten bieten, sich für eine Sache einzusetzen und liebe Menschen zu finden, die so empfinden wie Du. Es liegt aber an Dir und Deiner Generation sich dafür einzusetzen und die Werte zu pflegen, die dafür stehen. Eine große Rolle wird weiterhin die Familie spielen. Sie ist wie eine kleine Burg. Von ihr aus kannst Du neugierige Ausflüge in die Welt machen, um andere Menschen kennen zu lernen. Aber sie ist immer auch da, wenn Du Schutz brauchst und Dich von Deinen Ausflügen erholen musst.

Ich hoffe, ich kann Dir also ein wenig die Angst nehmen, nicht in eine egoistische, herzlose Welt hinein geboren worden zu sein. Ich glaube in Bezug auf Dein Privatleben kann ich das ausschließen. Es liegt ohnehin zum allergrößten Teil an einem selbst, in wie weit man bereit ist die Initiative zu ergreifen und auf andere zuzugehen, wie ich es Dir bei der *Einsamkeit* beschrieben habe.

Die wirtschaftliche Entwicklung – Wie arbeiten wir heute?

Im beruflichen Leben allerdings mag der Wind sich über die Jahre gedreht haben. Aufgrund der beschriebenen technischen Möglichkeiten, über die wir heute schon verfügen, ist es der Geschäftswelt möglich, viel genauer und zielgerichteter zu arbeiten.

Stell dir vor, Du arbeitest für ein Unternehmen was, sagen wir, Kühlschränke produziert. Angenommen diese werden, was nach heutigem Stand ziemlich unwahrscheinlich ist, in Deutschland zusammengebaut. Die Teile werden hingegen durch Unternehmen im In- und Ausland zugeliefert. Je nach Auftragslage ist es Eurem Unternehmen möglich, die Produktion punktgenau zu steuern. Da Ihr mit allen Zulieferern vernetzt seid und genau die Lieferzeiten kennt, können immer nur so viele Teile in der Fabrik vorgehalten werden, wie Ihr auch benötigt. So ist es auch mit den Arbeitskräften, die vor Ort in der Fabrik die Kühlschränke montieren. Nach einem neuen Gesetz ist es Euch möglich, diese nach Bedarf einzusetzen, jedoch mindestens für zwei Stunden pro Schicht. Da Ihr alle Mitarbeiter mit Mobiltelefon ausgestattet habt, könnt Ihr sie theoretisch jederzeit abrufen. In der Regel werden aber die voraussichtlichen Einsatzpläne jeden Samstag per E-Mail an die Mitarbeiter versand, bzw. können auf Eurer Homepage im Internet eingesehen werden. Mittlerweile hat sich dieses Verfahren auch für andere Bereiche durchgesetzt; von der Buchhaltung, die bis dahin nach Indien ausgelagert wurde, bis hin zu den Abteilungsleitern. Die Personalkosten konnten durch dieses Verfahren dramatisch gesenkt werden, was sich wiederum direkt auf die Erhöhung des Gewinns Eurer Firma ausgewirkt hat....

Das Beispiel mag ein wenig gekünstelt sein, aber nicht unrealistisch. Als ich als Student in der Gastronomie arbeitete, also faktisch fernab von irgendwelchen Arbeitsmarktregularien, wurde genauso verfahren. Wenn auch nicht so professionell und nicht vertraglich vereinbart, so wurde jeder der Kollegen reihum angerufen, wenn mal Not am Mann war, um ihn zu einem Einsatz zu überreden. Auch die Dienstpläne wurden auf Wochenbasis geändert. Wenn man den Gedanken durchdenkt und für Unternehmen allgemein anwendet, bedeutet das sparsameren Einsatz von Ressourcen, also Einspa-

174

rung von Kosten, bei gleichem Output und somit höherem Gewinn. Und Gewinn wird auf unbestimmte Zeit die Messgröße für Unternehmen bleiben.

Der Trend in der Arbeitswelt geht genau dahin. Arbeitsplätze sind nicht mehr so fix, wie in der Vergangenheit. *Fix* sowohl im Sinne von Zeit als auch Ort. Wie ich es Dir vorhin schon beschrieben habe, spielt es für sehr viele Tätigkeiten keine Rolle wo man arbeitet. Natürlich wird es immer den beruflichen und persönlichen Austausch, persönlichen Kontakt der Mitarbeiter untereinander geben. Manchen Menschen, je nach kulturellem Umfeld, mag sie mehr oder weniger wichtig sein. Deshalb wird es auch immer Unternehmensgebäude geben. Diese sind dann aber weniger dafür vorgesehen dort täglich über eine Zeit hinweg zu arbeiten. Sie dienen vielmehr für den menschlichen Austausch (Meetings) und inoffizielles Networking. Die einflussreichen Menschen in den Unternehmen brauchen prestigeträchtige, anfassbare Werte, sonst kämen sie sich vor wie ein Kapitän ohne Boot.

Deshalb wird die Arbeitswelt auf der einen Seite ‚rauer‘ werden. Der Wettbewerb der Arbeiter und Angestellten wird sich verschärfen, weil sie sich universeller einsetzen können und die Unternehmen sie mehr nach Bedarf einsetzen werden. Aufgrund der zunehmenden Vernetzung und der Auslagerung von Tätigkeiten wird es aber auch jedem einzelnen mehr möglich sein, unternehmerisch aktiv zu werden. Man kann sich praktisch der gleichen Module eines Produktionsprozesses bedienen, wie die Großunternehmen.

Auf der anderen Seite wird diese neue Arbeitswelt auch viele Vorteile für die private Entwicklung und für das Familienleben bringen. Aufgrund der örtlichen Flexibilität wird es den Menschen, insbesondere dann den Frauen, möglich sein von zu Hause oder sonst wo zu arbeiten. Auch wird es in Zeiten niedrigen Arbeitsaufwandes nicht unbedingt nötig sein sich am Arbeitsplatz aufzuhalten, was wiederum Freiheiten für andere Dinge bringt. Einbußen beim Gehalt sind dann jedoch die Kehrseite.

Globalisierung – Das berühmte globale Dorf

G ut, dass Du noch nicht so gut verstehen kannst, was um Dich herum alles geredet wird. Das Wort *Globalisierung* wird im Augenblick nämlich so oft verwendet, Du könntest es bald schon nicht mehr hören. Das geht vielen so. Die Frage ist, ob jedem klar ist, was damit gemeint ist und ob es überhaupt ein einheitliches Verständnis dafür geben muss. Dem Wort folgend bedeutet es, Menschen, Gemeinden, Städte, Länder und Kontinente werden von einem Trend erfasst. Dieser Trend stülpt ihnen die kulturellen- und wirtschaftlichen Gesetzmäßigkeiten über, die überall auf der Welt herrschen und sie wiederum ‚näher' (im Sinne von Denken und Handeln) zusammenzuführen.

Es stimmt, Du wirst wohl kaum einen Flecken auf der Erde finden, wo Du keine Pizza oder Coca Cola bekommen kannst. Offensichtlich wurde mit diesen beiden Produkten weltweit bei den Menschen ein Geschmack getroffen. Auch findest Du überall Microsoft Software, Toyota Fahrzeuge, Nokia Telefone und Bosch Zündkerzen. Man erfreut sich überall an asiatischem Essen oder an Feng Shui. Man mag deutsche Autos und russischen Kaviar.

Verbreitung von Informationen über diese Produkte, daraus entstehende Bedürfnisse sowie Liefermöglichkeiten über große Strecken haben es möglich gemacht.

Globalisierung ist auch, wenn Du Dich am Ende der Welt ein wenig zu Hause fühlst, weil Du beim Betreten eines Fast-Food Restaurants oder einer Coffebar ungefähr die gleiche Atmosphäre wiederfindest, wie in Deiner Heimatstadt. Andersherum, wenn Du in Deiner Heimatstadt die Möglichkeit hast aus einer Fülle von ausländischen Restaurants und Lebensmittelgeschäften auszuwählen, ist auch das ein Stück Globalisierung. Und das gibt es erst seit verhältnismäßig kurzer Zeit. Als ich klein war, konnte man in einer mittelgroßen Stadt, wenn es hoch kam, zwischen zehn ausländischen Restaurants auswählen, wovon die Mehrzahl noch alle aus dem selben Land stammten. Globalisierung ist, wenn heutzutage eine Reise nach Afrika oder Südamerika nicht mehr Aufsehen erregt, als nach Mallorca oder in den Bayrischen Wald (Letzteres würde, je nach Altersgruppe, bedeutend mehr Ver- oder Bewunderung auslösen). Andersherum wird es teilweise schwierig, in der Drosselgasse von Rüdesheim oder auf dem Nürnberger Christkindlsmarkt Nürnberger oder Rüdesheimer zu finden.

Die Menschen aller Herrenländer scheinen in der Tat sowohl räumlich als auch ideologisch aufeinander zuzugehen. Eine bestimmte Kultur scheint international zu sein. Dazu gehören die erwähnten Fastfood-Geschäfte, Musik oder Mode. Oft auch als ‚Pop-Kultur' der Jugend abgetan, zeigt sie jedoch wie die jüngere Generation bereit ist, sich auf eine Art gemeinsamen Standard in vielen Lebensbelangen einzulassen. Wenn die Entwicklungen so anhalten, werden Du und Deine Altersgenossen weitere Themenbereiche der internationalen Verständigung finden. Die Technik bereitet heute schon den Weg dazu und wird das noch mehr in der Zukunft tun.

Bei allen Ausprägungen des Zusammenrückens glaube ich jedoch nicht, wie viele Anti-Globalisierungs-Bewegungen glauben machen wollen, dass große Teile der eigenen Kultur eines jeweiligen Landes in Gefahr sind.

Warum sollten Schweden aufhören Mittsommer zu feiern? Deutsche werden immer noch gern Bier trinken, auch wenn sie seit Jahren ansteigend mehr Wein trinken, wie es international der Trend ist. Spanier werden immer noch ihre Läden über Mittag schließen (eine Eigenart, an die man sich wirklich gewöhnen muss), Japaner arbeiten viel und gehen danach zum Karaoke und in Mexiko wird man wohl immer Tortillas an der Straße backen und verkaufen. Auch die Kulturgüter der Vergangenheit werden nicht in Vergessenheit geraten und werden, wenn auch in weiterentwickelter Form, weiterhin Einfluss haben.

Die Frage ist daher nicht, was kommt und was stirbt aus, sondern was läuft nebeneinander her. Sicherlich kann es in bestimmten Bereichen zur Verdrängung kommen. So kann ein Hamburger Restaurant sehr wohl eine zweitklassige Bratwurstbude (Wurst gilt im Ausland übrigens als Inbegriff der deutschen Esskultur) am gleichen Standort vertreiben. Die Frage ist nur, ob dies wirklich der Kultur unseres Landes Abbruch tut oder dies nicht doch eher ein Zugewinn ist. Aber deswegen wird nicht der Bäcker daneben in Bedrängnis kommen. Im Gegenteil: Die amerikanischen Burgerläden und Coffee-Bars haben den deutschen Bäckern gezeigt, wie viel Sinn doch ein Deckel auf dem Kaffee im Becher macht. Globalisierung heißt demnach, auch sich im Kleinen, aus einer internationalen Auswahl, die Rosinen der einzelnen Kulturen rauszupicken und für sich zu nutzen.

Ich bin sicher, Du steuerst in diesem Punkt einer sehr spannenden Zukunft entgegen, vor der Du keine Angst haben musst. Ich bin sicher, Ihr werdet Euch deswegen nicht von Eurer Kultur oder von Euren Wurzeln entfremden. Im Gegenteil: Egal wo Ihr Euch aufhaltet, so werdet Ihr doch immer näher an zu Hause sein, als wir es waren. Einen Griff zum Telefon oder einen Gang zum nächsten Internet-Anschluss entfernt.

TEIL IV

AM ENDE – MEIN LIEBER SOHN

M ein lieber Sohn. Wir sind nun am Ende unserer Reise angekommen. Ich wollte Dich an die Hand nehmen, um mit Dir in Gedanken durch Dein zukünftiges Leben zu gehen. Ich wollte, dass Du siehst und verstehst was Dich in Zukunft erwartet. Du solltest auch sehen, was Du vom Leben erwarten kannst.

Auch will ich mich selbst beruhigen. Wie ich es anfangs erwähnt habe, habe auch ich das beklemmende Gefühl in mir, etwas zu übersehen, zu vernachlässigen, was für Dich wichtig sein wird. Es gibt diese Angst davor, vielleicht eines Tages festzustellen, dass die Zeit vorbei ist, um Dir etwas mitzugeben. Vielleicht stelle ich rückblickend einmal fest, diese Zeit, jetzt wenn ich es tun sollte, zu wenig genutzt zu haben.

Ich glaube, es ist mir aber gelungen darüber ruhiger zu werden. Du wirst feststellen, wie wenig ich doch in der Lage bin Dir alles zu zeigen, was auf dieser Welt von Bedeutung ist. Ich weiß es auch gar nicht wirklich. Es gibt große Spielräume für sich selbst festzustellen, was wirklich zählt. Und selbst von dem, bei dem ich mir sicher bin, dass es elementar ist, habe ich mit Sicherheit eine Menge hier nicht erwähnt. Letztendlich musst Du darüber entscheiden. Vielleicht wirst Du eines Tages an irgendeinem Ort in irgendeiner Situation sein und Dir denken: Es ist doch genauso wie mein Vater es mir damals erklärt hatte. Sicher, die Umstände und die Personen sind andere. Aber in der Sache verhält es sich doch so. Wenn dies an einer oder anderer Stelle wirklich so eintritt, so erfüllt es mich jetzt schon mit Stolz, dann hat sich unsere Reise schon jetzt gelohnt.

Vergiss jedoch nie: Es ist Dein Leben, das Du vor Dir hast und das Du auf Deinem Weg erleben wirst. Du bist eine ganz eigene Person und niemals mehr gibt es einen Menschen, der so denkt wie Du und der Deine Weichen so stellen kann wie Du. Wie könnte ich also auch nur den ernsthaften Wunsch haben etwas von mir auf Dich zu kopieren in der Hoffnung, Du wirst es besser machen als ich?

Diese Reise, die ich in meiner Vorstellung mit Dir gemacht habe – Du wirst es erraten haben – war auch eine Reise in mich selbst. Das mag etwas pathetisch klingen, aber wie sonst hätte ich es machen können. Ich habe nun mal nur mich und alles was in meinem Kopf gespeichert ist das, was ich Dir mitgeben kann.

Ich konnte Dir nur Eindrücke, Wissen und Einstellungen mitgeben, die auf meinen persönlichen Erfahrungen beruhen, das ist mir wohl bewusst. Wahrscheinlich werde ich einige von ihnen schon bald anders sehen und werde meine Meinung über sie ändern. Das ist auch gut so. Du wirst aber meinen wie auch Deinen persönlichen Veränderungsprozess zu einem späteren Zeitpunkt erkennen und ihn für Dich bewerten. Ich weiß nicht, ob das Niedergeschriebene ausreicht, Dir auch die Möglichkeiten dieser Veränderungen zu zeigen. Ich kann lediglich der Vater sein, der Dir die verschiedenen Richtungen zeigt, in die Du gehen kannst.

Denn alles um Dich herum ist in Veränderung und nichts ist für die Ewigkeit, dessen solltest Du Dir bewusst sein. Sei deswegen nicht traurig kleiner Mann. Denn wie gerade festgestellt, bist auch Du ein Teil dieser stetigen Veränderung. Du hast Dich schon gewaltig verändert im Vergleich zu dem, wie Du warst, als wir uns zum ersten Mal gesehen haben.

Es gibt keinen Schutz davor, auch wenn es oft schmerzlich ist. Bewahre Dir jedoch Deine Erinnerungen. Sie sind das Einzige was ewig währt. Ich hoffe, ich konnte Dir zeigen, wie Du, mit Deinen Erinnerungen und den daraus gewonnenen Erfahrungen, Dein Leben selbst in die Hand nehmen kannst. Zusammen ergeben sie das auf ewig festgemeißelte Bild Deiner ganz persönlichen Geschichte.

Ich weiß nicht wann der richtige Zeitpunkt gekommen sein wird, Dir meine aufgeschriebenen Gedanken zu geben. Vielleicht erst dann, wenn Du vor der gleichen Herausforderung stehst wie ich jetzt. Ich hoffe den richtigen Zeitpunkt zu erkennen. Mit Sicherheit werde ich sehr aufgeregt sein, wenn er heranrückt.

Wir kennen uns nun erst kurze Zeit, und unser gemeinsames Leben liegt vor uns. Ich werde immer Dein Vater sein, auch mit diesem Buch kann ich mich nicht von meinen Pflichten freikaufen. Ich könnte es wohl unser gemeinsames Leben lang fortschreiben. Es soll aber am Anfang stehen. Da, wo es nicht zu spät ist, da wo alles offen ist. Kannst Du es sehen? Vater und Sohn.

UND WAS ICH DIR NOCH MITGEBEN WILL

1.   Wenn Dich etwas nervt (das gilt auch im Haushalt Deiner El-
      tern) fang einfach an es zu ändern. Verlass Dich nicht darauf,
      dass andere es für Dich tun.

2.   Achte die Natur, Du bist ein Teil von ihr.

3.   Dein Gehirn verfügt über eine unerschöpfliche Kapazität. Es ist
      noch keinem gelungen, diese gänzlich auszufüllen. Also, keine
      Angst vor neuem Wissen. Du kannst Dich nicht ‚überladen'.

4.   Mit einer guten Sprache bzw. einem guten Ausdruck kann man
      beim ersten Kontakt mit jemanden „punkten". Dies gilt gerade
      auch für Telefongespräche.

5.   Bei Verabredungen, bei denen Du nicht weißt ob der andere
      pünktlich ist, nehme Dir immer etwas zu lesen mit. Dann bist
      Du nicht angewiesen auf das langweilige Zeug was eventuell
      dort ausliegt. Das gilt auch für jeden Arztbesuch.

6.   Blicke beim Spazierengehen durch die Stadt immer mal nach
      oben. Es ist erstaunlich, was Du dort zu sehen bekommst.

7.   Versuche möglichst gut im Kopfrechnen zu werden. Das spart
      Zeit und oft Geld. Später im Beruf kannst du damit immer be-
      eindrucken.

8.   Wenn es sie dann noch gibt; lerne früh richtig auf der Schreib-
      maschinentastatur schreiben (mit allen Fingern). Es wird Dir
      ein Leben lang nützen.

9.   Ausdauersport ist oftmals der beste Weg um auf neue Ideen zu
      kommen.

10.   Bestelle Dir im Restaurant zum Kaffee ein Glas Leitungswas-
      ser. Das kostet nichts und löscht den Durst, den der Kaffee
      verursacht.

11. Unterschätze nie den Zusammenhang der (europäischen) Sprachen untereinander. Kommen sie nur halbwegs von gleicher Abstammung, so lassen sich ganz viele Worte in etwas abgeänderter Form „wieder verwenden".

12. Wenn man Geld hat, dann kann man auch offen darüber reden, zumindest wenn man danach gefragt wird. Man kann auch darüber reden, wenn man es nicht hat.

13. Wenn Du Kontakt zu anderen möchtest, verlasse Dich nie darauf, dass sie zu Dir kommen. Du musst ‚angreifen'. Der Mensch ist träge, was überhaupt nichts mit Dir persönlich zu tun haben muss.

14. Beurteile (in Deutschland) nie den Wohlstand eines Menschen anhand des Autos was er fährt. Man neigt hierzulande ganz besonders dazu, Autos über die ‚eigenen Verhältnisse' zu fahren.

15. Kleine Lügen sind oftmals unvermeidbar und können sehr nützlich sein. Große, andauernde Lügen sind Betrug an Dir selbst.

16. Mache kleine Wege zu Fuß oder mit dem Fahrrad. Oft gibt es keinen Grund extra 1,5 Tonnen Stahl und Kunststoff mitzuschleppen.

17. Mache Pendelwege, z. B. zur Arbeit, nach Möglichkeit mit öffentlichen Verkehrsmitteln wenn Die Verbindung gut ist. Mehr Zeit kannst Du täglich nicht gewinnen wenn Du sie gut nutzt (zum Lesen, Arbeiten mit dem Laptop etc. oder schlafen).

18. Versuche möglichst in die Nähe Deines Arbeitsplatzes zu ziehen, wenn die Gegend ansprechend ist. Kurze Wege sparen Zeit, Geld und bringen Lebensqualität.

19. Vermeide bei längeren Auslandsaufenthalten, z. B. zum Studium, den Kontakt mit Deinen Landsleuten. So stellst Du sicher, dass Dir die Zeit möglichst viel Neues bringt.

20. Lerne Volleyball, Skifahren und Fußballspielen. Dies sind sozialisierungs-fördernde Sportarten, die oft dann gemacht wer-

den, wenn fremde Leute spontan oder für eine längere Zeit zusammen sind.

21. Setze Dir bei Problemen am Computer einen Zeitrahmen, wie lange Du Dich damit aufhalten möchtest. Dann ziehe einen Fachmann zu Rate.

22. Melde Dich bei Menschen die Dir wichtig sind zum Geburtstag.

23. Wenn Du für spontanen Sex bereit bist, habe immer ein Kondom dabei.

24. Schaue Dir immer die Eltern bzw. Großeltern der Dame Deines Herzens an. Versuche anhand ihrer abzuschätzen, wie sie in 20, 30 und 40 Jahren aussehen könnte.

25. Sage Deinen Eltern und Geschwistern konsequent, dass sie anklopfen sollen wenn sie in Dein Zimmer eintreten.

26. Vergiss nie: Für jedes Verhalten gibt es einen Grund. Auch die noch so abscheulichsten Handlungen haben einen Ursprung und wenn sie aus einem verwirrten Geist kommen. Führe Dir einfach vor Augen zu was Du etwa fähig bist wenn Du wütend bist.

27. An der Aussage „in einem gesunden Körper wohnt ein gesunder Geist" ist sehr viel mehr dran als man aufgrund ihrer Abgedroschenheit vermuten mag.

28. Sprachen verbinden. Das erfährst Du am besten, wenn Du in einem fremden Land nach langer Zeit mal wieder Deine eigene Sprache hören kannst.

29. Um Dich in einem neuen Umfeld Wohlzufühlen, musst Du Dich richtig darauf einlassen. Entwickle ein Interesse für Traditionen, Kultur und die Menschen der neuen Umgebung und versuche sie aufzunehmen.

30. Der erste Eindruck den Du hinterlässt ist sehr wichtig. Meistens gibt es jedoch eine zweite Chance.

31. Es ist sehr schwer eine Frau zum guten Freund zu haben die Du attraktiv findest.

32. Versuche die Aufgeregtheit z. B. vor einer Ansprache o. ä. zu genießen.

33. Frage Dich hin und wieder, ob Du die richtigen Prioritäten setzt.

34. Versuche immer entsprechend Deiner (finanziellen) Verhältnisse zu leben.

35. Gesundheit ist Dein höchstes Gut. Gehe lieber tausendmal zu früh zum Arzt, als einmal zu spät.

36. Entwickle eine gesunde Skepsis auch gegenüber Experten. Hinterfrage z. B. die Aussagen von Ärzten und Anwälten.

37. Die meisten Menschen fühlen sich geehrt, wenn man sie um Rat fragt. Das kann man sich zu Nutze machen, um hochkarätige Informationen zu bekommen.

38. In der Liebe zu ihren Kindern sind alle Menschen irgendwie gleich.

39. Die Aussage „man muss alles mal gemacht haben" kann einen schnell überfordern.

40. Wenn Dich etwas interessiert was Du lernen möchtest, versuche es nach Möglichkeit bevor Du anfängst zu arbeiten, also noch in Deiner Jugend. Danach ist die Zeit sehr viel knapper und man ist unflexibler.

41. Lesen bildet. Jedoch musst Du verschiedene Genres ausprobieren, um größtmöglichen Erfolg zu erzielen.

42. Unterschätze niemals (aus Arroganz) Deine Gegner.

43. Menschen in Deutschland unterscheiden sich weniger nach ihrer örtlichen Herkunft als nach Bildung, Alter und/oder Erfahrung.

44. Was nützt Dir das schönste Auto, wenn Du Dir den Sprit dafür nicht mehr leisten kannst. Das gilt im übertragenen Sinne auch für viele andere Bereiche. Bedenke immer die Folgekosten bzw. den zusätzlichen Aufwand von Anschaffungen.

45. Frauen denken anders als Männer, weil sie anders sind. Versuche sie nicht nach Deinen Maßstäben zu beurteilen. Lies ein, zwei Bücher über die Denkweise von Frauen, das hilft ungemein.

46. Wenn Du mit einer Frau ins Bett gehst, musst Du Dir im Klaren darüber sein, dass sie immer noch mehr von Dir will.

47. Versuche für Deine feste Partnerin genau den Idealtyp von Frau zu finden, den Du für Dich festgelegt hast.

48. Hinterfrage immer die Lebensweisheiten Deiner Eltern, die Zeiten ändern sich. Bei ihren kurzfristigen Weisungen kannst Du Dich jedoch meistens auf Ihre Erfahrung verlassen.

49. Genieße Deine Jugend, es ist womöglich die Zeit, in der Du Dich am freisten fühlst.

50. Mache an frühen Winterabenden ab und zu einen Spaziergang durch die Nachbarschaft. Es ist unglaublich spannend, was Du in den erleuchteten Fenstern siehst.

51. Versuche die Bedeutung von Glück nicht über zu bewerten. Es ist keine feststehende Größe und man gewöhnt sich daran.

52. Wenn Du ein ernsthaftes gesundheitliches Problem hast, musst Du Dich selbst über die medizinischen Hintergründe informieren. Vielen Ärzten muss man mit den richtigen Fragen auf die Sprünge helfen.

53. Geld ist zu wichtig, als dass man sich nicht dafür interessieren sollte. Mache Dich zumindest mit den Grundzügen unseres Finanzsystems vertraut.

54. Wenn Dich jemand durch seine pessimistische Einstellung runterzieht, so lasse es ihn wissen. Wird es dann nicht besser, meide seine Gegenwart.

55. Die Zähne gründlich pflegen heißt, vor allen Dingen die hinteren Backenzähne besonders intensiv zu putzen und die Zwischenräume mit Zahnseide zu säubern.

56. Markenklamotten von Marken die jeder kennt sind in der Regel etwas für Leute mit Minderwertigkeitsproblemen oder mangelndem Identitätsbewusstsein.

57. Unterschätze niemals den Einfluss von kleinen Aufmerksamkeiten auf Frauen.

58. Bei der Wahl der festen Partnerin sollten die Grundlagen der Interessen übereinstimmen. Bei kürzeren Beziehungen hingegen erweitern Gegensätze den Horizont.

59. Mache Dich mit den geschichtlichen Ereignissen vertraut, die während der Jugend Deiner Eltern passierten. Du wirst sie so besser verstehen.

60. Mache Dich auch mit der ganz persönlichen Geschichte Deiner Eltern vertraut, damit Du das Bild vervollständigen kannst.

61. Bei Deiner Berufswahl sollten auch die Verdienstaussichten eine gewichtige Rolle spielen. Jedoch geht die Zufriedenheit die Du aus der Tätigkeit ziehst vor.

62. Kleine Pausen, Ablenkungen und Bewegung wirken Wunder, wenn Du bei einer geistigen Arbeit nicht weiter kommst.

63. Englisch ist die wichtigste Sprache. Auch wenn Du eine Vorliebe für andere Fremdsprachen haben solltest, solltest Du es richtig lernen.

64. Die Tagesform für eine Aktivität, ob nun sportlicher oder geistiger Natur, kannst Du nie im Vorfeld feststellen. Fange also erst einmal an. Oft verhält sich Deine Leistungsfähigkeit gegensätzlich zu Deinem Bauchgefühl.

65. Schlafen ist keine Zeit die vertan ist. Vielmehr ist sie eine Investition in eine noch bessere Wachzeit.

66. Unterschätze nicht die Cleverness des anderen, bis Du stichhaltige Beweise für Deine Vermutung hast.

67. Viele Ausgaben lassen sich durch einmal mehr überlegen einsparen.

68. Bedürfnisse hat man nicht spontan, sondern sie reifen in einem heran. Kaufe eine größere Sache erst, wenn Du mehrmals das Bedürfnis danach gespürt hast.

69. Bedenke bei verschiedenen Alternativen immer die Transaktionskosten, also das, was nicht direkt zum Ergebnis beiträgt aber nicht zu vermeiden ist und Zeit und Geld kostet.

70. Wasche Dir mindestens fünfmal am Tag die Hände. Am besten immer, wenn Du von draußen hereinkommst.

71. Menschen die Ausdauersportarten langweilig finden, brauchen weniger Zeit zum Nachdenken.

72. „Ballsportler" sind die besseren Entertainer und meistens geselliger.

73. Zeit vor dem Fernseher ist zu 80 % tote Zeit. Wenn Du mehr Zeit brauchst, schaffe den Fernseher ab.

74. Käufe die unter Zeitdruck gemacht werden, sind oftmals zu teuer oder bringen nicht den erhofften Nutzen.

75. Vermeide es immer auf Bürgersteigen die kleinen Grüninseln zu betreten, die die Bäume umgeben. Diese werden von allen Hunden als Toilette benutzt.

76. „Wenn es am schönsten ist soll man gehen". Nach dem Gesetz des „abnehmenden Grenznutzens" ist dies logisch. Aber auch nach dem Bauchgefühl macht es Sinn.

77. Niemand weiß was Du weißt oder empfindet wie Du. Mache Dir also keine Gedanken darüber, dass jemand Deinen eigennützigen Motiven (direkt) auf die Schliche kommt. Es sei denn es ist jemand, der Dich sehr gut kennt.

78. Es gibt unzählige kostenlose Veranstaltungen, Seminare und Tagungen an denen man teilnehmen kann. Oft lernt man eine Menge und trifft nette Menschen und kann so seine Kontakte ausbauen.

79. Wenn Du in einer festgefahrenen Situation bist, fang von vorn an und halte nicht am Altbewährten fest.

80. Wenn Du das erhoffte nicht erreichst, kannst Du trotzdem viel gewinnen, da Du auf einmal völlig neue Ideen entwickeln kannst.

81. Wenn Dich jemand zu Tode langweilt bist Du es Dir selbst schuldig, nicht zuviel Zeit mit ihm zu verbringen.

82. Habe immer eine Flasche Sekt o. ä. im Kühlschrank.

83. Feucht-gewischte Flächen sollten immer noch mit einem trockenen Tuch nachgewischt werden.

84. Wenn Du einmal viel Alkohol trinkst, beziehe immer die Folgen am nächsten Tag mit ein.

85. Freunde erkennst Du daran, dass sie auch nach längerer Zeit ohne Kontakt so sind wie beim letzten Mal.

86. Wer zu Fuß geht oder mit dem Fahrrad fährt bekommt mehr mit von seiner Umgebung. Besonders wenn man irgendwo neu ist, kann das einem schnell Vorteile bringen.

87. Wenn Du die Möglichkeiten hast, lege Dich während des Tages kurz hin. Der berühmte zwanzig Minuten Schlaf wirkt wahre Wunder und macht den Kopf klar.

88. Stehe auf Rolltreppen rechts und gehe links.

89. Die meisten Kosmetika, Nahrungsergänzungsmittel etc. nutzen nur was wenn Du daran glaubst.

90. Mache in Urlaubsorten einen Spaziergang durch die Wohnviertel der Einheimischen. Dann kannst Du besser eine Vorstellung des Landes bekommen.

91. Wenn Du in Restaurants Geld sparen willst, bestelle von der Beilagen-Karte.

92. Individualismus kann nie durch die Beteiligung an einem Trend gezeigt werden. Mode, die neuesten technischen Geräte und teure Autos haben nichts mit Individualismus zu tun.

93. Lerne mit Stäbchen zu essen.

94. Gute Tischmanieren haben nichts mit Spießigkeit zu tun, sondern vielmehr mit Respekt den Tischnachbarn gegenüber.

95. Merke Dir am Telefon immer die Ansprechpartner.

96. Mache Dir Kopien von wichtigen Schreiben. Computer und Email haben für die Archivierung einen riesigen Vorteil.

97. Kleider machen Leute, können jedoch nicht über den Menschen darin hinwegtäuschen.

98. Wenn Du vor dem Zubettgehen nicht duschst, so empfiehlt es sich zumindest die Füße und das Gesicht zu waschen.

99. Habe an bestimmten Orten (in einer Tasche die Du oft dabei hast, im Auto, in Deiner Jacke) immer etwas Kleingeld für Notfälle parat.

100. Wenn Du etwas kochen willst, vergewissere Dich, dass Du auch ganz bestimmt alle Zutaten wie im Rezept angegeben, besorgt hast.

101. Wenn Dir beim Kochen einmal bestimmte Zutaten fehlen, scheue Dich nicht zu improvisieren. Es kann unglaublich gute Ergebnisse hervorbringen, Geld sparen, und Deine Kochkunst schulen.

102. Gehe nicht immer davon aus, dass Menschen die erfolgreicher sind als Du, auch schlauer sind. Oft hatten sie mehr Glück oder weniger Angst.

103. Du lebst in einem der lebenswertesten Länder der Welt. Für vieles was für Dich selbstverständlich ist, würden Menschen in anderen Ländern vielleicht töten.

104. Niemand kann Dir sagen was morgen kommt. Wohl aber kannst Du entscheiden, mit welcher Einstellung Du dem Morgen begegnest.

105. Wenn Du z. B. im Zug mit einem Unbekannten einige Zeit eng beisammen sitzt, fang ein Gespräch an. Aber verstehe auch es zu beenden wenn Dir danach ist.

106. Beziehe bei einem Angebot immer auch die Nebenkosten mit ein. Ein günstiges Gerät kann z. B. viel Strom verbrauchen, ein altes Auto viel Benzin usw.

107. Eigentum macht unfrei. Berücksichtige bei Anschaffungen immer den Verlust von Freiheit.

108. Versuche für eine Problemstellung immer den für Dich erreichbaren bestmöglichen Experten hinzuzuziehen.

109. Geld allein macht ganz gewiss nicht glücklich. Geld zu haben hat seinen Preis.

110. Alle Menschen sind dazu verdammt mit Wasser zu kochen. Bei den Töpfen gibt es jedoch riesige Unterschiede.

111. Wünsche Dir nicht älter zu sein. Genieße jeden Anschnitt Deines Lebens.

112. Verstehe Dich als Teil der Natur. Selbst als Krönung der Schöpfung unterliegen wir ihren Gesetzen.

113. Bildung ist die beste Investition in Dich selbst.

114. Sei selbstkritisch und lache über Dich selbst.

115. Keine Angst vor Veränderungen. Selbst wenn der Abschied vom Gewohnten weh tut, haben Veränderungen die Macht ganz neue Kräfte in Dir freizusetzen.

116. Versuche Deinem Typ Frau treu zu bleiben. Bestimmte Vorlieben lassen sich nicht verdrängen.

117. Das Erfolgsrezept eines anderen wird meistens nicht auch auf Dich passen. Es kann Dir aber Anregungen geben.

118. Lehne etwas nicht grundsätzlich ab, wenn Du es nicht versucht hast.

119. Versuche immer so sauber zu arbeiten, dass Du Dir selbst vertrauen kannst.

120. Unterschätze niemals die Wichtigkeit von Geld. Spätestens wenn Du Familie willst wird es immens wichtig.

121. Essen ist eine soziale Angelegenheit. Versuche daher vor einer Verabredung zu klären, ob es beabsichtigt ist zu essen.

122. Wenn Menschen zum ersten Mal aber längerfristig zusammenkommen (z.B. Schule, neue Firma etc.) nimm an möglichst viel gemeinsamen Aktivitäten teil. So kannst Du Dich schnell integrieren.

123. Wenn jemand eine Antwort von Dir erwartet, versuche nicht diese über Gebühr auszusitzen. Das löst weder Dein Problem (die Entscheidung zu finden) noch seins.

124. Wenn Du denkst mit mehr Geld wärst Du glücklicher, dann versetze Dich in eine gedankliche Situation des höheren Wohlstands. Hilft es wirklich?

125. Bei den allermeisten Vorhaben oder Aufgaben ist der wirkliche Aufwand nicht so groß wie zunächst befürchtet. Andere Dinge werden unterschätzt.

126. Zeit im Umfeld Deiner Familie und Freunde ist niemals verschwendet.

127. Lass Dir die von Dir gewollte Nähe zu Deinen Nächsten (Familie, Freunde) kein Hindernis sein sie längerfristig zu verlassen. Deine hinzugewonnenen Erkenntnisse helfen der Entwicklung auf beiden Seiten (dies gilt nicht für den Partner).

128. Auch wenn Du Dich nur aus schlechtem Gewissen um andere kümmerst, so bedeutet es doch, dass Sie Dir wichtig sind.

129. Kein technischer Fortschritt wird den persönlichen Kontakt ersetzen können.

130. Man lernt sein Umfeld nur richtig kennen wenn man in ihm verweilt und sich mit „Haut und Haar" darauf einlässt.

131. Wenn Du seit längerer Zeit mit jemandem einen Termin ausgemacht hast, rufe kurz vorher noch einmal an, ob es dabei bleibt.

132. Mit zunehmendem Alter vermindern sich Deine Handlungsoptionen. Es gibt wenig Olympia-Sieger die älter als 30 Jahre sind.

133. Zu Wohlstand und Reichtum kommen Menschen nicht nur aufgrund von besseren Jobs oder Glück. Du musst ebenfalls clever sein in den Fragen des täglichen Lebens.

134. ‚Arroganz' ist ein anderer Ausdruck für ‚Dummheit' gepaart mit ‚Ignoranz'.

135. Du musst nicht alles wissen. Du solltest aber wissen wo Du es nachschlagen musst oder an wen Du Dich wenden kannst.

136. Mit Erfahrung (also ab einem gewissen Alter) lassen sich bestimmte Szenarien vorausahnen. Mit dieser Fähigkeit kannst Du Deine Träume und Ziele neu bewerten.

137. 95% aller Problemstellungen im Job oder täglichen Leben sind mit normaler Intelligenz zu lösen. Der Rest des Weges zum Erfolg besteht aus Fleiß, Glück und Cleverness.

138. Ziehe jeden Tag frische Socken an.

139. Materielle Werte machen nicht dauerhaft glücklich. Viel mehr ziehst Du Zufriedenheit aus Wissen, Können und Persönlichkeit.

140. Menschen die in einer Disziplin wirklich gut sind (z. B. Sportler, Wissenschaftler) zahlen einen Preis dafür. Sie müssen Abstriche auf anderen Gebieten machen.

141. Lasse Dich nie vollends von den Bedenken anderer leiten. Vertraue vielmehr auf Deine Intuition und auf Deine Erfahrung.

142. Es gibt nicht nur einen Weg zum Ziel. Jeder Mensch ist anders und kann eigene Wege beschreiten.

143. Viel freie Zeit bedeutet nicht, dass man auch viel erledigt bekommt. Oftmals umgekehrt: Trägheit und Uneffektivität steigen mit dem Ausmaß an freier Zeit.

144. Sensibilität ist eine Stärke. Lasse Dir von anderen nicht einreden es sei eine Schwäche bzw. Du seiest zu „weich".

145. Bemesse niemals den Wert oder Erfolg einer Person anhand von bestimmten Statussymbolen. Zu vielfältig sind die Möglichkeiten, sich diese ungerechtfertigter Weise zuzulegen.

146. Versuche immer ressourcenschonend zu leben. Das schützt die Umwelt, erspart Dir ein schlechtes Gewissen und Geld.

147. Wenn Du meinst Deine Probleme sind riesig, dann schau Dir Menschen an, denen es richtig schlecht geht.

148. Nimm im Urlaub Deine Uhr ab.

149. Älter wirst Du von ganz allein. Genieße jedes Alter mit seinen Vorzügen.

150. Wenn Du traurig bist, dass ein Buch aus ist, fang ein Neues an.